LES

CHEVALIERS DU LANSQUENET.

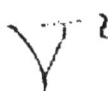

...TION A UN FRANC LE VOLUME.
25 CENT. POUR LES PAYS ÉTRANGERS.

XAVIER DE MONTEPIN.

LES CHEVALIERS

DU LANSQUENET

TROISIÈME SÉRIE

DANAÉ

PARIS.
ALEXANDRE CADOT, ÉDITEUR,
37, RUE SERPENTE, 37

1857

XAVIER DE MONTEPIN.

LES CHEVALIERS
DU LANSQUENET

TROISIÈME SÉRIE.

DANAË.

PARIS
ALEXANDRE CADOT, ÉDITEUR,
57, RUE SERPENTE, 57.

1857

LES
CHEVALIERS DU LANSQUENET.

PREMIÈRE PARTIE.

D'ENTRAGUES A L'ŒUVRE.

I

Monologues et dialogues,

La chambre à coucher de M. d'Entragues. — C'est le lendemain de la soirée de Mirabelle. — Il est deux heures de l'après-midi. Le lit n'est pas encore fait, la chambre est en désordre. — Georges, pâle, fatigué, est assis, enveloppé d'une ample robe de chambre, dans un fauteuil au coin de la cheminée. — Il fume un cigare, dont il mâche de temps en temps le bout avec colère.

SCÈNE I.

GEORGES (seul).

Le diable s'en mêle, à présent! — Jusqu'à ce jour, je n'avais eu affaire qu'à des hommes plus ou moins sots, vils ou fripons; et voilà que le démon lui-même, sous la figure d'une femme, vient entraver mes projets, renverser mes espérances, me ruiner, me déshonorer au moment où j'entrevoyais déjà le but! où une grande fortune, une position brillante allaient devenir mon partage!... Cette vagabonde! cette Perdita! ma sœur, qui tombe comme la foudre au milieu de mes entreprises, pour me demander de réhabiliter un nom qu'elle a souillé, et me sommer de lui rendre sa part d'héritage que je n'ai plus... Comme si je pouvais réhabiliter quelqu'un, ou rendre quelque chose!!! *(Il se lève et se met à marcher dans la chambre avec tous les signes d'une agitation violente.)* A quoi tient la destinée cependant, et quelles misérables circonstances amènent quelquefois des catastrophes! Si le hasard ne m'avait placé cette nuit à côté de cette... de cette créature..., si au lieu d'être à sa droite je m'étais trouvé à sa gauche, le secret était découvert! tout se révélait peu à peu! avant vingt-quatre heures tout était perdu! la fuite, la honte, la misère était ma seule ressource, mon unique perspective! Quel bonheur que je sois venu à cette soirée! que j'aie pu m'emparer de ce cachet avant que l'amant de cette fille ait songé à s'en servir pour commencer des recherches sur la famille à laquelle elle peut appartenir!... Mais le hasard inouï qui m'a sauvé une fois me sauvera-t-il toujours? Demain, ce soir, dans un instant peut-être, un nouvel incident ne viendra-t-il pas me mettre en présence d'un autre péril, cette fois inévitable? Une circonstance imprévue ne me fera-t-elle pas trébucher sur ma route et rouler au fond de cet abime que je côtoie depuis si longtemps? Que résoudre? quelle marche suivre? il faut que cette femme cesse d'être dangereuse! il faut paralyser l'effet des révélations qu'elle pourrait faire ! il faut, en un mot, qu'elle disparaisse... Elle disparaîtra... mais comment ? par quels moyens ?

*(Georges se rassied, appuie sa tête au marbre de la cheminée, et laisse éteindre son cigare. — **On frappe à la** porte de la chambre à coucher.)*

GEORGES *(relevant la tête).*

Entrez !

SCÈNE II.

GEORGES. — JULES DE NODÈSMES.

(Jules, en robe de chambre comme M. d'Entragues, porte un pantalon à pieds de cachemire blanc, et des pantoufles turques. Il fume.)

JULES *(serrant la main de Georges).*

Bonjour, mon ami.

GEORGES.

Déjà levé, mon cher vicomte ?

JULES *(souriant).*

Oh ! depuis plus d'une heure ! Je n'ai pas encore perdu mes bonnes habitudes de campagnard. *(Il s'assied.)* Que pensez-vous de notre nuit ? quant à moi, elle m'a causé une vive impression qui n'est pas effacée encore.

GEORGES *(avec une indifférence affectée).*

J'en ai tant passé de semblables dans ma vie, que je trouve qu'elle ressemble à toutes les autres.

JULES.

Vraiment !

GEORGES.

Soirée de femme galante, mon cher Nodèsmes, c'est tout dire : vous saurez cela plus tard.

JULES.

Mais cette jeune fille qui nous a conté une si merveilleuse histoire ? cette Perdita ?...

GEORGES (*vivement*).

Comment la trouvez-vous ?

JULES.

D'une beauté splendide ! d'une beauté que jusqu'à ce
jour je n'avais jamais entrevue, même en songe.

GEORGES.

Poète que vous êtes ! quel enthousiasme ! N'allez-vous
pas devenir maintenant amoureux des grands yeux noirs
de cette ex-chanteuse ?

JULES.

Soyez tranquille, mon ami : de l'admiration à l'amour
il y a loin encore ; mais je n'ai pu me défendre, je l'avoue,
d'une vive émotion à l'aspect de cette femme... Si jeune !
si belle ! avoir tant souffert ! Quel récit, mon cher ! il n'est
pas un des fibres de mon âme qu'il n'ait fait vibrer.
Comme son caractère est noble ! son âme fière et loyale !
Comme elle reste honnête et droite au milieu du vice et
de la débauche où la destinée l'a si fatalement poussée !
Pauvre femme ! pauvre femme !

GEORGES (*riant aux éclats.*)

Parfait ! délicieux ! Comment, vous avez donné *là
dedans* ! Oh ! c'est trop fort, mon cher Nodêsmes ! Je ne
vous aurais pas, sur mon honneur, cru capable de vous
laisser prendre ainsi dans un piége...

JULES (*étonné.*)

Que voulez-vous dire, mon ami ?

GEORGES (*riant toujours*).

Comment, avec votre esprit si pénétrant, avec votr

tact si fin, vous n'avez pas vu que nous avions affaire à une *monteuse de coups*, à une *banquiste* de première force ?

JULES.

Une *banquiste ?*

GEORGES.

Eh ! pardieu oui ! Vous n'avez pas deviné que cette histoire mirobolante, assez habilement fabriquée du reste, était *une ficelle*, passez-moi l'expression ; une petite rouerie mise en usage par cette créature qui débute à Paris, pour faire de l'effet, pour se *poser ?* Une vie agitée, une existence romanesque, bizarre, aventureuse, cela donne à une femme quelque chose d'excentrique qui la met en vogue tout de suite... Vous n'avez pas vu cela, vous ! d'où je conclus, pardonnez-moi cette franchise, que vous êtes encore, mon ami, plus campagnard que vous ne le supposez...

JULES.

Mais cette enfant perdue...?

GEORGES.

Fille de quelque portière de la rue Coquenard !

JULES.

Mais ce vieillard polonais ! ce Staroste !

GEORGES.

Imagination pure !

JULES.

Mais ce comte de Fly ?

GEORGES.

Personnage fantastique !

JULES.

Mais ce procès de Munich ?

III. 2

GEORGES.

Réminiscence mal déguisée de la *Gazette des Tribunaux* !

JULES.

Et ce cachet armorié ?

GEORGES.

Acheté tout exprès chez un marchand de bric à brac de la rue du Temple ou du quai des Orfèvres.

JULES.

Ainsi cet évanouissement subit et prolongé...

GEORGES.

Coup de théâtre obligé et final, auquel je me suis si peu laissé prendre, que je suis immédiatement parti, comme vous avez pu le voir.

JULES.

Mais vous ne croyez donc rien ?

GEORGES.

A fort peu de chose, et moins qu'à tout le reste aux ingénieux malheurs des femmes légères qui veulent se faire passer pour vertueuses, incomprises, innocentes et persécutées ! Laissons cela aux mélodrames, mon ami, et au public crédule et moral du boulevard du Temple.

JULES.

Georges ! Georges, vous me désenchantez !

GEORGES.

J'en suis fâché, mon très-cher; mais puisque je vous vois en danger d'être dupe de candeur, je me crois en conscience obligé de vous ouvrir les yeux.

JULES.

Pourtant cette femme a une angélique expression de vérité dans le regard ; une franchise singulière dans la parole : l'intrigue et le mensonge n'ont pas ces apparences.

GEORGES (*ironiquement*).

Vous y tenez? soit : n'en parlons donc plus. Croyez, mon ami; croyez tout ce qu'il vous plaira. Je suis prêt à convenir avec vous que cette Perdita est un ange de vertu, un ange de pureté et d'innocence même, au besoin, malgré le Staroste, malgré l'étudiant Stéphen, malgré Son Altesse le prince Frédéric, malgré ce digne M. l'Amour, et malgré enfin le général baron Carol, actuellement gérant de la société en commandite *Perdita et Cie*.

JULES.

Vous vous moquez de moi, mon cher ami; et vous avez peut-être raison... parlons d'autre chose.

GEORGES.

Volontiers... voulez-vous un cigare! le vôtre a l'air détestable, si je ne me trompe.

JULES.

J'accepte. *(Il jette dans la cheminée le reste de son cigare et prend celui que Georges lui présente.)*

(Moment de silence. Monsieur d'Entragues est rêveur; Jules tisonne en fumant).

GEORGES.

A propos, mon cher Nodèsmes, n'avez-vous pas perdu quelqu'argent hier soir?

JULES.

Oui, et je venais justement pour vous parler aussi de cette perte : je suis fort contrarié, et même, entre nous, assez embarrassé.

GEORGES.

Contrarié! embarrassé... pourquoi?

JULES.

J'ai perdu mille louis sur parole.

GEORGES.

Eh bien ! mille louis pour vous, c'est une bagatelle, et pourvu que vous acquittiez cette dette dans les vingt-quatre heures, personne n'a rien à dire. A qui devez vous cette somme ? je n'ai pas vu contre qui vous l'aviez perdue.

JULES.

Au prince Krakopoulof.

GEORGES.

Un homme charmant, mais très-formaliste, très à cheval sur les règles... il faut de toute nécessité le payer avant la fin de la journée.

JULES.

Voilà justement ce qui m'embarrasse : hier mes arrangements de maison ont été terminés, j'ai demandé les mémoires des ouvriers, et comme j'ai les dettes en horreur, j'ai distribué tant d'argent à droite et à gauche, que mon crédit chez MM. Delamarre Martin Didier est presqu'épuisé : or, ne m'étant pas mis encore en mesure de le renouveler, je me trouve aujourd'hui ne pas avoir à ma disposition ces diables de mille louis.

GEORGES.

C'est fâcheux ! très-fâcheux.

JULES.

J'avais un peu compté que vous pourriez me prêter cette somme.

GEORGES *(à part.*

C'est le ciel qui vient à mon secours ! *(haut)* vous prêter cet argent, mon cher vicomte ? personnellement, je ne le puis en ce moment, parce que tous mes capitaux sont engagés dans les chemins de fer, et qu'il faudrait au moins quarante-huit heures pour réaliser ; mais il me sera facile de vous faire prêter cette somme par un tiers.

JULES.

Aujourd'hui ?

GEORGES.

Dans une heure.

JELES.

Et par qui ?

GEORGES.

Par Salomon, ce bijoutier chez lequel je vous ai mené l'autre jour. C'est un honnête homme : sur ma recommandation il ne vous prendra que cinq pour cent.

JULES.

Que faut-il que je fasse pour cela ?

GEORGES.

Signer tout simplement vingt mille francs d'acceptations que je lui porterai. *(Georges sonne ; son domestique entre.)*

GEORGES *(au domestique).*

Allez au plus prochain bureau de tabac, et apportez quatre timbres de cinq mille francs chacun. Surtout ne vous amusez pas en chemin.

LE DOMESTIQUE.

Très-bien, monsieur le comte. *(Il sort.)*

GEORGES.

Vous permettez, mon cher ami, que je fasse ma toilette devant vous ? nous sommes pressés, et il n'y a pas de temps à perdre, si nous voulons trouver notre homme chez lui avant l'heure de la bourse.

JULES.

Pardieu! je voudrais bien voir que vous vous gênassiez avec moi, surtout quand vous allez vous déranger pour me rendre un service.

(Georges s'habille pendant que Jules achève tranquillement son cigare : quelques mots insignifiants sont échangés entre les deux jeunes gens, le domestique rentre apportant les papiers timbrés qu'il dépose sur une table).

JULES.

Maintenant, mon ami, expliquez-moi ce qu'il faut que je fasse.

GEORGES *(négligemment, achevant sa toilette).*

Eh bien! signez.

JULES.

Où? comment? je ne suis pas du tout au courant des formules d'usage. C'est la première fois de ma vie que je souscris une lettre de change.

GEORGES *(à part).*

La première fois! pauvre garçon! s'il savait!... *(Haut.)* Prenez un des chiffons, déployez-le, et placez-le devant vous de manière à pouvoir écrire en travers. Y êtes-vous?

JULES *(la plume à la main).*

J'y suis.

GEORGES.

Fort bien. Maintenant les mots sacramentels : *acceptée pour la somme de cinq mille francs payables dans six mois.*

JULES *(achevant d'écrire.)*

Voilà qui est fait.

GEORGES.

Signez : *Vicomte Jules de Nodésmes,* et faites-en autant sur les trois autres timbres. *(Jules écrit et signe.)*

JULES.

J'ai fini... Voilà donc des lettres de change ? cela me fait un effet singulier.

GEORGES *(gaiement).*

Vous venez, mon ami, de perdre la virginité de l'acceptation ! Vous avez battu monnaie ! vous allez changer en billets de banque de vils papiers à deux francs cinquante centimes ! *(Riant.) Monsieur Garat,* j'ai l'honneur de vous saluer avec le respect qui vous est dû.

JULES *(riant aussi).*

Maintenant je puis me reposer sur mes lauriers ? il n'y a plus rien à faire, n'est-ce pas ?

GEORGES.

Pardon, mon ami ; une dernière formalité est indispensable : prenez du papier à lettre, et écrivez encore ce que je vais vous dicter.

JULES *(se disposant à écrire).*

J'attends !

GEORGES *(dictant).*

Monsieur, M. le comte d'Entragues se charge de vous remettre des acceptations pour une affaire qu'il vous expliquera lui-même. Comptez qu'elles seront exactement payées à l'échéance. Recevez l'assurance de ma parfaite considération. — Vicomte Jules de Nodêsmes. — Paris, ce 1ᵉʳ *février* 1845.

JULES *(répétant ces derniers mots).*

Ce 1ᵉʳ février 1845. A quoi bon cette lettre ?

GEORGES.

C'est l'usage. Tous les banquiers et escompteurs tiennent à avoir entre leurs mains une pièce quelconque prouvant que les billets ou lettres de change qu'ils négo-

cient sont leur légitime propriété. — Maintenant l'a-
dresse : *A Monsieur Salomon David, négociant, rue des
Bons-Enfants, n° 3, à Paris.* Voici une bougie allumée ;
cachetez et scellez avec vos armes.

JULES.

Je vais chercher mon cachet, et je reviens. *(Il sort.)*

SCÈNE III.

GEORGES *(seul)*,

*(Georges saisit la lettre et la relit avidement. Sa figure prend une
expression radieuse et triomphante. Il ouvre son secrétaire, et il
y prend les huit acceptations de sept cent vingt-cinq mille francs,
signées par le vicomte pendant la nuit qui suivit le souper chez
Mazagran).*

J'en suis venu à bout ! victoire ! victoire ! comme j'ai
conduit cette affaire ! comme j'ai englué ce pigeon ! allons
ne désespérons plus de rien ! le sort ne m'a point abandonné, et la fortune me sourit toujours ! auprès de moi
Crispin n'était qu'un niais, et *Mascarille* qu'un écolier !

(Il met son chapeau et prend ses gants).

SCÈNE IV.

GEORGES, JULES.

JULES *(rentrant).*

J'apporte tout ce qu'il faut. *(Il cachette la lettre et la
scelle de ses armes)* il ne me reste plus, mon ami, qu'à
vous remercier de l'incomparable obligeance que vous
mettez à me rendre ce petit service.

GEORGES *(lui donnant une poignée de main).*

Allons donc, mon ami ! ne parlez pas de cela ! la chose

n'en vaut en vérité pas la peine. Je fais pour vous ce que vous feriez pour moi dans une semblable circonstance *(il prend la lettre et les quatre nouvelles acceptations, qu'il met dans son portefeuille, mais dans un autre compartiment que les anciennes)* vous m'attendrez ici ? dans moins d'une heure j'espère être de retour avec votre argent.

JULES.

Je ne sortirai pas avant votre retour.

(Georges prend sa canne et quitte la chambre).

SCÈNE V.

JULES *(seul)*.

Quel charmant garçon ! quel homme excellent que ce d'Entragues ! comme il est obligeant et dévoué ! et si simple dans tout ce qu'il fait ! aussi mon affection pour lui augmente tous les jours ! je ne sais en vérité comment reconnaître les mille gracieusetés dont il me comble ; comment m'acquitter envers lui de tous les services qu'il me rend. Je regrette presque de le voir dans une position aussi complétement indépendante... je serais si heureux, s'il avait besoin de moi, de faire aussi quelque chose pour lui ! *(Il prend un journal et se met à lire.)*

SCÈNE VI.

(Le cabinet de l'usurier Salomon — il n'y a pas de feu dans la cheminée).

SALOMON. — BONDOUX (garde du commerce) ; *petit homme bossu, à la physionomie fausse et doucereuse.*

SALOMON.

Vous avez arrêté ce matin le fruitier de la rue de la Sourdière pour son billet de deux cent-cinquante francs ?

BONDOUX.

Je l'ai *fumé au saut du lit*. Sa femme et ses enfants piaillaient que c'était une bénédiction... ils disaient qu'ils restaient sans pain.

SALOMON.

Tant mieux! il payera! et quant à la *marmaille*, tant pis si elle crève! ça leur apprendra à ces *gueux de sans le sou* à faire des enfants et à ne pas payer leurs billets.

BONDOUX *(obséquieusement)*.

Vous avez parfaitement raison, mon maître! ces tas d'imbéciles-là, ça meurt de faim, et ça peuple pour se distraire. *(Il rit.)*

SALOMON.

Maintenant *flanquez-moi le grapin* sur cette canaille d'artiste, sur ce Clovis Bisbille, pour le billet de cinq cents francs!

BONDOUX.

Il se cache!

SALOMON.

Trouvez-le! c'est votre affaire! a-t-on jamais vu un brigand comme ça! je lui fais vendre son mobilier : il ne valait pas deux cents francs! je suis à découvert d'une partie des frais! Trouvez-le, saprelotte! ou je vous retire ma pratique. Je veux en finir avec ce drôle-là!

BONDOUX.

Allons! allons, mon maître, ne vous fâchez pas; on fera son possible pour vous satisfaire.

LA SERVANTE DE SALOMON *(entrant)*.

Dites donc, Monsieur, il y a là M. le comte d'Entragues qui demande à vous parler tout de suite.

SALOMON.

Faites entrer M. d'Entragues *(à Bondoux)*. Sans adieu, mon cher.

(Le garde du commerce sort avec ces airs de satisfaction et ces grâces grotesques qui sont habituels aux bossus en général et à Bondoux en particulier).

SALOMON *(seul)*.

Le comte d'Entragues ! jouons serré ! j'ai dans l'idée qu'il doit y avoir quelque chose à gagner avec lui.

SCÈNE VII.

SALOMON, GEORGES D'ENTRAGUES.

(Salomon se lève et fait quelques pas à la rencontre du comte d'Entragues qui s'avance d'un air triomphant.)

SALOMON.

Monsieur le comte, j'ai l'honneur de vous saluer.

GEORGES.

Bonjour, mon cher monsieur Salomon ; bonjour.

SALOMON *(avec déférence)*.

En quoi puis-je être agréable ou utile à monsieur le comte ?

GEORGES *(s'asseyant)*.

Il y a peu de jours, mon cher monsieur, je vous apportai les sept cent vingt-cinq mille francs d'acceptations du vicomte de Nodèsmes, et alors vous me demandâtes une lettre de lui pouvant constater au besoin qu'il vous faisait remise de ces valeurs de son libre consentement.

SALOMON.

C'est exact ; et monsieur le comte me parut comprendre à merveille les motifs de cette demande.

GEORGES *(négligemment)*,

Aujourd'hui je vous apporte cette lettre.

SALOMON *(étonné)*.

En vérité! voyons un peu.

(Georges lui tend la lettre. Salomon examine l'adresse, le cachet, l'ouvre et la parcourt des yeux.)

SALOMON.

C'est bien cela — l'affaire est possible maintenant. Où sont les valeurs?

GEORGES *(prenant les acceptations dans son portefeuille)*.

Les voici.

(Salomon les examine minutieusement et longuement l'une après l'autre).

SALOMON.

C'est en règle. Diable! monsieur le comte, vous avez là un bien excellent ami.

GEORGES.

Vous acceptez?

SALOMON.

Un honnête homme n'a que sa parole : ainsi, monsieur le comte, j'accepte.

GEORGES *(avec un vif mouvement de joie)*.

Par conséquent vous allez me faire immédiatement remise des anciens titres.

SALOMON *(froidement)*.

Non pas, monsieur le comte! pas aujourd'hui du moins; mais le lendemain où le soir du jour où les acceptations de M. de Nodêsmes auront été payées.

GEORGES.

Au moins vous allez me donner un reçu de ces billets?

SOLOMON.

Pas davantage. Un reçu constaterait l'existence de nouvelles valeurs pour la même créance, ce qui constituerait une novation de mes titres et pourrait donner lieu à un procès : vous savez que je ne les aime pas.

GEORGES.

Vous ne pouvez exiger cependant que je vous donne cette garantie, et que je vous laisse de plus entre les mains toutes les armes que vous avez contre moi.

SALOMON.

Je n'exige rien, monsieur le comte; de même que je ne vous ai rien promis. S'il ne vous paraît pas prudent, pas convenable de me laisser les acceptations de M. de Nodèsmes, je vais vous les rendre. — Elle me sont complétement inutiles. Remarquez que ceci est une affaire que je fais pour vous et pas du tout pour moi... moi je me trouve garanti par mes hypothèques judiciaires et par les nombreux titres que j'ai entre les mains... Et je vous dirai même que je suis si sûr de mon droit, que je compte envoyer ce soir les pièces chez mon huissier afin qu'il se mette en mesure de vous poursuivre en expropriation.

GEORGES (*à part avec rage*).

Il me tient l'infâme gredin ! (*Haut.*) Vous savez que je ne veux point en venir à cette extrémité : faites-moi donc une proposition qui puisse concilier nos intérêts mutuels. Que diable ! vous me connaissez.

SALOMON.

Écoutez-moi bien, monsieur le comte : nous faisons en ce moment une affaire en dehors de formes légales, et par conséquent toute de confiance. Si vous vous défiez de moi, rien n'est possible entre nous : dans le cas contraire, voici ce que je vous propose : je vais vous donner un écrit par lequel je m'engagerai à ne diriger aucune poursuite contre vous pendant six mois à partir d'aujourd'hui. Il me semble que cette proposition est loyale et qu'elle doit vous aller.

GEORGES.

Il le faut bien ! (à part) six mois de répit ! c'est à peu près le temps dont j'ai besoin pour me remettre à flot.

SALOMON (qui vient d'écrire).

Voici, monsieur le comte, l'engagement pris entre nous. (Il tend un papier à Georges.)

GEORGES (le mettant dans son portefeuille après l'avoir lu).

Vous pouvez vous vanter, mon cher Monsieur, d'être un fier coquin.

SALOMON (souriant).

Que voulez-vous, monsieur le comte, il faut bien gagner sa pauvre vie le plus honnêtement qu'on peut. Si je puis encore vous être bon à quelque chose disposez de moi sans aucun scrupule. Je prends mes précautions dans les affaires, mais j'aime à rendre service. (A Georges qui sort.) Serviteur, monsieur le comte.

SCENE VIII.

SALOMON (seul; se frotte les mains).

Voilà ce qui s'appelle une affaire ! j'espère que je m'en suis joliment tiré ! prendre l'un et ne pas lâcher l'autre, mais c'est magnifique ! ah ! ah ! mes oiseaux, vous vous y frottez ! vous serez plumés, c'est moi qui vous le dis ! je les poursuivrai tous les deux ! il y aura procès — je m'en fiche ! le comte payera la totalité, et le vicomte transigera pour la moitié... tout ça c'est de l'argent sûr ! bonne journée ! Allons, je me paye un bon diner chez Champeaux : des huitres et du chablis première ! ce soir j'irai aux Variétés dans une stalle, pardieu ! et après le spectacle... ma foi on ne sait pas ! je suis décidé à m'amuser ! (*Il se frotte de nouveau les mains.*)

SCÈNE IX.

GEORGES (*traversant le boulevard pour rentrer chez lui*).

Je suis indignement volé ! mais dans la position où je me trouve cela m'est égal... d'ailleurs six mois, c'est l'éternité ! quant aux vingt mille francs dont le vicomte a besoin, je vais tout bonnement les prendre dans la caisse des Chevaliers du Lansquenet. Ils y rentreront demain au moyen du gain du prince Krakopoulof. C'est tout bénéfice !

SCÈNE X.

(*La chambre à coucher de Georges*).

GEORGES, JULES.

GEORGES (*au vicomte en lui donnant vingt billets de banque*).

Mon cher ami, j'ai parfaitement réussi : voilà votre argent, je l'ai obtenu à d'excellentes conditions.

JULES.

Merci encore mille fois.

GEORGES.

Maintenant, mon très-cher, allez vite payer le prince Krakopoulof — à mon tour je vous attendrai ici, et si vous voulez nous irons ensuite visiter votre logement. Quand comptez-vous prendre possession ?

JULES.

Demain je pense.

GEORGES.

Tant pis car je m'étais fait une bien douce habitude de vous avoir toujours près de moi. (*Jules sort.*)

SCÈNE XI.

GEORGES (*seul*).

Me voilà sorti d'un premier embarras... reste maintenant cette Perdita ! cette chanteuse de malheur, que le ciel confonde ! demain je m'occuperai d'elle. Aujourd'hui la grande partie est commencée : jouons un coup décisif. (*Il s'assied prend du papier à lettre et écrit.*)

« Ma chère tante, cette lettre va vous rendre bien heureuse, car elle vous annonce la réalisation de l'un de vos plus chers désirs. J'ai réfléchi longuement aux sages conseils que vous m'avez donnés ; j'ai résolu de les suivre le plus tôt possible, et je vous prie de vouloir bien, en qualité de mon unique parente, de ma seconde mère, écrire dans le plus bref délai à M. et à madame de Choisy, pour leur demander en mon nom la main de mademoiselle Esther de Choisy, leur fille.

» Adieu, ma chère tante : vous savez combien vous aime et vous respecte votre dévoué et affectionné **neveu.**

» GEORGES D'ENTRAGUES. »

(Georges plie cette lettre et écrit l'adresse).

A madame la comtesse Amynthe de Boisjol,

En son château de Cussac,

Par Granville,

Manche.

(Sonnant un domestique qui entre).

Portez cette lettre à la poste.

II

Le conseil des douze.

Le lendemain 2 février, sur les onze heures du matin, au moment où M. d'Entragues allait se lever, son valet de chambre entra chez lui sur la pointe du pied et lui dit :

— M. le général baron Carol fait demander à monsieur le comte, si monsieur le comte veut bien le recevoir. J'ai d'abord répondu que monsieur le comte était encore au lit ; mais le général a vivement insisté pour être reçu : il prétend qu'il s'agit d'une affaire des plus importantes.

Le général Carol ! se dit Georges en lui-même, frappé du souvenir qui, dans son esprit, se rattachait à ce nom. Ce doit être l'amant de... de cette chanteuse. Que diable peut-il avoir à me dire ?

Puis il ajouta à haute voix :

— Où est le général ?

— Au salon, monsieur le comte.

— Y a-t-il du feu ?

— Oui, monsieur le comte.

— Faites agréer mes excuses au général, si je ne le reçois pas immédiatement, et priez-le de m'attendre pendant quelques minutes. Je vais m'habiller à la hâte et j'irai le joindre le plus tôt possible... Tenez, portez-lui ces journaux, afin que le temps lui paraisse moins long. Ai-je là tout ce qu'il me faut pour ma toilette du matin?

— Oui, monsieur le comte.

— C'est bien.

Le domestique fit quelques pas vers la porte pour sortir, Georges le rappela.

— Savez-vous si monsieur de Nodèsmes est encore chez lui? demanda-t-il?

— Monsieur le vicomte est sorti depuis une heure environ, et ses gens sont en train de faire transporter dans son nouveau logement tous les bagages que monsieur le vicomte avait ici : il y a déjà plusieurs malles de parties.

— C'est bon : vous pouvez maintenant aller faire votre commission.

Georges sauta à bas de son lit, s'habilla rapidement, et dans son désir de ne pas faire attendre M. Carol, il prit à peine le temps de donner à sa chevelure le brillant qu'elle avait toujours, et de nouer avec une élégance négligée, remplie de grâce, les deux bouts de sa cravate.

Et tout en s'occupant de ces détails, il murmurait à chaque instant et sur tous les tons :

— Que peut-il me vouloir? que peut-il me vouloir?

Au moment où Georges entra dans le salon, le général était debout adossé à la cheminée, et semblait absorbé par l'occupation fort intéressante de contempler la pointe de ses bottes vernies.

Du premier coup d'œil, d'Entragues reconnut le géné-

ral pour un des locataires de la maison : il l'avait rencontré souvent dans les cours, mais sans s'inquiéter de
savoir qui il était.

Rien n'est plus commun à Paris que cette indifférence
profonde que professent les uns pour les autres les habitants d'une même maison, et nous pourrions à cet égard
citer des faits vraiment curieux.

Au surplus ce n'est pas sous forme de critique que nous
faisons cette remarque, et nous pensons au contraire que
l'égoïsme souvent féroce des grandes villes a bien moins
d'inconvénients que la curiosité toujours malveillante des
petites.

— Je vous demande mille fois pardon, monsieur le
comte, — dit le général avec quelque hésitation, — d'avoir
pris la liberté de me présenter ainsi chez vous sans votre
autorisation, surtout à une heure encore indue... je vois
que je vous ai dérangé...

— En aucune façon, monsieur le baron, — interrompit
Georges en prenant ses manières les plus gracieuses ; — et
je m'estime au contraire fort heureux de la circonstance,
quelle qu'elle soit, qui me procure l'honneur de vous
recevoir chez moi : c'est une bonne fortune qui, je l'espère, se renouvellera souvent.

Georges qui s'était demandé à plusieurs reprises ce que
pouvait lui vouloir M. Carol, avait cependant au plus
profond de son esprit la conviction que le digne général
venait lui parler de Perdita, et il disait qu'il était bon à
tout événement de montrer une grande sécurité et même
une certaine assurance.

— Je m'attendais à cet obligeant accueil, monsieur le
comte, — répondit le général en s'inclinant... — Vous sup-

posez sans doute, — ajouta-t-il, — que je dois cependant avoir un motif pour me présenter chez vous.

— J'avoue, — repartit Georges, — qu'il m'est impossible de deviner... Je me flattais que le désir d'établir entre nous des relations de bon voisinage, vous avait seul déterminé à une démarche dans laquelle j'aurais dû vous prévenir si j'avais pu prévoir...

— Certainement... moi même... — interrompit à son tour M. Carol en hésitant entre chaque mot; — mais la vérité m'oblige à convenir...Enfin vous allez comprendre, monsieur le comte...

Georges tout à fait fixé sur la cause de la visite de M. Carol, prit son air le plus sérieusement attentif.

— Avant-hier, monsieur le comte, vous assistiez à une soirée? continua le général.

— Une soirée... répéta Georges, du ton d'une personne qui cherche à recueillir ses souvenirs.

— Permettez-moi d'aider votre mémoire : cette soirée avait lieu, rue de Provence, chez une jeune femme fort à la mode dans un certain monde.

— A présent je me rappelle parfaitement, — dit Georges en souriant.—Vous voulez parler, général, d'un lansquenet assez vif et d'un souper exquis, sur mon honneur, chez madame Lucrezia de Santa-Mira, autrement dite *Mirabelle*.

— Précisément, monsieur le comte. A cette soirée assistait une femme dont le nom assez étrange vous aura frappé peut-être.

— Perdita! — interrompit Georges, qui pensa avec raison qu'il serait gauche d'avoir l'air d'hésiter.

— C'est cela même...

— Une créature d'une beauté surprenante et d'un esprit prodigieux ! — ajouta vivement d'Entragues. — Je n'ai pas souvenance d'avoir jamais rencontré de femme plus remarquable, et cependant j'en ai vu beaucoup.

Georges avait calculé que ces éloges seraient agréables à M. Carol, et en effet il sourit et rougit tout à la fois en les entendant.

— Je m'intéresse on ne saurait davantage à cette jeune femme, — reprit le général avec cette fatuité lourde des vieux militaires qui s'imaginent avoir eu des succès dans leur jeunesse, parce qu'ils ont séduit des couturières étant sous-lieutenants, et des douairières étant colonels.

Georges s'inclina avec un fin sourire qui signifiait évidemment : *Je le savais.*

— Je m'intéresse à cette jeune femme, — répéta M. Carol en s'efforçant de cambrer ses hanches quelque peu soudées ; — et c'est en son nom, monsieur le comte, que j'ai pris la liberté de me présenter chez vous.

— Chez moi, général ! vous m'étonnez et vous me charmez plus que je ne saurais le dire : En quoi donc, de grâce, suis-je assez heureux pour...

— A la fin de la soirée dont nous venons de parler, c'est-à-dire au point du jour, — interrompit M. Carol, — il est arrivé à Perdita, en votre présence, un accident dont heureusement les suites n'ont point été graves... vous savez, cette crise nerveuse, ou plutôt cet évanouissement causé par un verre de vin de Champagne avalé trop précipitamment.

M. d'Entragues savait au plus juste à quoi s'en tenir à cet égard.

— Or, au moment de perdre connaissance, — continua M. Carol, — Perdita venait de remettre entre vos mains (du moins c'est ce que lui rappelle sa mémoire un peu troublée), un bijou auquel, à tort ou à raison, elle attache une énorme importance, une sorte de superstition : c'est un cachet en améthyste monté en argent et armorié. Elle pense que vous l'aurez emporté par mégarde, et elle m'a chargé de venir vous le redemander.

— Comment, ce bijou serait égaré, monsieur le baron! — s'écria Georges d'un ton de regret. — Je me souviens en effet de l'avoir eu entre les mains; mais au moment où cette charmante jeune femme a perdu connaissance, je me suis hâté de poser le cachet sur la table pour lui porter secours, et la vérité m'oblige à dire que je n'y ai plus songé ensuite. J'étais fort troublé, fort inquiet même, des suites de cet événement. Le cachet sera, je n'en doute pas, resté sur la table, et comme sa valeur intrinsèque est fort peu considérable, il est plus que certain qu'on le retrouvera. A-t-on déjà fait des recherches chez madame de Santa-Mira? demandé aux domestiques qui ont desservi? le mien y était : souhaitez-vous, général, que je l'interroge?

Et d'Entragues posa obligeamment la main sur le cordon de la sonnette.

— C'est inutile, monsieur le comte. Votre valet de chambre était parti depuis longtemps quand l'événement est arrivé, et les recherches faites chez madame de Santa-Mira n'ont, par malheur, produit aucun résultat.

— J'en suis désolé! — dit Georges d'un ton pénétré.

— C'est fort contrariant, — ajouta le général, — et je ne sais comment m'y prendre pour annoncer cette nouvelle à la pauvre Perdita... elle va être au désespoir.

Et M. Carol tortilla son gant pendant quelques secondes, comme un homme vivement désappointé. Enfin il reprit :

— Je présume, monsieur le comte, que vous devez être versé dans la science du blason? appartenant à une des plus anciennes familles du royaume...

— Cette partie de mon éducation a été fort négligée, général, — répondit Georges modestement. — Cependant, si le peu que je possède pouvait vous être de quelque utilité, j'en serais vraiment charmé.

— Vous rappelleriez-vous à peu près les armoiries gravées sur ce cachet? En en faisant faire un absolument semblable à Perdita, cela la consolerait peut-être de la porte du premier, si malheureusement il est perdu.

— Je me rappelle parfaitement ces armoiries, repartit Georges avec une obligeante vivacité : l'écu portait : *d'azur écartelé de sable à la croix d'or fleuronnée.*

Cette réponse de Georges était singulièrement habile, en ce sens qu'elle donnerait nécessairement une direction fausse aux recherches de Perdita; car si cette dernière, comme cela n'est pas douteux, consultait quelque généalogiste, elle ne manquerait pas de lui transmettre les renseignements donnés par Georges, et dès lors la découverte de la vérité devenait probablement impossible.

— Vous me tirez d'un grand embarras et vous soulagez ma conscience d'un poids bien lourd, monsieur le comte, — repartit le général. — J'ai été un peu négligent dans cette affaire que j'aurais pu facilement éclaircir depuis plusieurs jours, en portant ce cachet à la bibliothèque royale... Vous dites : *d'azur écartelé de sable à la croix d'or fleuronnée?*

— Parfaitement, monsieur le baron. Souhaitez-vous que je vous donne ces indications par écrit ?

— C'est inutile, monsieur le comte. Il ne me reste plus maintenant qu'à vous remercier de votre gracieuse réception, et à vous dire que je serai fort heureux et fort honoré si vous voulez bien vous souvenir quelquefois que je suis votre très-proche voisin.

Et Georges d'Entragues et M. Carol se séparèrent les meilleurs amis du monde : le premier venait de se faire un allié dans le camp ennemi.

§

Une heure environ après le départ du général, le digne autocrate des chevaliers du Lansquenet monta en voiture, se mit en course, et vous allez voir que sa journée fut bien employée.

A deux heures il était aux Champs-Élysées, où il parlait au prince Krakopoulof, lequel se pavanait dans le coupé de louage, aux chevaux gris et au cocher en livrée marron du très-honorable baron Aymeric Croisé de la Croisette, chevalier de plusieurs ordres français et étrangers, surtout étrangers, et commandeur de quelques autres. Ledit baron était avec le prince.

A trois heures il glissait quelques mots à lord Williams Stloobomby et au comte Abel, qui regardaient les passants du haut du perron du café Tortoni, en fumant leurs panatellas à cinquante centimes.

A cinq heures il arrêtait au passage le chevalier d'Astré et le marquis de Borgues, qui s'apprêtaient à aller

diner au *Café de Paris*, où *leur service* les appelait ce
jour-là.

Peu d'instants après, il donnait d'excellents conseils
sur le choix de leurs entrées, de leurs rôtis, de leurs
entremets et de leurs vins, à sir John Babibernet et au
comte Antonio Miso, tous les deux confortablement éta-
blis dans le grand salon de la *Maison d'Or*.

A six heures précises, il trouvait au *Café anglais* le
baron Peregode, rêvant les sensuelles délices d'une bouteille de vieux *Bordeaux Lafitte revenu de l'Inde,* qui éta-
lait coquettement devant lui les formes sveltes de son
corps, et la grâce de son cou allongé.

Un quart d'heure ne s'était pas écoulé que Georges
d'Entragues s'asseyait à son tour *aux Frères Provençaux,*
en face du vicomte de Sanluces et de sir Edward Nasomby, et arrosait plusieurs douzaines d'huitres de Ma-
rennes, vertes comme des émeraudes et grasses comme
des poulardes, de nombreuses libations d'un incomparable *Sauterne-lur-Saluces.*

Or, à chacun des chevaliers du Lansquenet, Georges
d'Entragues avait dit deci avec de très-insignifiantes variantes.

« *Ce soir, chez moi, à neuf heures précises, réunion
extraordinaire de tous les membres de l'ordre. Il s'agit
pour la société d'un sujet de la plus haute importance. Personne ne doit s'abstenir de paraître* »

Et quand les chevaliers avaient témoigné quelque étonnement de ce que la séance n'avait pas lieu, comme de
coutume, chez Mirabelle, Georges avait répondu qu'en sa
qualité de dictateur il s'était cru le droit de décider un

changement, sur l'opportunité duquel il était au surplus parfaitement fixé.

§

A l'heure indiquée, les onze chevaliers étaient réunis chez M. d'Entragues, seul dans son appartement, puisque Jules de Nodèsmes avait pris, depuis le matin, possession de son petit hôtel.

— Messieurs, — leur dit-il en ouvrant la séance, — quand je vous fis part, dans le courant du mois dernier, du désir que j'avais de remettre au dix février notre réunion de la fin de janvier, j'étais bien éloigné de prévoir les circonstances toutes récentes qui ont rendu indispensable l'assemblée extraordinaire que j'ai pris sur moi de convoquer pour aujourd'hui.

Ici, un vif mouvement de curiosité se manifesta sur les physionomies de tous les membres de la société.

Georges reprit aussitôt :

— Mais avant de vous mettre au courant de certains faits qui m'alarment au plus haut point, et me semblent menacer l'avenir de notre société...

Une impression générale d'effroi remplaça le mouvement de curiosité que les premières paroles de Georges avaient fait naître : cette impression n'échappa point à l'orateur qui se hâta de reprendre :

— Cependant, Messieurs, rassurez-vous : si des dangers nous menacent, nous sommes en mesure de leur tenir tête, et j'espère que l'avantage nous restera. Pour le moment bornez-vous à avoir un peu de patience, et soyez assez bons pour accorder avant toutes choses quelques minutes d'attention à l'examen de notre situation financière. Je tiens excessivement à savoir si les promesses que je vous ai faites en novembre dernier, je jour où vous avez consenti à me nommer votre dictateur, sont en bonne voie d'exécution : procédons donc, je vous prie, au versement, ou plutôt à la reconnaissance des fonds à venir dans la caisse sociale.

Or, et Georges le savait à merveille, le résultat de cette opération devait dépasser toutes les espérances et réduire au néant toutes les tentatives d'opposition des mécontents si tant est que la société en comptât quelques-uns dans son sein.

Le prince Krakopoulof, à lui seul, apportait à l'association vingt-cinq billets de banque, car, outre les vingt mille francs de Jules de Nodèsmes, il avait eu *quelques petits bonheurs* dans le courant du mois, à des parties de Lansquenet jouées dans des salons appartenant à peu près à la bonne compagnie.

Le baron de la Croisette, lord Stloobomby et les autres réunissaient entre eux tous le chiffre magnifique de trente-deux mille francs.

Enfin Georges d'Entragues tira de ses différentes poches, et déposa sur la table autour de laquelle les membres de l'association étaient assis, vingt rouleaux d'or de mille francs chacun.

Les trois sommes réunies formaient un total de *soixante-dix-sept mille francs!* c'était étourdissant!

Il est indispensable d'expliquer ici comment M. d'Entragues qui depuis fort longtemps n'avait pas touché une carte, apportait une somme aussi considérable à la communauté.

On se souvient peut-être qu'en sa qualité de caissier de la société, Georges était dépositaire de soixante-quatre mille francs environ, sur lesquels on lui avait ouvert un crédit de quarante mille.

Or, en y comprenant les mille louis prêtés la veille au vicomte de Nodêsmes qui croyait les tenir de Salomon David, en y comprenant aussi les frais du voyage de Normandie, les avances faites à Mazagran, l'achat du coupé de poste et l'ameublement de la rue Saint-Lazare (sur lequel il n'avait, à la vérité, été donné que des à-comptes), Georges était arrivé juste à ce chiffre de quarante mille francs.

Restaient donc en caisse vingt-quatre mille francs encore.

C'est sur ces fonds que Georges avait pris son apport, sachant à merveille qu'on ne lui demanderait pas immédiatement la représentation de toutes les valeurs de la société.

Il voulait éblouir ses collègues; il y réussit sans beaucoup de peine.

— Prodigieux! prodigieux! — criait à tue-tête le baron Croisé de la Croisette, qui voyait ainsi justifiées par l'événement ses prédictions sur les avantages de la dictature déférée au comte d'Entragues.

— Inimaginable! — repartait lord Stloobomby, d'autant plus enchanté qu'il était pour une somme capitale dans les résultats des produits du mois de janvier.

— Merveilleux! — appuyait Antonio Miso.

— Fabuleux! — répétait sir Edward Nasomby, écho toujours fidèle, comme on sait.

— Je savais bien, moi, que les choses tourneraient ainsi, — reprenait le baron Aymeric Croisé de la Croisette, en faisant avec ses doigts un petit roulement sur la glace de sa tabatière à portrait, et en prenant cet air capable de certains vieillards qui mettent à l'actif de leur expérience tous les événements produits par le hasard.

— Nous n'en avions jamais douté ! — s'écriaient toutes les voix en chœur.

— Nous connaissions ses talents !

— Ses facultés !

— Son génie !

— Sa persévérance !

— Sa probité !

— Ah ! nous lui rendions tous bien justice à cet excellent ami, notre maître à tous !

— Aussi quand il a demandé la dictature, nous sommes-nous empressés de la lui confier...

— Sans discussion !

— Sans opposition !

— Sans hésitation !

— Tout d'une voix !

— Et de bon cœur !

— Chacun de nous le considérant comme le seul capable de diriger la Société, et de la porter au dégré de prospérité auquel elle est arrivée !

Et les gestes se joignant aux paroles, on entourait d'Entragues, on lui serrait les mains, on le prenait à bras-le-corps, on lui pressait le bras, et on contemplait surtout avec amour, à la dérobée, ces précieux chiffons, ce brillant métal, étalés et confondus sur la table, dans un désordre des plus pittoresques.

— Vous voyez, Messieurs, — reprit Georges quand le calme se fut peu à peu rétabli, — vous voyez, Messieurs, que j'ai agi avec vous loyalement... cartes sur table. Vous m'avez investi d'une autorité sans bornes, vous m'en avez laissé user sans contrôle, vous devez voir aujourd'hui que je méritais bien la confiance dont vous m'avez honoré.

— Oui! oui! c'est vrai! bravo! — interrompit-on de toute part en battant des mains.

— Prince Krakopoulof, — continua Georges, — vous est-il souvent arrivé de gagner mille louis sur parole, et de toucher sans discussion le produit de votre gain dans les vingt-quatre heures de rigueur?

— Jamais, mon cher comte, et je me fais un devoir d'en convenir.

— C'est moi, — poursuivit Georges, — qui ai amené dans nos filets, ce jeune et imprudent oiseau dont nous n'avons pas encore arraché les plus belles plumes... Soyez d'ailleurs tranquilles, je vous en amènerai bien d'autres, si vous me maintenez dans les fonctions auxquelles vous m'avez élevé.

— Qui songe à vous les enlever! — demandèrent quelques voix parmi lesquelles on distinguait facilement celle du baron Aymeric Croisé de la Croisette, chevalier, etc.

— Ceci, — reprit Georges, — m'encourage à vous dire que je crois de notre intérêt à tous la continuation du pouvoir dans mes mains, et celle de l'obéissance chez vous.

— Mais c'est accordé! accordé d'avance!

— Je commence par distribuer deux mille francs à chacun de nous, et j'encaisse les cinquante-trois mille francs restant, qui iront ainsi grossir le trésor, chaque jour plus respectable, de la société des *Chevaliers du Lansquenet*. Je pense, Messieurs, — ajouta Georges avec une fine ironie, —

que cet acte de mon administration sera hautement approuvé par vous.

— Oui ! oui !

— La question d'intérêt étant traitée à fond, quant à aujourd'hui du moins, j'en arrive maintenant et sans transition aucune à ce que j'ai à vous apprendre relativement au danger qui nous menace, dans notre existence comme Société, et dans notre réputation comme individus.

Les visages épanouis par la distribution de fonds qui venait d'avoir lieu, reprirent à l'instant même l'expression de curiosité inquiète qu'ils avaient eue au début de la séance.

— Messieurs, — continua Georges, — d'une voix émue mais ferme, quelqu'un est sur la voie de notre secret, et d'un seul mot peut nous perdre sans retour.

— Qui est-ce ! — demanda avec une vive anxiété le baron de la Croisette ?

— Une femme, ou plutôt un démon... le temps me manque aujourd'hui pour vous dire par quel fatal concours de circonstances cette découverte a eu lieu... qu'il vous suffise de savoir que cette créature vomie par l'enfer sait tout ou à peu près tout, et que si nous ne prenons à son égard les mesures les plus promptes et les plus énergiques nous sommes perdus sans ressource.

— Son nom ! son nom ! — s'écrièrent tous les chevaliers plongés dans une véritable consternation.

— Perdita !

— Perdita ! — répétèrent plusieurs voix avec étonnement et stupeur, — est-ce bien possible ? mais pourquoi, dans quel but nous trahirait-elle.

— Quant à son but, je l'ignore ? — répondit Georges, —

mais le fait est certain. Je n'aurais point avancé une chose aussi grave sans les preuves les plus authentiques.

— Mais que faire ? — demandèrent quelques-uns des chevaliers ; — car enfin nous ne pouvons rester sous le coup d'une menace aussi terrible.

— Il faut, — répondit froidement Georges, — il faut que cette femme disparaisse.

Un frémissement d'horreur et d'épouvante qui parcourut l'auditoire, indiqua à Georges qu'il avait montré trop vite le fond de sa pensée, aussi se hâta-t-il de reprendre avec un sourire :

— Oh ! soyez tranquilles, Messieurs! il ne saurait s'agir de sang versé, peut-être même pas de grandes violences, et je ne viens point vous demander de vous associer à la *perpétration* d'un crime, comme dit la *Gazette des tribunaux...* il ne s'agit que d'un très-pacifique enlèvement, et d'une séquestration plus ou moins longue.

— La *séquestration* conduit tout droit en cour d'assises, mon cher comte, — insinua doucement le baron Aymeric Croisé de la Croisette, qui en sa qualité de coquin émérite était très ferré sur tous les codes, de façon à toujours savoir jusqu'où pouvait le conduire un délit.

— Je sais cela comme vous, mon cher baron; mais pour aller en cour d'assises, comme vous dites fort élégamment, il faut des charges, des preuves, ce qui peut parfaitement s'éviter. Sur ce point rapportez-vous-en à moi du soin de diriger cette affaire, et de la mener à bonne fin : je ne vous demande que de me prêter aide et assistance quand je les réclamerai de vous.

— *Un enlèvement! dans Paris!* en mil huit cent quarante-cinq ! — dit à son tour le prince Krakopoulof, — cela me paraît tout à fait impossible, et...

— Rien n'est impossible, — interrompit vivement et sèchement Georges d'Entragues : — rien n'est impossible quand *on ose exécuter tout ce qu'on a osé vouloir* : le génie des entreprises se réduit à cet axiome... Au surplus, Messieurs, votre collaboration dans cette affaire se bornera à un rôle purement passif, et s'il m'est possible de m'en passer, c'est-à-dire *de vous sauver sans vous*, je le ferai certainement... je ne crains pas de me dévouer quand il est question du salut de tous... — ajouta, en terminant, Georges avec une fierté un peu amère admirablement jouée.

— Mais qui donc agira ? — demanda quelqu'un, — il ne faudrait pas non plus se fier à des étrangers.

— Je ne sais encore. J'ai besoin, comme instruments, de deux ou trois de ces hommes qui ont tout à gagner et rien à perdre; de ces hommes qui pour la chance d'acquérir quelques pièces d'or mettent au jeu la police correctionnelle, c'est-à-dire la prison, ou la cour d'assises, autrement dit le bagne et l'échafaud ? Y a-t-il parmi vous quelqu'un qui puisse me dire où se trouverait ce qu'il me faut dans ce genre ?

Les chevaliers se regardèrent comme pour s'interroger, mais nul d'entre eux ne proféra une parole.

— Le temps s'écoule ; les événements sont à ce point où le germe palpite dans l'œuf, prêt à briser la fragile coquille qui l'enveloppe, — reprit d'Entragues en promenant ses regards sur l'assistance. — Si l'un de vous peut m'aider par un renseignement et qu'il ne le fasse pas, c'est lui-même qu'il expose.

— Je crois que je connais l'homme dont vous avez besoin, — dit le comte Abel, dont les joues se couvrirent d'une légère rougeur pendant qu'il prononçait ces mots.

— Vraiment, — s'écria Georges, — et peut-on savoir, mon cher comte...

—Certainement, bien que cela m'oblige à entrer dans un petit détail de ma vie privée que j'aurais autant aimé passer sous silence... mais l'intérêt général me détermine à ce sacrifice d'amour-propre... d'ailleurs, entre amis, ne peut-on pas se dire ?

Une chaleureuse et sympathique acclamation répondit à ces quelques paroles du comte Abel.

— Il y a deux ans et demi à peu près, — reprit-il aussitôt, — que me trouvant vivement pressé par un besoin urgent de fonds, et nul usurier ne voulant plus escompter ma signature, dont j'avais peut-être un peu abusé, j'eus recours à l'expédient, en définitive bien inoffensif que voici : — J'allai chez un célèbre orfèvre du boulevard des Italiens, et là me faisant passer pour un prince russe huit ou dix fois millionnaire, je parvins, sans beaucoup de difficultés, je dois le dire, à me faire livrer pour une douzaine de mille francs de bijoux, qu'on me laissa emporter, à la condition, que je fis du reste moi-même, que je serais accompagné par un des commis de l'orfèvre. Nous arrivâmes, ce garçon et moi, dans mon logement, délicieux petit entresol qui avait deux issues. J'avais les bijoux sur moi, et je priai le commis de m'attendre dans mon salon pendant que j'irais chercher douze mille francs dans ma chambre à coucher. Or, ces douze mille francs, je ne les avais pas, de sorte que je trouvai plus commode de quitter la maison par la porte de derrière. Le lendemain, établi dans un autre quartier, j'essayai de vendre mes bijoux, mais l'orfèvre avait eu la petitesse de porter plainte, tous ses confrères avaient été prévenus, si bien que je fus arrêté en sortant de la première boutique où je m'étais présenté. La sixième chambre qui n'apprécia pas les motifs que je mis en avant pour me défendre, me condamna lâchement à quelques mois de prison que je fis à Sainte-Pélagie. J'y rencontrai un certain flibustier paré du sobriquet assez pittoresque de Rosolio, avec lequel l'oisiveté de la prison m'amena insensiblement à établir quelques relations qui se sont perpétuées depuis notre mise en liberté. Ou je me trompe fort, ou ce Rosolio est l'homme dont a besoin notre honorable président pour l'expédition qu'il médite. Rosolio n'est pas précisément un gueux à pendre : il connaît trop bien les lois pour cela; c'est le véritable bohémien de Paris, heureux composé du *ruffiano* italien, du coupeur de bourses de Londres et du *ratero* espagnol. J'ajouterai qu'il est lié avec tout ce que notre Babylone renferme de vendeurs de contremarques, de marchands d'allumettes chimiques et de chaînes de sûreté, et d'ouvreurs de portières sur les places de fiacres. Voyons-le : je suis convaincu qu'il vous procurera en un tour de main tous les hommes qu'il vous faut... je me mets à vos ordres pour le chercher.

— Au nom de la Société, — dit M. d'Entragues, — je vote des remerciments à l'honorable comte Abel, et j'accepte personnellement les offres qu'il veut bien me faire.

— Bravo! très-bien! appuyé! — répondirent tous les assistants.

— Quand pourrez-vous me mettre en rapport avec le Rosolio en question? — reprit d'Entragues.

— Mais quand vous voudrez : je puis, si vous le désirez, vous l'amener ce soir.

— L'amener ! ici ! y pensez-vous ! notre sûreté à tous exige qu'il ne me connaisse pas sous mon véritable nom, et qu'il ne sache point où je demeure. Menez-moi plutôt à son domicile, s'il en a un.

— Je suis entièrement à vos ordres.

— Messieurs, la séance est levée, — ajouta Georges d'Entragues ; — mais comme il est possible que les démarches que je vais tenter ce soir, exigent que nous nous réunissions de nouveau prochainement, je vous donne rendez-vous pour demain, toujours ici, et encore à neuf heures précises.

Les chevaliers se séparèrent.

Quelques minutes après, c'est-à-dire vers les dix heures, Georges et le comte Abel sortaient ensemble, pour se mettre en quête de l'honorable personnage que le comte Abel nommait Rosolio.

III

Rosolio.

— Ah! ça, mon cher ami, — dit au comte Abel,
M. d'Entragues, en sortant avec lui de sa maison, et en
boutonnant jusqu'au menton son par-dessus en alpaga blanc,
— comment diable êtes-vous resté en relation avec un
drôle de l'espèce de ce Rosolio? je puis vous demander
cela sans courir le risque d'être indiscret, car, ainsi que
vous nous l'avez très-judicieusement fait observer tout à
l'heure, entre amis on peut tout se dire : j'ajouterai cependant que si vous avez la moindre répugnance à me répondre, vous êtes parfaitement le maître de vous taire :
ici je ne suis plus votre dictateur, mais bien un simple
chevalier du Lansquenet comme vous.

— Vous êtes de ces gens auxquels on ne cache rien,
mon cher d'Entragues, parce qu'on suppose qu'ils savent
par expérience à peu près tout ce qu'on pourrait leur apprendre, — répondit le comte Abel; — aussi suis-je prêt
à satisfaire le plus catégoriquement du monde votre curiosité, si vous voulez bien me promettre de me garder un
secret absolu sur tout ce que je vous confierai.

— Je vous donne ma parole d'honneur que pas un mot de notre conversation ne sera répété par moi à qui que ce soit. ·

— Pas même à nos honorables collègues les chevaliers du Lansquenet : je ne les excepte pas de la prohibition.

— Cela va sans dire : eux pas plus que les autres : pour moi *personne* signifie *tout le monde*. Vous pouvez donc être parfaitement tranquille.

— Je le suis et je commence.

— Allumons d'abord nos cigares, puis vous prendrez mon bras, et nous causerons tous en marchant.

Les cigares furent allumés à la lanterne fumeuse d'un bureau de tabac de la rue Saint-Lazare, et nos deux personnages se remirent en marche.

—Je gagne de l'argent, mon cher d'Entragues, — fit le comte Abel en passant son bras sous celui de Georges...

— Et honorablement, j'ose le dire ! — interrompit d'Entragues en riant, — car vous *filez la carte, vous faites sauter la coupe*, et vous *introduisez des portées* dans des jeux honnêtes avec une merveilleuse facilité et une irréprochable adresse : c'est un témoignage que je me plais à vous rendre.

— Vous me flattez, — répondit le comte Abel, intérieurement fort satisfait des éloges quelque peu railleurs de son compagnon.

— Pas le moins du monde! ce que je viens de vous dire est mon opinion consciencieuse.

— Quoi qu'il en soit, je gagne de l'argent, comme je vous le rappelais tout à l'heure; et cependant, mon cher comte, vous avez peut-être remarqué depuis dix-huit mois que nous nous connaissons, que j'apporte dans mes dé-

penses, de quelque nature qu'elles soient, la plus stricte
économie.

— Sans doute, sans doute, — repartit avec plus de po-
litesse que de sincérité Georges, qui en réalité n'avait jamais fait la moindre attention aux habitudes plus ou moins
parcimonieuses de son interlocuteur. — Mais à vous parler franchement, — continua-t-il, — je n'ai pas compris
pourquoi vous vous condamniez à cette économie si sévère.

— Elle va plus loin encore que vous ne pouvez le supposer. Ainsi je me refuse tout : les choses les plus nécessaires : une voiture, une loge, une maîtresse. Vous ne
devineriez jamais pourquoi.

— Dites-le tout de suite, afin de moins perdre de temps.

— C'est que je veux être riche, très-riche, et cela le plus
tôt possible.

— Et c'est dans ce but que vous amassez ?

— Je fais mieux encore, — répondit le comte Abel, en
baissant la voix.

— Ah ! voyons ça ! Je suis curieux de savoir votre re-
cette, afin de l'employer au besoin, si toutefois vous voulez
bien m'y autoriser.

C'est la chose la plus simple du monde... je fais valoir
mes fonds.

— Dans les chemins de fer sans doute ? Il est joli, votre
moyen !

— Laissez donc, les chemins de fer ! c'est bon pour les
niais qui en achètent et pour les députés à qui l'on en
donne... J'ai un *prête-nom*, un *homme de paille*, je lui
confie mon argent, et il s'en sert à mon profit.

— Pourquoi faire ?

— Le commerce, mon très-cher comte.

— Le commerce ! allons donc !

— Ma parole d'honneur !

— Et cela vous rapporte?.. Voyons, n'exagérez pas avec moi, ce serait peine perdue.

— Cela me rapporte quelque chose comme trois cent-cinquante ou quatre cents pour cent.

— Quelle folie ! pour qui me prenez-vous donc ?

— Je ne vous dis que l'exacte vérité, et je vous en fournirai la preuve quand vous voudrez.

— Trois cent-cinquante pour cent par an ! mais...

— Ce n'est pas par an, — interrompit le comte Abel, — c'est par mois.

— Par mois ? diable ! Voilà ce qui s'appelle savoir se contenter d'un bénéfice honnête.

— Ça en vaut la peine, n'est-ce pas ?

— Je le crois fichtre bien ! et quel est ce commerce si lucratif, — demanda Georges.

— L'achat *des reconnaissances du mont-de-piété;* le dégagement et le renouvellement de celles dont les nantissements vont être vendus faute de payement du capital et des intérêts ; le prêt sur gage avec les personnes timides qui n'osent recourir au mont-de-piété lui-même, faute des papiers nécessaires; et enfin l'usure, quand il y a cent pour cent à gagner dans huit jours, c'est-à-dire quatre mille huit cents pour cent par an. Encore ce genre d'affaires n'est-il consenti par nous que quand l'emprunteur est très-solide.

— Est-ce sérieusement que vous me dites tout cela ? — demanda Georges presque épouvanté de ses monstrueuses confidences.

— Pour peu que vous soyez curieux, je vous ferai voir fonctionner la machine quand cela pourra vous être agréable. Je vous ai dit que j'étais en mesure de vous fournir la preuve de tout ce que j'avance.

— Et la police correctionnelle? Il me semble que ces sortes d'opérations doivent la regarder beaucoup.

— Bah! quand on n'est pas tout à fait imbécile, il y a mille et une manière de rester plus blanc que neige, et d'être même très-considéré par monsieur le commissaire de police de son quartier.

— Alors ce Rosolio est votre homme de confiance? d'après ce que vous m'avez dit, cela me semble assez périlleux.

— Rosolio, mon homme de confiance! pas du tout!

— Mais je croyais que tous les détails, du reste fort curieux, que vous venez de me donner, avaient pour but de m'expliquer vos accointances avec lui.

— Précisément; mais attendez encore un peu, car j'aime à procéder méthodiquement. Vous avez vu, n'est-ce pas, sur les boulevards et les ponts les plus fréquentés, ces industriels en plein vent qui proposent aux jobards des chaines de sûreté (*contrôlées par la Monnaie*), ou de véritables bambous (*originaires du bois de Boulogne*).

— Sans doute; mais ils ne s'adressent jamais à moi. Ma figure ne leur inspire probablement pas de confiance.

— Eh bien ! — reprit le comte Abel, — chacun de ces industriels a à sa solde, un ou plusieurs *escogriffes*, vulgairement appelés *allumeurs de chalands*, et dont le métier consiste à amorcer les gobes-mouches et les badauds, en paraissant acheter avec fureur, soit les chaines, soit les bambous, et en s'extasiant ensuite à grands cris, sur le goût exquis, l'excellente qualité, et le bon marché de leurs emplettes.

— Ce détail de mœurs est assez curieux, mais je n'entrevois pas encore...

— M'y voici. C'est précisément ce rôle d'*allumeur de chalands* que joue Rosolio par rapport à l'industrie fort lucrative de mon prête-nom.

— Ah! ah! je commence à comprendre.

— Ses fonctions consistent à hanter les estaminets, les restaurants borgnes, les petits spectacles, les bastringues de cinquième ordre, tous les lieux enfin où afflue la foule besogneuse et imprévoyante. Là, *il chauffe* les niais qui ont besoin d'argent, et il sert de *réclame vivante* au commerce de mon individu : je l'ai observé quelquefois dans l'exercice de sa charge, et j'ai été émerveillé des ressources sans nombre de son esprit. Il en est une surtout qui ne manque jamais de lui réussir : elle consiste à avoir les poches pleines *de vieilles reconnaissances* qu'il se dispose (*toujours à haute et intelligible voix*), à aller incessamment troquer contre de beaux écus neufs, dans l'établissement que je commandite. Rosolio est certainement pour un dixième dans mes bénéfices de chaque mois...

— Mais savez-vous, mon cher comte, — interrompit Georges d'Entragues, dont l'épouvante passagère s'était singulièrement calmée ; — savez-vous que tout ceci me semble on ne peut mieux combiné, et je commence à ne plus m'étonner autant des profits énormes que vous m'annonciez tout à l'heure.

— Le fait est, — répondit le comte Abel en affectant un air modeste, — que l'affaire a été admirablement montée par moi.

— Oh! vous êtes un habile homme! recevez-en mon sincère compliment.

— Ce n'est pas encore tout, — reprit le comte Abel en se rengorgeant, — mon Rosolio possède en outre une foule de petits talents de société très-précieux : Ainsi il joue parfaitement bien au billard, et quoiqu'il soit de première force, il est si habile à cacher son jeu, qu'il trouve le moyen, presque tous les jours, de gagner de l'argent sur parole à quelque naïf étourneau qui ne sait ensuite comment acquitter sa dette. Rosolio s'empare de lui, le mène à l'établissement que vous savez, et là on lui fait déposer tout ce qu'il a de précieux sur sa personne, pour ne le lui rendre qu'après l'acquittement de sa dette de jeu à laquelle on a soin, comme bien vous pensez, d'ajouter un honnête intérêt. Mais nous sommes arrivés! c'est ici qu'il demeure le plus habituellement.

Au moment où le comte Abel prononçait ces paroles, les deux jeunes gens se trouvaient juste au milieu de la rue d'Amboise, courte rue, qui, chacun le sait, aboutit d'un côté sur les derrières de l'Opéra-Comique, et de l'autre sur l'extrémité de la rue de Richelieu.

Ils s'arrêtèrent devant une maison d'assez belle apparence, et firent résonner vigoureusement le marteau d'une large porte cochère.

— Chez qui vont ces Messieurs? — demanda le concierge après avoir tiré le cordon.

— Chez monsieur Rosolio, — répondit le comte Abel.
— Savez-vous s'il y est.

— Je ne peux pas vous en répondre au juste, car y va et y vient sans cesse. — Dis donc, mon épouse, — ajouta le concierge en se tournant vers l'intérieur de la loge, — est-ce qu'il y est M. Rosolio ?

— Je ne sais pas, vieux ; mais on y verra bien en montant. S'il est sorti, il y aura toujours du monde pour répondre. *Voyez-voir*, Messieurs.

— Allons ! — dit le comte Abel. — C'est un peu haut, mais nous avons de bonnes jambes.

Et les deux jeunes gens s'engagèrent dans un escalier assez bien tenu, dont les marches peintes en rouge étaient cirées à l'encaustique.

Ils montèrent ainsi cinq étages.

A partir du quatrième l'escalier se rétrécissait sensiblement, et n'était plus ni peint ni ciré.

Le cinquième était formé par un long corridor, à peine éclairé par la tremblottante clarté d'un quinquet sale et infect.

Plusieurs portes ouvraient sur ce corridor ; chacune d'elles portait un numéro.

Après avoir cherché pendant quelque temps dans l'obscurité, le comte Abel découvrit le numéro 6, alors il sonna.

On entendit du bruit dans l'intérieur, comme une porte qu'on ouvre et qu'on referme, et une voix de femme demanda à travers la cloison :

— Qui est là ?

— Ami, — répondit le comte Abel.

— Ami de quoi ? — reprit la voix.

— Eh parbleu ! *Ami de la lune*, — fit le comte Abel.

A cette réponse qui était sans doute un mot de passe, la porte donnant sur le corridor s'ouvrit, et les deux jeunes gens purent entrer dans la première pièce, sorte de très-petite antichambre.

Ils se trouvèrent immédiatement en présence d'une admirable créature de vingt-trois ou vingt-quatre ans, à l'air déluré et provoquant, dont la toilette, dans un négligé très-complet et très-significatif, se cachait fort imparfaitement sous un camail de velours bleu de ciel, jeté à la hâte sur une poitrine et des épaules qui, à en juger par l'apparence, devaient être magnifiques.

Cette femme sourit familièrement au comte Abel, et lança une vive œillade à monsieur d'Entragues.

— Bonjour, Goblotte, — lui dit le comte Abel en accompagnant ces deux mots d'un geste de l'âge d'or.

— C'est bonsoir, que vous voulez dire, mon petit; car, c'est joliment tard. A propos qu'est-ce qui peut vous amener à une pareille heure?

— J'ai besoin de voir Amilcar, y est-il?

Amilcar, c'était le petit nom de Rosolio.

— Vous savez bien qu'entre huit heures et minuit on ne le trouve jamais, — répondit la belle fille; — mais je peux vous dire où vous le rencontrerez bien sûr.

— Voyons dites vite, Goblotte; d'abord nous sommes horriblement pressés, ensuite je crois bien que nous vous avons on peu dérangée.

— Ah bah! eh bien! vous trouverez Amilcar tout près d'ici, au café du Grand Balcon, au premier.

— Merci, ma fille.

— A votre service, répondit-elle avec un sourire qui, en montrant les plus belles dents du monde, semblait avoir une signification très-étendue.

— Cette superbe drôlesse est-elle la maîtresse de ce Rosolio? — demanda Georges d'Entragues au comte Abel, en descendant l'escalier.

— Sa maîtresse dans ses moments perdus, — répondit le comte, en souriant; — mais je crois qu'il la considère surtout comme une autre branche de son commerce. Ce gaillard sait qu'il est bon d'avoir plusieurs cordes à son arc...

Les jeunes gens montèrent au café du Grand Balcon, et demandèrent Rosolio à la dame du comptoir.

— Monsieur Rosolio, — répondit cette dernière, avec un certain air de haute considération; — il doit être là-bas au fond à jouer *la grande poule d'honneur*; du reste, Messieurs, je vais appeler un *marqueur* *, et je saurai dire positivement si monsieur Rosolio fait sa partie.

Le marqueur interrogé déclara que monsieur Rosolio était sorti il y avait à peu près une demi-heure, avec un jeune homme, laissant la consigne de dire à ceux qui pourraient venir le demander qu'il était rue de la Jussienne n° ***.

— C'est justement chez mon commerçant *en reconnaissances*, — dit le comte Abel avec vivacité. — Comme ça se trouve bien! mais allons vite pour ne pas le manquer.

Georges et son compagnon prirent un de ses nombreux milords qui stationnent nuit et jour devant le café Anglais et le théâtre de l'Opéra-Comique, et en moins d'un quart d'heure ils furent arrivés au numéro indiqué de la rue de la Jussienne.

Tout le rez-de-chaussée de la maison était occupé par une vaste boutique, dont, pour le moment, les contrevents

---

* On appelle *marqueur* dans le langage des estaminets de Paris, l'individu chargé de faire la partie des habitués, quand ces derniers manquent de partenaires. La plupart donnent, au cachet, des leçons du *noble jeu de billard*.

et les volets étaient hermétiquement fermés. Sur ces contrevents on voyait collées de petites affiches imprimées,
portant en grosses lettres ces mots singulièrement attirants,
on ne saurait le nier :

AVEZ-VOUS BESOIN D'ARGENT ?

Et au-dessous, en caractères plus petits, mais aussi parfaitement lisibles :

*On achète des reconnaissances du mont-de-piété, les vieux
habits, les mobiliers, les matières d'or et d'argent, les diamants, pierres précieuses, armes, tableaux, livres, et généralement toutes espèces de marchandises.*

Et enfin un peu plus bas : le nom de la rue et le numéro
de la maison.

Le comte Abel frappa contre l'un des contrevents.

On vit presque aussitôt une faible lumière briller dans
l'intérieur par-dessous la porte.

— Qui est-ce qui frappe à cette heure, et qu'est-ce que
vous demandez ? — fit une grosse voix dont le timbre n'a-
vait rien d'encourageant.

— Ouvrez, Perrot... c'est moi, le *Beausse*, — répondit
Abel en collant sa bouche à une des fentes de la dévan-
ture.

Divers ferrements jouèrent avec précaution à l'intérieur,
et au bout d'un instant une porte entrebâillée livra passage aux deux amis, et se referma ensuite derrière eux.

Georges put alors embrasser d'un seul coup d'œil l'aspect baroque de ce magasin, que nous ne décrirons point
maintenant, nous réservant de le faire plus tard si cela
était utile à la clarté et à l'intérêt de l'histoire que nous

racoutons : Bornons-nous, pour le moment, à dire que l'un des angles de la boutique était occupé par une espèce de cabinet en grillage à mailles fortes et serrées, tapissé intérieurement de taffetas brun, de manière à dérober aux regards des curieux ce qui se passait ou s'écrivait près du bureau masqué par ce rideau et ce grillage.

— Rosolio est-il ici ? — demanda le comte Abel à l'homme qui leur avait ouvert la porte.

— Il est sorti, Monsieur ; il n'y a pas de cela plus de dix minutes.

— Quel guignon ! — s'écria le comte Abel. — Il semble que ce soit comme un fait exprès.

— Mon Dieu ! — reprit le gardien du magasin, — vous auriez pu le rencontrer au bout de la rue, je remettais la barre quand vous avez frappé.

— Qu'était-il venu faire à cette heure avancée de la soirée ? — demanda le comte Abel.

— Amener un *gas* qui voulait mettre sa *toquante au clou*, histoire de rigoler cette nuit.

— Rosolio, en partant d'ici, a probablement dit où on pourrait le trouver si on avait besoin de lui.

— A moins qui ne se *soye* détourné en route, il doit être pour le présent quart d'heure au *bastringuo* de la mère *La Hure*, rue des Fossés-du-Temple.

— C'est à tous les diables ! — répondit le comte Abel avec une visible mauvaise humeur.

Puis se tournant vers Georges d'Entragues, il reprit avec le ton plus doux de la condescendance d'un égal ou de la soumission d'un inférieur :

— Croyez-vous donc tout à fait indispensable de voir Rosolio aujourd'hui même ?

— C'est de la plus haute importance, mon cher, car je suis beaucoup plus alarmé que je n'ai voulu le laisser entrevoir à nos amis.

— En vérité?

— Vous pouvez m'en croire! Ce n'est pas avec un homme de votre pénétration que je voudrais m'amuser à jouer la comédie.

— Mais, — dit le comte Abel en baissant la voix et en collant presque sa bouche à l'oreille de d'Entragues, — si la situation est aussi périlleuse, pensez-vous que nous puissions la dominer avec l'unique secours d'un enlèvement et d'une séquestration?

Georges tressaillit, et, reculant vivement la tête, il attacha sur le comte Abel un regard scrutateur, un de ces regards qui traversent d'outre en outre la pensée pour arriver jusqu'au fond de l'âme, puis il répondit:

— Vous êtes au moins un homme qui comprenez les choses jusque dans leurs nécessités les plus terribles... Nous tenterons d'abord l'enlèvement et la séquestration.... si ces moyens étaient insuffisants, eh bien!..

— Dans ce cas vous pourriez encore, je le crois du moins, compter sur Rosolio, — interrompit le comte Abel.

— En proportionnant la récompense aux risques à courir, il n'y a rien qu'on ne puisse obtenir de cet garçon: il a *aussi* envie de s'enrichir.

A cet *aussi*, les deux interlocuteurs se regardèrent comme si chacun d'eux l'appliquait à l'autre.

— Je juge qu'il est tout à fait urgent que nous voyons Rosolio ce soir, — reprit le comte d'Entragues. — Nous partirons donc quand vous voudrez pour l'établissement de la mère La Hure.

Cette dernière phrase avait été prononcée à haute voix par le comte.

— Minute! minute! — dit le boutiquier en prenant part à la conversation. — Ne vous dépêchez pas tant de vous mettre en route, car il y aura deux petites difficultés pour arriver.

— Lesquelles?

— La première, c'est qu'on ne vous laissera pas entrer chez la mère La Hure.

— Et pourquoi?

— Parce que vous n'avez pas le mot de passe, et qu'on craint depuis quelques jours les descentes de police : il paraîtrait qu'on a dénoncé à l'autorité la maison de jeu clandestine.

— Ensuite?

— La seconde difficulté, c'est que si vous allez là-bas habillés comme vous voilà ici, vous recevrez plus d'*atous* que de compliments.

— Qu'a donc notre costume de particulier? — demanda M. d'Entragues au premier ministre du comte Abel.

— Il a que vous avez l'air de *messieurs très-comme il faut*, et qu'on ne manquera pas de vous prendre pour des mouchards.

— Ceci n'est pas amusant, — grommela d'Entragues... — j'aime encore mieux passer pour ce que je suis : mais comment faire? ajouta-t-il.

— *C'est simple comme bon jour*, — répondit le boutiquier. — D'abord vous allez vous déguiser, ce qui sera fait en un tour de main, car il ne manque pas de *frusques* dans l'établissement.

— Mettre des vêtements déjà portés? — s'écria Georges avec dégoût.

— Soyez paisible, mon bourgeois, — riposta l'homme de paille du comte Abel avec une orgueilleuse satisfaction. — Nous tenons ici le neuf et le vieux, le tout au plus juste prix et de première qualité.

— Va pour le déguisement! — fit d'Entragues. — Reste maintenant la difficulté de l'entrée sans le mot de passe.

— Cela ne sera pas plus difficile, si vous voulez de ma société. Je suis connu dans l'établissement, et rien ne m'empêche d'y aller avec vous.

— Soit! — dit le comte Abel. — Maintenant, Perrot, indiquez-nous des costumes analogues à la circonstance ; nous ne voulons pas être reconnus, monsieur et moi.

— Voilà votre affaire, — répondit Perrot en saisissant avec un crochet de fer fiché dans un long bâton divers vêtements qu'il étala complaisamment sur le comptoir. — Examinez-moi ça! — s'écria-t-il avec enthousiame; — comme c'est solide! comme c'est cousu!

— Perrot, mon ami, — interrompit en riant le comte Abel, — ce n'est pas la peine de *faire l'article* en ce moment. Gardez vos *blagues* pour une meilleure occasion : nous ne sommes pas des chalands.

— C'est juste, c'est juste, bourgeois. Mais qu'est-ce que vous voulez? l'habitude...

Les vêtements décrochés dont les deux coureurs d'aventures s'affublèrent étaient, du reste, merveilleusement choisis pour figurer dans l'expédition qu'ils méditaient.

Ils consistaient, pour le comte Abel, en un paletot-sac couleur ventre de biche, avec olives et brandebourgs en soie pareille; un gilet en cachemire rouge à *palmes miro-*

bolantes, et un pantalon juste vert-pomme à grands c
reaux lilas.

Georges était encore mieux partagé, si cela est possible ;
car, après avoir revêtu un ample pantalon à la cosaque
en satin de laine, à larges raies de couleurs voyantes et
heurtées, il endossa un gilet d'une longueur démesurée en
poil de chèvre beurre frais, et un splendide habit bleu-
barbeau, *illustré* d'immenses boutons dorés, ciselés et
guillochés.

Et, réellement, sous ce costume, qui n'eût pas manqué
de faire la joie d'un commis-voyageur allant en conquêtes,
il eût été presque impossible de reconnaître le beau, l'élégant Georges d'Entragues.

— Voilà qui est fait ! — dit Perrot en se frottant les
mains et en regardant les deux jeunes gens avec une in-
dicible satisfaction. — Maintenant, prenez ces chapeaux
un peu évasés de forme, et aux bords légèrement re-
troussés ; prenez encore ces cannes à stylet et à pomme
Ruolz plombées (ça peut servir dans l'occasion) ; rempla-
cez vos gants jaune-paille par ces gants à vingt-neuf sous,
d'une couleur saumon un peu avancé, et vous serez *ficelés*
dans le *chic* de la chose.

En ce moment-là même, on frappa fortement dans la
rue à la devanture de la boutique.

IV

Un lansquenet, rue des Fossés du Temple.

— Qui frappe? — demanda Perrot, comme il avait déjà pris la précaution de faire lors de l'arrivée du comte Abel et de Georges d'Entragues.

Et il colla son oreille au contrevent pour entendre la réponse qu'il venait de provoquer.

— Nom de mille millions de doubles croches! ouvrez; ouvrez vite! — dit la voix essoufffée d'un homme qui semblait avoir marché très-vite, ou être très-ému.

— Mais, qui êtes-vous? nous n'ouvrons pas comme cela au premier venu.

— Ami et client.

— Mais encore...

— Clovis Bisbille, professeur de mélophone, ci-devant place Ventadour.

— Faut-il ouvrir? — demanda à demi-voix Perrot aux deux chevaliers du Lansquenet.

Le comte Abel consulta Georges du regard, comme s'il voulait avoir son avis avant de donner le sien.

— Ouvrez! — répondit d'Entragues, curieux de savoir ce que son ancien condisciple venait faire chez le brocanteur. — Je connais la personne qui frappe, — ajouta-t-il; — il n'y a pas d'inconvénient à la recevoir.

— Alors, Messieurs, — dit le fondé de pouvoirs du comte Abel, — si vous ne voulez pas être vus, passez au bureau; je vais expédier le professeur de mélophone en trois minutes.

Et comme Clovis frappait de plus belle, Perrot cria d'une voix de stentor :

— On y va! on y va!

En même temps les deux chevaliers du Lansquenet passaient derrière le grillage dont nous avons parlé.

— Sacrebleu! brocanteur de malheur! — s'écria Clovis en entrant dans la boutique, — pourquoi, diable! ne m'ouvriez-vous pas?

— Et vous, musicien de quatre sous, pourquoi, diable! venez-vous frapper à onze heures, quand vous savez que nous fermons à neuf? — répondit le boutiquier.

— C'est qu'apparemment il importait fort que je vous glissasse ce soir même quelques syllabes dans le tuyau, — repartit Bisbille : — regardez mon costume!

Georges d'Entragues écarta avec précaution l'étoffe qui doublait le grillage, et il aperçut Clovis enveloppé dans l'invariable vareuse couleur sang de bœuf, qui lui servait ordinairememt de robe de chambre : pour coiffure, il portait un immense chapeau de feutre gris, dont les larges bords étaient ployants; un chapeau à la d'Artagnan, enfin.

— Est-ce que vous allez au bal masqué? — demanda

Perrot après avoir examiné Clovis de la tête aux pieds.

— Ah! çà, pas de mauvaises plaisanteries! — répondit le pauvre musicien en enfonçant crânement son feutre sur son oreille. — Je ne vais pas au bal masqué, et c'est pour cela que le présent costume, élégant et chaud, sans contredit, m'est, pour le quart d'heure, souverainement insipide et fastidieux.

— Changez-en, — dit Perrot. — Ça n'est pas bien difficile.

— Il peut se faire que ce ne soit pas difficile, comme vous le dites, mais pour moi c'est impossible.

— Ah bah! et pourquoi?

— Demandez à *ma tante*.

— Ah! ah! *les bibelots* sont accrochés. Alors gardez le paletot rouge; je vous assure que ça va très-bien à votre figure *item*.

— Encore plus impossible, si c'est possible, — repartit Clovis avec gaieté. — Je suis *levé* (1), et si je ressors de chez vous avec cette peau d'écrevisse, je suis sûr que je serai *filé* (2).

— Tiens! tiens! tiens!

— Figurez-vous, père la Guenille, qu'avec toute l'ingénuité d'un concombre en bas âge, j'ai souscrit une lettre de change de cinq cents francs à un gredin d'usurier qui se nomme Salomon David.

(1) *Être levé*, signifie, dans l'argot des débiteurs et des créanciers, qu'on a à ses trousses un recors qui vous a vu dans la rue ou déterré quelque part.

(2) *Être filé*, signifie, dans le même langage, que le recors vous suit à la piste, et que sachant où vous couchez il vous fera arrêter le lendemain matin par son garde de commerce.

— Connu ! connu

— Une canaille finie !

— Qui demeure rue des Bons-Enfants, — dit Perrot.

— Il serait digne de nicher rue des Mauvais-Garçons :

> « En étant un lui-même... »

— repartit Clovis d'un ton emphatique, comme s'il déclamait un vers de tragédie.

— Ah ! Salomon David veut vous faire *fumer* (1), — reprit Perrot : — il en est bien capable.

— Il m'a bien aussi fait vendre mes meubles ; mais, pour cela, je lui pardonne ; la vente n'a pas seulement produit de quoi payer le commissaire-priseur. Maintenant il me poursuit *par corps*, et je viens justement de donner tête baissée, tout à l'heure, dans une embuscade des alguazils de cet affreux coquin de bossu ! de ce brigand, de ce scélérat de Bondoux !...

— Connu encore ! — interrompit de nouveau le brocanteur. — Vous êtes *entre* bonnes mains.

— Ils me suivent, — reprit Bisbille, — et je suis sûr qu'ils montent aux deux bouts de la rue une garde hors de tour : Si je ressors de chez vous non moins cramoisi que jadis, je suis fait *au même*, et l'on me transvasera demain matin dans le bocal de la rue de Clichy, où en ma qualité de cornichon...

— Vous me contez tout ça, mon camarade, — interrompit Perrot, — qu'est-ce que vous voulez que j'y fasse ? Tâchez de dépister les limiers de Bondoux.

— Pardieu ! c'est bien à quoi je travaille, et c'est pour cela que je viens chez vous.

(1) *Être fumé,* toujours même vocabulaire, signifie être arrêté.

— Si je vous y garde, ils vous y prendront comme ailleurs avec le simple *adjutorium* du juge de paix.

— Vous n'y êtes pas, *Papa la frippe!* Ce n'est pas un asile que je vous demande.

— Alors je ne puis rien à votre affaire... et...

— Vous y pouvez tout, et mille autres choses encore ! — interrompit Clovis d'un ton de déclamation. — Empoignez-moi ce paletot, d'une nuance un peu trop indiscrète pour ma situation (et, tout en parlant, le musicien ôta sa vareuse), saisissez-vous de ce feutre, non moins compromettant par sa forme que l'autre l'est par sa couleur ; accrochez ces dépouilles opimes à n'importe quel clou de votre bazar ; confiez-moi le plus fourré de tous vos manteaux *gris-muraille*, le plus râpé de vos gibus d'occasion, et le diable m'emporte si les argousins du bossu me reconnaîtront, embossé dans mon Almaviva, et abrité sous le castor mécanique.

— Tout cela pourrait se faire parfaitement, — dit Perrot... — mais il faut de l'argent.

— De l'argent, — répondit Clovis de l'air le plus dégagé du monde, — j'en manque pour le quart d'heure, par hasard ; mais je suis une de vos anciennes pratiques, vous me connaissez, et nous sommes gens de revue.

— Pratique pour vendre, *c'est* pas déjà une si bonne recommandation, — marmotta Perrot.

— N'allez-vous pas me refuser ?

— Dame, j'en aurais bien envie.

— Parole d'honneur, je ne vous ferai pas la queue ! — s'écria Clovis. — Vous savez : Pauvre, mais pas du tout canaille.

— Oui, oui, je sais que vous êtes un bon enfant, — dit

Perrot qui semblait faiblir... — Mais enfin, qu'est-ce que vous voulez? achetez-vous! louez-vous?

— Ni l'un ni l'autre... j'emprunte! c'est bien plus délicat, bien plus gentilhomme.

— Ah! ah! vous empruntez... Mais nous ne faisons pas de ces sortes d'affaires... donner un gage contre rien...

— Ça ne vous va pas, j'en étais sûr : mais donnez-vous la peine de suivre mon raisonnement : Je vous *conseille* de me prêter, et vous me prêterez si vous faites quelque cas de cet axiome d'un de nos poëtes, que vous n'avez sans doute pas oublié :

« Aimez qu'on vous *conseille* et non pas qu'on vous *loue.* »

Maître Perrot allait répondre à cet argument, qui ne lui paraissait pas, et avec raison, avoir une bien grande valeur commerciale, quand Georges d'Entragues, impatienté de la longueur de l'entretien, toussa légèrement.

— Tiens! — s'écria Clovis, — vous avez des rats dans votre magasin! Méfiez-vous, père *La frusque;* c'est vorace et rongeur en diable, ces petites bêtes·là.

Quant à Perrot, il comprit que le chef de la maison avait à lui parler, et il se hâta de passer derrière le grillage.

Effectivement, d'Entragues lui dit à voix basse :

— Débarrassez-vous de cet imbécile en lui donnant tout ce qu'il vous demandera, et soyez sans inquiétude : je réponds pour lui.

Dix minutes après, l'infortuné professeur de *mélophone,* embossé jusqu'aux yeux, selon son expression pittoresque, dans un manteau de couleur sombre, sortait de la boutique du brocanteur et s'efforçait, en rasant les murailles, de faire perdre ses traces aux vils mouchards du sieur Bondoux, *officier* garde du commerce.

Officier! comme notre langue est pauvre! n'avoir qu'un seul et même mot pour qualifier la profession la plus noble et le métier le plus vil!

Assimiler par l'expression, le brave qui expose sa vie pour défendre son pays, et le lâche qui, sous la protection d'une loi inique, honteuse, barbare, attente à la liberté de ses semblables, malheureux et sans défense!

Officier! Comment l'armée ne proteste-t-elle pas contre cette flétrissante injure?

Gouvernement, si vous avez besoin de lions et de chacals pour faire respecter vos lois, ne leur donnez du moins pas le même nom!

Si vous êtes obligé de tolérer cette hideuse **traite des blancs**, qu'on appelle la contrainte par corps, n'accordez pas un titre respectable aux... hommes qui en vivent.

Mais ce n'est pas le moment d'examiner cette question; nous y reviendrons plus tard, et nous la traiterons à fond, si toutefois le dégoût ne nous fait pas tomber la plume des mains.

— Maintenant, vite! partons vite! — s'écria M. d'Entragues en sortant du cabinet grillé, aussitôt que la porte de la rue se fut refermée sur Clovis. — Je parie, mon cher Abel, que nous allons arriver trop tard, et que nous manquerons encore cet insaisissable personnage, ce feu follet vivant que vous appelez Rosolio.

— Oh! il n'y a pas de risque, — répondit Perrot. — Une fois que Rosolio est chez la mère La Hure, on peut être certain que de toute la nuit il n'en *démarre*. Et. dans le fait, il a raison, ce garçon, car c'est un fameux établis-

sement que celui de la mère La Hure ! on y trouve de tou
en général : du vin pour *rigoler*, *godailler*, *goblotter* ; des
cartes pour jouer, des cornets-z-à pistons pour *cancaner*,
et du sexe pour *bêtiser* : C'est-y, oui ou non, le paradis
sur la terre ?

Comme il n'entrait nullement dans les vues de Georges
d'engager une polémique avec le bonhomme Perrot, sur le
plus ou le moins de ressemblance qui pouvait exister entre
les joies du paradis, et celles de l'établissement de la mère
La Hure, il ne répondit rien à la chaleureuse apologie du
brocanteur, et, ayant pris le bras du comte Abel, il se dirigèrent tous les deux vers le milord où Perrot les rejoignit
au bout de quelques minutes, qui furent employées par lui
à consolider avec le plus grand soin toutes les fermetures
de la boutique.

Au moment où le milord s'ébranlait avec la lenteur *qui
n'appartient qu'à cette institution*, quelques hommes à allures sinistres et à mines patibulaires vinrent regarder dans
l'intérieur, comme s'ils cherchaient à reconnaître quelqu'un.

C'étaient les alguazils de Boudoux qui, n'ayant point
reconnu Clovis Bisbille dans le monsieur au manteau et au
gibus, continuaient *leur garde hors de tour*, les pieds dans
la boue, c'est-à-dire dans leur élément.

— Boulevard du Temple, tout à côté des Folies-Dramatiques ! — cria Perrot au cocher.

— Marchez bon train, et vous serez bien payé ! — cria
Georges à son tour.

Le cocher allongea quelques coups de fouet prélimi-
naires à sa pauvre haridelle, qui ne répondit à cette première agacerie qu'en se tordant dans le brancard.

Les coups de fouet se succédèrent sans interruption, alors la malheureuse bête se décida à prendre le petit trot.

§

Entre le théâtre des *Folies-Dramatiques* et celui de *la Gaîté*, il existe une espèce de petite ruelle étroite et fangeuse, ouverte seulement de six heures à minuit, pour la commodité du public nombreux qui fréquente les théâtres de ce quartier. Cette ruelle, qui communique du boulevard du Crime à la rue des Fossés-du-Temple, se nomme le *passage des Folies.*

Vespasien, l'empereur aux ingénieux expédients, n'eût pas manqué de sourire aux nocturnes usages de cette mystérieuse ruelle.

C'est par là que Georges d'Entragues, le comte Abel et le brocanteur, qui leur servait de guide, se dirigèrent vers la rue des Fossés-du-Temple.

Dans cette rue, la plupart des parisiens le savent parfaitement, se trouvent les portes de dégagement des nombreux théâtres situés depuis le Château-d'Eau jusqu'au boulevard des Filles-du-Calvaire : le *Théâtre-Historique*, devenu l'*Opéra National*, le *Cirque*, la *Gaîté*, les *Folies-Dramatiques*, les *Funambules*, les *Délassements-Comiques*, et enfin le *Petit-Lazary.*

Il y aurait de curieuses études de mœurs à faire sur le personnel de ces diverses scènes, mais c'est un sujet que nous ne voulons pas même effleurer aujourd'hui : ce dernier mot, au surplus, n'implique pas l'engagement de nous en occuper plus tard, du moins dans cet ouvrage.

En outre de la population nomade d'auteurs et d'actrices du plus bas étage, de machinistes, de choristes, figurants, figurantes, ouvreuses de loges, etc., etc., etc.; la rue des Fossés-du-Temple est, en général, très-mal hantée. Voisine du canal Saint-Martin, elle sert de rendez-vous, depuis la tombée de la nuit jusqu'au point du jour, à une foule d'ouvriers oisifs, de gamins malfaisants et de rôdeurs de barrières, qui y trouvent des bouges pour dormir et des cabarets pour s'enivrer.

L'aspect même de cette rue a quelque chose de suspect qui trahit tout ce que nous venons d'en dire. Toujours mal éclairée, boueuse en toutes saisons; pendant les chaleurs caniculaires, lorsque les promeneurs des boulevards traversent des flots de poussière, la rue des Fossés-du-Temple offre, çà et là, le long de ses trottoirs exigus, de larges flaques d'une eau noirâtre et fétide.

A l'époque où se passaient les événements que nous racontons, il y avait, dans la presque totalité de la partie gauche de la rue, de vastes chantiers de bois à brûler, au milieu desquels étaient pratiqués des chemins de service dont usaient les habitants du quartier, pour communiquer avec les rues voisines.

Ce fut dans un de ces chemins, ou plutôt de ces sentiers, que s'engagèrent nos trois personnages, et après d'assez nombreux circuits au milieu des labyrinthes pratiqués entre les hautes et lourdes piles de bois, ils arrivèrent auprès d'une palissade servant de clôture à un jardin, lequel jardin semblait appartenir à une maison dont la façade principale devait donner rue des Fossés-du-Temple.

Deux individus, coiffés de larges casquettes, et couverts de ces blouses courtes qu'on appelle des bourgerons, fumaient leur *brûle-gueule* auprès d'une porte pratiquée dans cette clôture, et fermée seulement au loquet : ces hommes avaient assez l'air d'être en sentinelles.

Perrot leur dit quelques mots à voix basse, et aussitôt l'un d'eux ouvrit la porte : Georges alors entra suivi de ses deux compagnons.

Ils se trouvèrent dans un jardin carré, à l'extrémité duquel était la maison.

On n'y voyait briller aucune lumière; aucun son, si faible qu'il fût, ne s'en échappait : les bruits que l'on entendait venaient de plus loin : c'étaient les rumeurs vagues et incessantes de la ville.

En approchant davantage de la maison, il sembla à Georges, qu'à ces murmures lointains se mêlaient de temps en temps, et comme par bouffées des clameurs sourdes qu'on eût dit sortir des entrailles de la terre.

Georges crut d'abord qu'il se trompait, mais ayant entendu plus distinctement cette étrange harmonie, il se pencha à l'oreille de Perrot, et tout en marchant il lui dit :

— Où diable nous menez-vous là ?

— Vous allez le savoir dans un instant.

Et Perrot qui venait d'atteindre la maison, frappa d'une façon particulière à une petite porte.

Cette porte s'ouvrit aussitôt, et laissa voir un étroit et long corridor qui se terminait par un escalier.

Cet escalier avait cela de particulier, qu'au lieu de s'élever vers les étages supérieurs de la maison, il s'enfonçait dans les caves.

De sa cage souterraine jaillissait une lumière éclatante comme celle d'un feu de forge : Quant au corridor, il eût été, sans cette clarté dont il profitait, dans une obscurité complète.

VI. 6

En même temps que cette ardente lueur éblouissait les yeux des arrivants, leurs oreilles étaient frappées d'un vacarme étrange qui semblait monter et s'étendre avec elle.

C'était un bruit confus et indescriptible, où se mêlaient, dans un concert tout à la fois sinistre et joyeux, des juraments, des menaces, des blasphèmes, des éclats de rire, des sons aigus d'instruments de cuivre et de bois, des refrains obscènes, des chocs de verres, et de loin en loin le tintement sec et très-reconnaissable du métal monnayé.

Georges et le comte Abel, précédé par Perrot, descendirent l'escalier, et nous devons à la vérité, d'affirmer ici que le spectacle qui s'offrit à leurs yeux surprit étrangement jusqu'à d'Entragues lui-même, lequel cependant avait vu, fait ou subi assez de choses dans sa vie pour ne s'étonner de rien.

L'escalier avait dix-huit marches; après les avoir franchies on arrivait dans une pièce immense, divisée en trois compartiments de grandeurs égales, par des colonnettes en bois, peintes d'une belle nuance vert-chou.

Le premier compartiment était le cabaret : on y buvait du vin bleu ou jaune, sous prétexte de rouge ou blanc, de la bière aigre, du punch à l'esprit de vin, et des liqueurs douces à soulever le cœur, ou fortes à brûler l'estomac.

Le second compartiment était la salle de bal, on y exécutait sans le moindre contrôle toutes les danses les plus prohibées par sa seigneurie monsieur le préfet de police, pair de France, à commencer par le *cancan* primitif, et à finir par le *moulin à café*, invention chorégraphique de madame la comtesse de G... qui a laissé bien loin derrière elle la *célèbre Tulipe orageuse* de la reine Bacchanal du *Juif errant*.

Le troisième compartiment était la salle de jeu. Nous en parlerons tout à l'heure avec quelque détail.

Il y avait en outre quelques cabinets dans la maison, c'étaient les boudoirs de l'établissement ; mais la liberté dont on jouissait dans la salle du bal n'en rendait pas l'usage d'une absolue nécessité.

C'était au cabaret qu'aboutissait l'escalier, idée d'architecte qui était presque un trait de génie, car il fallait absolument commencer par boire avant de finir par aller jouer.

Les yeux vifs et pénétrants de d'Entragues, embrassèrent d'un seul regard tout cet ensemble, puis ils s'arrêtèrent sur un vieux comptoir en palissandre incrusté, ornement déchu de quelque café du boulevard. Derrière ce comptoir était un banc enchâssé dans une espèce de niche. Sur ce banc et dans cette niche trônait, parée de ses atours les plus triomphants, la mère La Hure, dont le dos monstrueux était répété par une glace placée derrière elle.

Cette femme, énorme créature, jadis phénomène dans les exhibitions foraines des Champs-Élysées, les jours de réjouissances publiques, était vêtue de la plus splendide robe écossaise à larges carreaux rouges, verts et noirs, qu'il soit possible d'imaginer. Une de ces robes enfin que les fabricants inventent dans l'espoir de les vendre aux élégantes de Lyon qui les trouvent quelquefois trop simples. •

De cette robe presque sans corsage, sortaient, ou plutôt se répandaient, débordaient de si robustes appas, qu'en les fractionnant et en les mettant en œuvre au moyen du merveilleux procédé de la rhinoplastique, on aurait pu faire largement le bonheur d'une douzaine de femmes maigres.

La mère La Hure, telle que nous venons de l'esquisser, n'était pas au moral non plus une femme ordinaire. Ainsi elle avait une sorte de dignité personnelle, à l'aide de laquelle elle savait maintenir à une distance respectueuse les gens avec lesquels elle ne voulait pas se familiariser. D'un autre côté, quand elle avait des préférences, ce qui se rencontrait tous les jours, elle ne se gênait pas pour les laisser voir, et parmi les habitués de la maison on se montrait toujours un certain nombre de jeunes gaillards carrés et barbus qu'on soupçonnait tout bas d'être ses favoris.

A l'exception de l'emplacement occupé par le comptoir, tout le compartiment qui servait de cabaret était encombré de petites tables entourées de buveurs assis sur des tabourets : les tables étaient malpropres et les tabourets boiteux. Les premières supportaient un nombre indéterminé de *brocs*, de *litres*, de *bouteilles*, de *chopes*, de *canons*, de *canettes*, de *poissons*, et de *polichinels*, tous remplis de vin, de bière ou d'eau-de-vie.

La mère La Hure inspectait tout du haut de son banc recouvert de velours d'Utrecht jadis cramoisi, et elle donnait d'une voix de stentor ses ordres aux garçons qui obéissaient toujours avec autant de promptitude que de soumission.

Le second compartiment, ou si vous le préférez la salle de bal, avait dans l'un de ses angles une espèce d'estrade, sur laquelle était juché l'orchestre, composé d'un violon aigre, d'un flageolet criard et d'un cornet à piston faux.

Sur les bancs de bois placés de distance en distance

dans cette partie de l'établissement, se tenaient dans des poses plus ou moins pittoresques, dix ou douze créatures décolletées, fardées, maquignonnées. C'étaient les premiers sujets du *cancan et du moulin à café*, et *le lard* d'une des trois souricières de la mère La Hure.

Le prix du cachet pour chaque contredanse était fixé à dix centimes. Le prix des *boudoirs* se traitait de gré à gré.

Tous ces détails étaient aussi neufs que curieux pour d'Entragues, toutefois il en détourna promptement son attention, pour la reporter tout entière sur le compartiment qui formait la salle de jeu.

Il est vrai que l'aspect en était si singulièrement animé qu'il faisait à l'instant même oublier la salle de bal avec ses danseurs, et le cabaret avec ses buveurs.

Au milieu, un grand billard, dont les quatre bandes abattues ne laissaient voir qu'un tapis vert parfaitement uni, était métamorphosé en table de lansquenet, au moyen d'un procédé bien simple que nous allons tâcher d'expliquer.

Les pieds de ce billard rentraient de quelques pouces dans le plancher, de manière à ce que les joueurs pussent facilement s'asseoir et s'accouder tout autour. Un mécanisme d'une extrême simplicité, permettait, en cas d'alerte de faire reprendre, en une seconde, au meuble sa hauteur primitive. En même temps que ce changement à vue s'opérait, les bandes abattues se relevaient d'elles-mêmes, les cartes remplacées par des billes, disparaissaient dans une introuvable cachette, et les joueurs de lansquenet se montraient à la police et à monsieur le commissaire, une queue à la main comme de simples et inoffensifs joueurs de billard.

Au même moment un des garçons criait à tue-tête :

— La poule, Messieurs, qui veut faire la poule?

Nous avons vu d'ailleurs par tout ce qui précède que les abords de la maison suspecte étaient bien gardés, et que si la police pouvait à la rigueur arriver, il lui était impossible de surprendre tout à fait.

Nous assisterons dans quelques moments à la partie commencée. Contentons-nous maintenant de dire qu'autour de la table de jeu, comme dans le cabaret et dans la salle de bal, circulaient sans relâche d'effroyables quantités de vin, de bière et d'eau-de-vie.

Une cagnotte, espèce de tirelire d'osier, recevait sous la surveillance et la responsabilité d'un des hommes carrés et barbus de la mère La Hure, les rétributions des joueurs, à savoir *quinze centimes* par chaque passe.

Quoiqu'il arrivât, ces quinze centimes étaient avant toutes choses prélevés sur le profit des gagnants. Dans aucun cas la mère La Hure ne pouvait rien perdre.

Revenons maintenant à nos trois personnages.

Peu de temps après leur arrivée et aussitôt que d'Entragues eut pris une connaissance suffisante des localités, Perrot s'approcha du comptoir, et fut accueilli par un gracieux sourire de la mère La Hure, qui daigna même tendre au brocanteur ses gros doigts encombrés de bagues fausses jusqu'à la première phalange.

— Rosolio est-il ici ? — demanda Perrot en contemplant avec une admiration parfaitement jouée les avantages physiques de la mère La Hure.

D'Entragues, que ses courses inutiles avaient un peu

découragé, eut un instant la crainte d'une réponse négative, mais il fut bientôt rassuré, car la divinité du lieu répondit d'une voix digne d'un chantre de cathédrale.

— Parbleu ! il est là-bas qui *jousse à l'entremet* : vous le trouverez du premier coup.

L'*entremet*, c'était la manière de la mère La Hure de prononcer le mot *lansquenet*, nos lecteurs l'ont sans doute déjà deviné : dans tous les cas nous le leur apprenons.

— Ces messieurs sont de votre société ? — ajouta-t-elle d'un air de satisfaction, en contemplant d'Entragues et le comte Abel qu'elle paraissait trouver fort à son gré.

— Sans doute, — répondit Perrot.

— Pour *lorse*, je suis *très-z-aise* d'avoir celui de faire la leur... c'est des bien *bel hommes !*

Georges ne put s'empêcher de sourire en recevant ce compliment, mais comme il lui importait davantage e mettre enfin la main sur Rosolio que de faire du premier coup la conquête de la mère La Hure, il fit signe à Abel et à Perrot de le suivre, et il se rendit immédiatement dans la salle du tripot, qu'il n'avait encore aperçue que de loin, et à travers les vapeurs du cabaret, et la poussière du *bastringue*.

Chemin faisant, d'Entragues reçut une foule d'agaceries de tous genres des créatures qui peuplaient le bal, et il sentit à plusieurs reprises son cœur se soulever de dégoût et son front se couvrir de rougeur; à l'idée que tous ces êtres ignobles le prenaient pour un des leurs.

— Voilà Rosolio, — lui dit Perrot en désignant du doigt un individu assis à la place d'honneur au milieu des *pontes*, et paraissant suivre le jeu avec une prodigieuse attention.

Rosolio était un homme de petite taille, au teint olivâtre et à la mine assez chétive, quoique sa physionomie ne manquât pas d'une certaine animation. Ses cheveux noirs et crêpus étaient, à force de soin et de pommade, lissés autour de ses tempes et roulés en boudin derrière sa tête ; ses grands yeux habituellement fatigués et éteints, lançaient quelquefois de vives étincelles, que faisait paraître plus brillantes encore l'auréole d'un bistre sombre qui entourait les paupières : l'ensemble du visage, somme toute, ne manquait ni d'agrément ni même de distinction, mais il trahissait dans son expression habituelle ou passagère tant de vices et tant de bassesses qu'on ne pouvait le contempler un instant sans éprouver un profond sentiment de répulsion.

D'Entragues n'échappa point à cette impression, néanmoins il comprit que Rosolio, malgré la répugnance qu'il lui inspira, pouvait bien être l'homme dont il avait besoin.

Le costume de Rosolio frappa d'Entragues. Il consistait en une espèce de tunique ou de jaquette en velours épinglé bleu clair, à boutons de chasse ; ce vêtement, très-ouvert sur la poitrine, laissait voir un gilet de cachemire à palmes éclatantes, et la rosette artistement nouée d'une cravate de soie rouge, dont les bouts étaient fixés par une épingle en faux diamant, sur une chemise plissée, brodée, bouillonnée comme un canesou de femme.

Rosolio avait devant lui une trentaine de pièces de cent sous, de la monnaie de billon en abondance, un verre à moitié plein et une bouteille aux trois quarts vide.

Le voisin de gauche de Rosolio tenait la banque au moment où M. d'Entragues, le comte Abel et Perrot s'approchèrent du billard métamorphosé de la manière que nous l'avons expliqué.

— *Cinquante balles* Messieurs ! *cinquante balles !* — disait le banquier que la chance paraissait favoriser. — On ne fait pas d'argent ? Je pars pour *dix balles*... Qui est-ce qui tient dix balles ?

— *Banquo* du tout, — dit Rosolio.

— Je passe la main.

— Je la prends à cinquante.

En effet, Rosolio s'empara des cartes et poussa devant lui dix pièces de cent sous pour faire son enjeu.

Georges qui le regardait avec l'attention qu'on met à examiner l'homme dont on a besoin pour une affaire importante, et qui était d'ailleurs expert en ces sortes de choses, vit clairement Rosolio glisser quelques cartes tirées subtilement de sa manche, sur le paquet qu'il tenait.

— Banquo, — dit quelqu'un.

— Allons ! — répondit Rosolio.

Il abattit un carte à gauche, c'était un valet ; puis une autre carte à droite, c'était un second valet.

— *Refait de Galuchets*, — dit Rosolio. — Il y a maintenant cent francs à la banque.

— Je tiens ! — dit résolument le personnage qui venait de perdre cinquante francs en un tour de main ; — mais je te préviens que si tu as encore un refait, c'est que tu nous voles, et alors je te *casse la gueule*.

Rosolio haussa dédaigneusement les épaules, et tout en faisant ce mouvement il abattit deux cartes.

La variante était fort légère. Au lieu d'un *refait de valets*, c'était un *refait de rois*.

— Ah! c'est comme ça, brigand d'Italien! — s'écria le perdant. — Eh bien! attends un peu.

Et sautant sur le billard, dont la largeur le séparait de son adversaire, il s'élança vers ce dernier, qui se leva tranquillement en disant à ses voisins :

— Faites de la place, vous autres, ça va chauffer ou je ne m'y connais pas.

Puis évitant par un saut de côté le premier choc de l'agresseur, il lui *passa la jambe*, et mettant en pratique avec une merveilleuse désinvolture les plus simples éléments du bel art de la savate, il accompagna le croc-en-jambe d'un formidable coup de poing dans le creux de l'estomac du joueur irascible, qui s'en alla rouler sans connaissance sur le carreau.

Après cet exploit, qui prit bien moins de temps que nous n'en avons mis à le raconter, Rosolio se contenta de dire à la galerie.

— Il a son compte, celui-là. Portez-le à l'ambulance. Puis se rasseyant à sa place, et ramassant les enjeux, il ajouta :

— Je passe la main. Qui prend la banque à deux cents balles? Il y a encore du *bénef* à faire.

En ce moment le comte Abel l'interrompit en lui posant la main sur l'épaule.

Rosolio se retourna vivement.

— Tiens! c'est vous! — dit-il, — par quel hasard dans ces quartiers-ci?

Et il se leva immédiatement.

— J'ai à vous parler, — répondit le comte Abel; — c'est pour cela que je suis venu.

— Voilà! toujours présent! — répondit Rosolio en

suivant le comte Abel et Georges d'Entragues dans un des angles de la pièce, où ils causèrent pendant quelques minutes avec animation quoique à voix basse.

— Ça se peut, ça se peut, — dit Rosolio un peu plus haut. — Nous allons vous arranger l'affaire en douceur. — Puis il cria :

— Ohé ! l'Enrhumé ? où est l'Enrhumé ?

— Il est ici, — répondit une grosse voix partant du cabaret. — Il est ici qui *pionce* (1) comme un *gniaf*.

— Est-il tout à fait *pochard*, ou seulement un peu *allumé ?* — demanda Rosolio.

— Ohé ! l'Enrhumé ! ohé ! — répéta la grosse voix : — Est-ce que t'es pochard ? Si t'es pochard dis-le tout de suite.

On entendit une espèce de grognement sourd parfaitement inintelligible, et l'on vit s'avancer, d'un pas dont l'assurance était un peu suspecte, un individu de mauvaise mine et pauvrement vêtu. Cet individu devait son sobriquet de l'*Enrhumé* à une maladie du larynx qui ne lui permettait de parler qu'à voix basse.

— Et d'un, — fit Rosolio.

Puis il éleva la voix, et il cria :

— Ohé ! l'Amour ! ohé ! Où est l'Amour ?

— L'Amour ? présent ! toujours, la nuit comme le jour ! — répondit une grosse voix avinée qui partait du compartiment voisin.

Et notre ancienne connaissance de l'estaminet de la *Grande-Pinte* et du cabaret des *Rossignols*, quittant, dans la salle de danse, une grosse fille avec laquelle il exécu-

(1) Qui dort.

tait un *moulin à café* des plus échevelés, s'approcha de nos interlocuteurs.

— L'affaire est dans le sac, — dit Rosolio au comte d'Entragues, maintenant il ne s'agit que de s'entendre : Suivez-moi

Ils se dirigèrent tous vers le comptoir dans le compartiment du cabaret.

— Mère La Hure, fit Rosolio en s'adressant *à l'ex-phénomène,* — faites-nous donner *un cabinet de société,* du vin cacheté et des cigares à *cinq;* nous avons à *jaspiner.*

Cet ordre fut exécuté immédiatement, et nos cinq personnages, à savoir : d'Entragues, le comte Abel, Rosolio, l'Amour et l'Enrhumé restèrent enfermés l'espace d'une demi-heure environ.

Pendant ce temps-là, Perrot, qu'on avait laissé dans le cabaret, contemplait l'*état* de la mère La Hure, à laquelle il adressait quelques galanteries de haut goût, nous devons le dire, parfaitement accueillies.

Nous saurons plus tard les résultats de l'entretien secret, et ce qui fut décidé dans *le cabinet de société* de la rue des Fossés-du-Temple.

V

La lettre anonyme.

Bien que Georges d'Entragues ne fût rentré chez lui qu'à une heure très-avancée de la nuit, après son entrevue avec Rosolio, l'Amour et l'Enrhumé, dans le très-respectable établissement de la mère La Hure, il sortit le lendemain matin de très-bonne heure, et il se dirigea vers le Palais-Royal, où il entra par cette galerie dont le nom nous échappe en ce moment, mais que nous pensons pouvoir désigner d'une manière exacte en disant qu'elle aboutit rue Saint-Honoré, presqu'en face du Café de la Régence.

Cette galerie n'est peuplée que de petites boutiques borgnes où l'on vend à prix fixe des objets sur lesquels on est encore trompé de moitié. C'est là que les provinciaux achètent leurs parfumeries, leurs gants, leurs lunettes, et les bijoux en similor qui font dire d'eux, quand ils retournent *au pays* : qu'ils se sont ruinés dans *la capitale*.

parmi ces boutiques il y en avait, à l'époque dont nous parlons, deux ou trois qui étaient occupées par des écrivains publics, sous la dénomination pompeuse de *bureau de correspondance*.

De plus, la galerie en question servait et sert encore de rendez-vous à une classe nombreuse d'industriels, dont la profession peu connue, à ce que nous croyons, consiste à endosser pour quelques francs des billets de commerce, qui prennent ainsi un certain air de réalité à l'aide duquel le porteur arrive infailliblement à... ne pas les négocier.

Nous avons cependant entendu parler d'un de ces endosseurs qui avait gagné à ce métier une fortune assez considérable pour pouvoir fonder sur le Pont-Neuf un établissement de décrottage en plein vent ; mais cela tenait à une circonstance particulière : cet homme portait, nous aimons à croire qu'il en avait le droit, le nom tout-puissant de *Rothschild*. Peut-être était-ce un parent éloigné, obscur ou philosophe de l'illustre banquier. Quoi qu'il en soit sa signature, dans les circonstances dont nous parlions tout à l'heure, se vendait jusqu'à deux pièces de cent sous, ce qui ne faisait pas qu'elle fût plus négociable. Il voulut cumuler cette industrie avec son métier de décrotteur, mais sa prospérité lui avait suscité des envieux, on le dénonça, et la police correctionnelle l'envoya à Poissy réfléchir sur les abus de l'*homonymie*.

Georges d'Entragues fit quelques pas dans la galerie ayant l'air de chercher quelque chose, puis il s'arrêta devant une échoppe fermée par une porte vitrée. Contre l'un des barreaux de cette porte on avait appliqué une feuille de papier sur laquelle étaient tracés en magnifique écriture moulée, ces mots :

CABINET DE RÉDACTION.

Et plus bas, en *bâtarde* non moins remarquable :

On fait soi-même sa correspondance.

Georges entra.

— Que désire Monsieur ? — lui demanda un petit homme de cinquante à soixante ans, coiffé d'une casquette à côtes de melon dont la visière avait été remplacée par un abat-jour en taffetas vert si gras que la couleur n'apparaissait plus qu'à certains endroits.

— Il s'agit d'une lettre, — répondit Georges en relevant jusqu'à ses yeux le collet de son paletot, et en jetant un regard inquiet sur la galerie très-fréquentée en ce moment.

— Monsieur écrit-il lui-même ?

— Non, je dicte.

— Monsieur veut-il grand format, moyen format, petit format ? Monsieur écrit-il à un ministre, à un pair de France, à un député, à un *monsieur* ou à une *dame ?*

— A une femme.

— Alors Monsieur désire peut-être avoir du papier rose ? j'en ai qui est très...

— Nullement.

— Alors du papier glacé, parfumé, doré sur tranche, à filets, à guirlandes, à emblèmes : je suis parfaitement assorti.

— Prenez du papier ordinaire.

— Monsieur désirerait-il que j'adoptasse une écriture

particulière ? il peut choisir entre l'anglaise, la ronde, la
bâtarde ou la coulée ?

— Eh ! que diable me fait tout cela ? écrivez comme
vous voudrez ! — répondit Georges, que tout ce verbiage
avait impatienté dès le commencement.

— Monsieur m'excusera si j'ai été indiscret... c'était
mon désir de lui être agréable.

— C'est bien ! c'est bien ! êtes-vous prêt à commencer ?

— J'attends que Monsieur veuille bien prendre la
peine de me faire connaître...

Georges se recueillit pendant quelques secondes, puis il
jeta encore un regard inquiet sur la galerie, et enfin il
dicta ce qui suit :

« Madame,

« Un ami qui ne veut point encore se faire connaître,
mais qui prend à tout ce qui vous concerne un bien vif
et bien profond intérêt, se trouve, par suite d'un concours
de circonstances dont il est fort inutile de vous entretenir en ce moment, se trouve, dis-je, à même de vous
donner les renseignements les plus précieux et les plus
circonstanciés sur la chose du monde qu'il vous importe
le plus de connaître et d'éclaircir. Vous devinez sans
doute déjà qu'il ne peut s'agir que de votre famille, dont
la découverte est, je le sais, la grande préoccupation de
votre vie.

« Un sentiment de réserve, dont mieux qu'une autre
vous apprécierez toute la convenance et toute l'opportunité, ne me permet pas de soulever *aujourd'hui* le voile
qui dérobe encore à vos yeux une partie de votre passé,
votre présent et votre avenir. Il est des choses qui peu-

vent se glisser à l'oreille dans une entrevue mystérieuse, mais qu'on ne saurait sans imprudence confier au papier.

« Il faut donc que je me rencontre avec vous, Madame; mais comme ce ne peut être ni chez vous ni chez moi, je suis contraint par ces deux impossibilités à vous demander une chose qui doit, je le crains du moins, vous mettre fatalement en défiance contre moi en vous donnant des doutes sur la gravité des révélations que j'ai à vous faire. Le seul endroit où il me soit permis de me rapprocher de vous est le bal de l'Opéra, parce que là, du moins, un masque pourra cacher mon visage que vous ne devez pas connaître encore.

« Je ne me fais pas d'illusion sur le succès de la démarche que je tente en ce moment; mais si elle n'obtient aucun résultat, je pourrai au moins me dire que je vous ai proposé le seul moyen qui fut en mon pouvoir de vous éclairer.

« Toutefois comme il est possible que vous acceptiez, j'ai voulu que vous fussiez en mesure de profiter de cette bonne inspiration. En conséquence, Madame, vous recevrez dans la journée le coupon d'une loge pour le bal de samedi prochain. Veuillez vous trouver dans cette loge à deux heures du matin, et sous aucun prétexte n'en ouvrir la porte qu'à celui qui, après avoir frappé trois coups, prononcera ces deux mots : *Stéphen et Perdita.*

« Afin d'écarter autant que possible de votre esprit cette méfiance que je redoute et qui ne serait que trop naturelle dans votre position ; afin que vous ne puissiez croire ni à une mauvaise plaisanterie ni à un piége, je vous autorise, je vous engage même à vous faire accompagner par le général baron Carol, votre protecteur et votre ami.

« Si, comme je veux l'espérer, vous tenez compte de ma lettre, les incertitudes qui vous torturent depuis tant d'années n'auront désormais qu'une courte durée, et vous serez rendue *à une mère* qui n'a jamais cessé de vous pleurer, de vous chérir et de vous attendre! Votre souvenir est toujours vivant dans son cœur, et votre place est restée vide à son foyer.

« A samedi donc, Madame.

« A samedi ou jamais. »

— C'est tout, — dit M. d'Entragues, en prenant pour la relire la lettre qu'il venait de dicter.

— C'est bien cela! — reprit-il en lui-même après avoir lu. — C'est diffus, confus, embarrassé, embrouillé, mystérieux. Les femmes se laissent toujours prendre à ces piéges-là.

— Dois-je plier en forme de lettre ou mettre sous enveloppe? — demanda l'écrivain public.

— Mettre sous enveloppe; c'est toujours beaucoup plus sûr et au moins plus convenable.

— Monsieur veut-il maintenant avoir la bonté de me dire l'adresse!

— Il n'y en a pas, — répondit brusquement Georges. — Combien vous dois-je?

— Je m'en rapporte à la générosité de Monsieur, en me contentant de lui faire observer que la lettre anonyme se paie toujours un peu plus cher. C'est un usage parmi nous autres.

— Et pourquoi cela? — fit Georges en souriant.

— Parce que l'on paie tout à la fois notre discrétion et notre travail.

Georges trouva cela assez juste, jeta une pièce de cent sous sur le bureau, et sortit accompagné bien malgré lui par l'écrivain public, qui, le reconduisit jusqu'au milieu de la galerie avec force salutations grotesques et empressées.

D'Entragues gagna la place du Carrousel par une des petites rues sales et mal famées qui avoisinent le Louvre, et non loin de ces infectes boutiques de marchands d'oiseaux que tout le monde connaît, il entra dans une autre échoppe de scribe, assez semblable à celle qu'il venait de quitter, et il fit écrire par le maître de l'établissement sur l'enveloppe qu'il tenait à la main.

Mademoiselle Perdita,

Rue de Provence, n° ***

Ville

Cela fait il chercha un bureau de poste, et quand il en eut trouvé un il jeta sa lettre dans la boîte.

Il était alors dix heures du matin; la distribution devait par conséquent se faire vers les deux ou trois heures de l'après-midi.

Georges s'en alla déjeuner à *British Tavern*, rue de Richelieu, restaurant où il était parfaitement inconnu. Voici le motif de cette précaution,

Un peu avant de sortir de table, il appela le garçon qui l'avait servi, lui confia de l'argent, et moyennant un *pourboire* de quarante sous, il l'envoya prendre, à la location de l'Opéra, une loge de deuxième rang pour le bal du samedi suivant.

Tout ceci se passait dans la matinée du jeudi, c'est-à-dire quarante-huit heures avant le bal pour lequel le coupon de loge était demandé.

Georges mit ce coupon sous enveloppe, écrivit l'adresse en ayant soin d'employer les caractères *romains* qui, comme on le sait, ne permettent pas même de chercher à reconnaître une écriture, puis il s'en alla sur le boulevard des Italiens où il fuma deux ou trois panatellas tout en rêvant à sa situation, environnée encore de bien des périls quoique tout eût semblé lui réussir depuis quelques jours.

A deux heures précises, Georges aborda un commissionnaire, et lui donnant son enveloppe renfermant le coupon de loge, il lui dit en lui montrant un autre commissionnaire qui stationnait assis sur les crochets au coin de la rue Lafitte :

— Tiens, voilà cent sous... Tu vois bien ton camarade qui est assis là-bas.

— Oui, notre bourgeois, je le connais ; c'est mon pays, un bon enfant.

— Tu vas lui donner cette lettre.

— Oui, notre bourgeois.

— Et tu lui diras de la porter à son adresse à l'instant même.

— Oui, notre bourgeois, — répondit l'Auvergnat en se grattant la tête, comme s'il y avait dans tout cela quelque chose qui ne lui paraissait pas clair.

— Voyons, m'as-tu bien compris ? — demanda Georges. — Tu n'en as pas l'air.

— Oui, notre bourgeois... mais je la porterais bien moi-même, cette lettre.

— Fais ce que je te dis, et ne t'inquiètes pas du reste. Il y aura cinquante sous pour toi et cinquante sous pour ton camarade.

— Oui, notre bourgeois.

Le commissionnaire s'éloigna.

Il eut d'abord la pensée de faire la commission lui-même et d'empocher la pièce de cent sous à lui tout seul ; mais il réfléchit que ce serait trahir la confiance du bourgeois, qui pourrait d'ailleurs s'apercevoir du méfait, et qu'il y avait plus de profit et plus de sécurité à filouter sournoisement un camarade.

En conséquence il donna la lettre et cinquante centimes à l'autre commissionnaire, en lui faisant observer que c'était bien payé pour aller rue de Provence.

Et qu'on dise encore qu'il n'y a pas de vertus dans le peuple ! Enfin, cet homme pouvait gagner dix sous de plus, et il ne l'a pas fait. O madame Sand ! ô monsieur Sue ! vous avez bien raison, il n'y a de mains pures que les mains sales !

Nos lecteurs, nous le supposons du moins, ont compris que toutes les précautions minutieuses prises par Georges d'Entragues, n'avaient d'autre but que de rendre impossible toute indication du commissionnaire, si par hasard on venait à le questionner sur la personne qui l'envoyait.

Aussi dès que Georges eut pu s'assurer de loin que ses ordres venaient d'être fidèlement exécutés, il disparut par le passage de l'Opéra, et, gagnant la rue Saint-Lazare, il se rendit en toute hâte chez lui.

Au bout d'un quart d'heure environ, il ressortait et se dirigeait vers une station de petites voitures sous remise.

Un changement complet s'était opéré dans son costume.

Au lieu de son par-dessus en alpaga blanc, il avait revêtu un paletot de l'année précédente, à collet ample et de couleur sombre. Par-dessus ce collet relevé jusqu'aux yeux, Georges avait noué une longue cravate en cachemire orange, qui formait cache-nez et ne laissait voir que le haut du visage : le temps, du reste, justifiait cette précaution.

Georges prit un coupé et se fit conduire rue d'Amboise, au domicile de Rosolio : il venait chercher ce dernier, et tous deux descendirent bientôt ; puis ils montèrent en voiture, et d'Entragues dit au cocher :

— Route de Vincennes.

— Ah! çà, mon cher, — reprit-il en s'adressant à son compagnon, après avoir baissé les stores du coupé pour éviter d'être vu dans une société aussi compromettante.— Ah! çà, mon cher, si j'en crois ce que m'a dit le comte Abel, je dois espérer pouvoir compter sur vous.

— Parbleu! — répondit Rosolio avec une familiarité impudente, — ce n'est pas pour me vanter, mais quand on me paie bien, il n'y a pas de caniche qui puisse me damer le pion pour la fidélité.

— Servez-moi comme je l'entends, et vous n'aurez pas lieu de vous plaindre de moi. Si je suis très-exigeant, je ne suis point ingrat.

— On fera son possible; mais la besogne en question n'est pas de ces plus commodes. Le procureur du roi fourre souvent son nez dans des affaires plus propres que celle-là... Mais c'est égal, je m'en bas l'œil! j'ai promis, il faut que ça marche !

— Et vous me répondez de ces deux hommes que vous vous êtes adjoints?

— Corps pour corps! — s'écria Rosolio avec emphase.
— L'Amour, voyez-vous, c'est un *malin fini* ! Il a roulé
Sainte-Pélagie, Poissy, Melun, enfoncé les mouchards les
plus malins; quand celui-là lâchera un mot mal à propos,
j'irai le dire à Abdel-Kader. Quant à sa fidélité, il n'y a
pas de danger non plus. Comment voulez-vous qu'il nous
vende? J'en sais sur son compte dix fois plus qu'il n'en
faut pour l'envoyer se promener à Rochefort ou à Toulon,
aux frais du gouvernement. Avec ça on tient un homme,
et on le fait marcher au doigt et à l'œil.

— Et l'autre?

— L'Enrhumé? Tout seul il ne serait bon à rien : une
vraie savate! ça n'a pas pour deux liards de *truc*, c'est
bête à manger du foin! Mais si on lui donne un bon chef
de file, et des petits verres de temps en temps, il n'a pas
son pareil! je l'ai vu à l'ouvrage, il travaille crânement
bien! Si les petits verres étaient grands, ce n'est pas ce
qui le gênerait, il les boirait tout de même.

Georges sourit imperceptiblement, puis il reprit :

— Vous savez, du reste, mais je vous le rappelle encore,
que je ne veux pas de violence.

— C'est pardieu bien comme cela que je l'entends? Je
ne suis pas un homme de coups de couteau, moi : les coups
de poing, à la bonne heure! ça tue bien aussi quelquefois, par hasard; mais on prouve que c'est un homicide
involontaire, et il n'en est absolument rien.

— Le plan dont je vous ai parlé cette nuit vous paraît-
il facile à exécuter?

— Oui, surtout si nous pouvons avo'r la bicoque dont
je vous ai touché deux mots. On la dirait faite tout exprès

pour la chose. Si elle est libre, vous pourrez vous vanter
d'avoir de la chance.

— Est-ce encore bien loin ? — demanda Georges qui,
sachant tout ce qu'il voulait savoir, ne se souciait plus de
causer.

— Nous y serons dans une demi-heure, — répondit
Rosolio : — ça vous gênerait-il que je fume ma pipe ?

Et Rosolio, ne doutant pas du consentement de Georges,
tira de sa poche un court brûle-gueule remarquablement
culotté et soigneusement renfermé dans un étui de bois à
charnière de cuivre.

— Laissez votre pipe et votre *tabac caporal*, — répondit
d'Entragues, — et fumez-moi ce *régalia* de première qualité.

Et il présenta à Rosolio son étui à cigares tout ouvert.

— Un pour moi et un pour mon *épouse*, — dit Rosolio
en prenant deux régalias au lieu d'un.

Ils roulèrent pendant quelques moments sans prononcer une seule parole, et environnés d'une épaisse fumée
de tabac.

— Ohé ! cocher, arrête ta boîte ! — cria tout à coup
Rosolio en passant la moitié de son corps par la portière ;
puis il ajouta en s'adressant à Georges :

— Nous y voici.

Tous deux descendirent de voiture, et l'Italien Rosolio
montra à son compagnon, à deux portées de fusil à peu
près de la grande route, une petite maison, élevée d'un
étage, à laquelle on arrivait par un sentier assez étroit,
encadré entre deux haies d'épines sèches.

Vue de l'endroit où la voiture s'était arrêtée, cette maison semblait complétement déserte : les contrevents étaient fermés, nulle fumée ne s'échappait du toit, et un large écriteau se balançait au-dessus de l'entrée principale.

— Que dites-vous de la position! — demanda Rosolio d'un air parfaitement content de lui.

— Elle me paraît merveilleuse, — répondit Georges, — et parfaitement appropriée à mes vues.

— Oh! j'ai un fameux *flair!* Voyons maintenant si le susdit *bocal* est toujours à louer, comme je le suppose d'après l'écriteau.

— Voyons, — dit Georges.

Et nos deux personnages s'engagèrent dans le sentier d'épines qui conduisait à la maisonnette.

On était à moitié chemin à peu près entre Paris et Vincennes. La campagne aux alentours était solitaire et triste.

VI

Georges d'Entragues et Rosolio arrivèrent en quelques minutes tout auprès de la petite maison, sans avoir rencontré une seule créature vivante pendant le trajet, fort court à la vérité.

Cette villa parisienne était précédée d'une cour de quelques pieds carrés, entourée de murs et fermée par une porte à claire-voie peinte en gris.

L'autre façade donnait sur un jardin trois ou quatre fois plus grand que la cour, et également clos de murs, au-dessus desquels on apercevait quelques maigres rameaux d'arbres évidemment chétifs et mal venus.

L'aspect général du lieu était d'une tristesse qui serrait le cœur. Il aurait fallu haïr profondément quelqu'un pour souhaiter de le voir demeurer là, ou aimer avec passion une personne pour se résigner à y passer vingt-quatre heures avec elle.

Au surplus, les prévisions de Rosolio ne furent pas trompées. *Ce séjour enchanteur* était complétement vacant, car l'écriteau appendu à l'un des pilastres de la porte extérieure disait en style poétique de propriétaire :

« *A vendre ou à louer présentement avec toutes ses dépendances, joli pavillon de chasse, meublé ou non meublé, situé entre cour et jardin à la proximité de Paris et du bois de Vincennes. — On accorderait des facilités pour les payements. S'adresser pour la vente ou pour la location à M. Belamy, épicier en gros, Grande-Rue, numéro***, à Vincennes, ou à M. Decourtive, notaire audit lieu. Omnibus quatre fois par jour ; les fêtes et dimanches jusqu'à minuit. Très-belle chasse dans les environs.* »

— Sont-ils blagueurs ces Parisiens ! — s'écria Rosolio après avoir lu la pompeuse affiche. — Maintenant remontons en voiture et allons trouver le père Belamy.

— Qu'est-ce qui vous a fait penser à cette maison ? — demanda Georges tandis qu'ils regagnaient le petit coupé resté sur la grande route.

— *Je vas* vous dire, — répondit Rosolio. — L'automne dernière, la *cassine* en question était occupée par un marchand de vin de mon intime connaissance. Il avait dans sa cave un petit vin blanc de son invention assez coquet, et il possédait un *chic* pour accommoder les *tripes à la mode de Caen*, à faire revenir un mort pour s'en régaler. Je venais là de temps en temps en me promenant avec des amis, bons vivants comme moi, et c'était des *nopces*, des *nopces*, qu'on en parlait dans tout le pays. Ça faisait aller un peu bien le commerce du propriétaire ; mais nous étions à peu près ses seuls clients, de sorte que quand nous allions d'un autre côté, *nisco*, *brisco*, il n'avait personne pour boire son *ginguet* et manger ses tripes. La position était désavantageuse; c'était trop loin de la grande route, trop isolé pour revenir la nuit avec des *sonnettes* dans la poche, ou une *toquante* dans le gousset. Bref, le pauvre diable fit de mauvaises affaires, avec ça qu'il avait une épouse, jolie gaillarde, ma foi! mais coquette, friande, aimant la risette et la godaille comme pas une, et dépensant des mille et des cents pour faire frou-frou dans une robe de soie, et se mettre des dentelles dans des endroits où ce qu'il fallait regarder de près pour les voir... Enfin, un beau matin, ils ont mis la clef sous la porte, et ils ont filé je ne sais où, sauvant la caisse, qui par malheur était vide ou à peu près, et ne laissant aux créanciers que l'immeuble pour les couvrir... Quand vous m'avez parlé de votre affaire, je me suis tout de suite souvenu de cette *turne*, je vous en ai glissé deux mots dans le tuyau, et voilà toute la chose.

Georges se contenta de cette explication. Que lui importait d'ailleurs? le lieu était triste et désert... il pouvait au besoin tout permettre et tout expliquer... Georges n'en demandait à coup sûr pas davantage.

§

Un quart d'heure après, le coupé de louage s'arrêtait dans la grande rue de Vincennes, en face de la boutique de l'épicier Belamy qui, en entendant venir une voiture, s'était hâté d'accourir sur le pas de sa porte dans l'espoir, déçu vingt fois par jour, qu'il lui arrivait enfin cette fois des amateurs pour son pavillon de chasse.

M. Belamy, épicier, sous-lieutenant de la garde natio-

nale de Vincennes, électeur, juré et *Philippotard*, c'est-à-
dire dynastique à pendre et à dépendre, était un petit
homme gros et rond, à la physionomie moutonnière et
insignifiante, type parfait de ces petits bourgeois conser-
vateurs qui s'imaginent que la société est régénérée parce
que quelques-uns de leurs semblables ont été invités aux
bals des Tuileries. Tout va bien selon M. Belamy. Voltai-
rien forcené en sa qualité d'ancien abonné du *Constitu-
tionnel*, il approuve que le gouvernement favorise le
clergé, parce qu'il faut une religion pour le peuple; ci-
devant libéral, il loue beaucoup le pouvoir d'avoir fait
embastiller Paris, parce qu'il faut bien avoir un moyen
d'empêcher le peuple de renverser les épiciers, ces grands
seigneurs d'aujourd'hui; ennemi des priviléges, M. Belamy a cependant parfois des rêves dorés, durant lesquels
il se voit inventeur d'un nouveau procédé pour la fabrica-
tion de la chandelle, ayant gagné des millions, venant
d'être nommé chevalier de la Légion d'honneur et baron,
et passant la soirée chez un ministre qui lui dit en lui
tapant sur le ventre : *Monsieur le baron de Belamy, il
faut que vous alliez remercier le roi ; et puis aux élections
prochaines ne vous endormez pas, je ne vous en dis pas
plus.*

« *Ils veulent qu'on me nomme député,* — pense dans ces
occasions-là M. Belamy : — *c'est sans doute pour me faire
pair de France.*

M. Belamy a parfaitement raison. Pourquoi ne serait-
il pas pair de France? Quant à nous, nous n'y voyons pas
le moindre empêchement.

En attendant que cette justice soit rendue à ses mérites,
nous avons dit que M. Belamy était venu sur le pas de sa

porte en entendant une voiture s'arrêter dans la rue à proximité de sa maison.

Il accueillit Georges d'Entragues et son compagnon avec ce sourire béat de la sottise satisfaite, qui doit être connu de tous ceux de nos lecteurs qui n'ont pas le bonheur de le posséder eux-mêmes.

— Nous venons pour la petite maison située sur la route de Vincennes, — dit Georges d'un ton parfaitement poli et presque déférent.

Il avait vu du premier coup d'œil qu'il avait affaire à un imbécile, et il prenait le chemin le plus court de la flatterie.

— Ah! très-bien, Monsieur, très-bien. Enchanté d'avoir celui de faire votre connaissance. Donnez-vous donc, je vous prie, la peine de vous asseoir.

Et l'épicier avança deux chaises qu'il débarrassa à la hâte des pains de sucre et des paquets de chandelles qui les encombraient.

— L'écriteau nous a fait connaître, — reprit Georges, — que c'est à vous, monsieur Belamy, qu'il faut s'adresser pour traiter de la vente ou de la location.

— Très-bien, Messieurs... très-bien... je suis disposé à l'un comme à l'autre pourvu que j'y trouve mon compte.

— Rien n'est plus juste... Pour le moment je désire louer, et je venais vous demander quelles sont vos conditions.

— Rien de plus naturel... rien de plus... naturel... c'était la première chose à faire.

— Eh bien! — demanda Georges avec un commencement d'impatience assez mal déguisé.

Nous remarquerons en passant qu'on est toujours

impatient quand on commet une mauvaise action : pour les uns c'est le besoin d'avoir fini, pour les autres c'est le désir de recommencer.

— Eh bien ! — répéta Georges une seconde fois.

— C'est cinq cents francs par an, — répondit M. Belamy ; — par exemple, — ajouta-t-il pour éblouir et faire oublier ce que ce prix avait d'exhorbitant — vous aurez la jouissance *exclusive* du jardin. Vous n'avez pas pu en juger : sous le rapport de l'agrément et de l'utilité, c'est un vrai bijou! Là les fruits, ici les légumes, partout des fleurs, un bosquet avec un banc pour boire *la bière* pendant la belle saison, et un bassin susceptible de recevoir de l'eau.

— Cela me paraît un peu cher.

— Ah! Monsieur, point du tout. Une propriété où l'air est excellent, à proximité de la *capitale*, avec un puits dans la cour, mais, ça se trouve très-difficilement... Cependant, si pour vous décider, il fallait rabattre quelque chose... Mais si d'abord ces messieurs voulaient prendre connaissance du local.

— Oui, je crois que cela est nécessaire avant de parler plus longtemps du prix, — répondit Georges.

— Alors je vais chercher mon chapeau rond, et je me rends immédiatement sur le terrain avec ces messieurs.

Rosolio monta sur le siége du coupé de louage, et M. Belamy s'installa à la droite de Georges dans l'intérieur.

§

On visita la maisonnette. Elle contenait au rez-de-

chaussée·une petite cuisine, et deux autres pièces que
M. Belamy appelait pompeusement la salle à manger et
le salon de compagnie. Elles étaient l'une et l'autre gar-
nies de tables et d'escabelles, le tout solide mais grossier.

Au premier, il y avait une grande chambre à coucher,
et deux autres plus petites. La distribution était exactement pareille à celle du rez-de-chaussée.

Les meubles de la chambre étaient en noyer verni,
point élégants mais propres. Au total, cette pièce était
assez habitable.

— Monsieur louerait-il la maison toute meublée ? —
demanda Belamy.

— Sans aucun doute... je ne louerai même qu'à cette
condition.

— C'est que ça fait une différence de deux cents francs
en plus, — reprit l'épicier, — et puis je dirai à Monsieur
que, dans ce cas et comme garantie qu'on n'enlèvera pas
le mobilier, je serai forcé de demander le dépôt de cinq
cents francs entre les mains d'un notaire quelconque, au
gré des locataires. Ce n'est pas méfiance, au contraire :
on voit tout de suite avec qui on traite; mais comme je
n'ai pu me rendre propriétaire de cette maison qu'en
garantissant certains créanciers qui pouvaient prendre
inscription, je dois veiller à ce que leur gage conserve
toute la valeur dont il est susceptible, et alors vous comprenez bien...

— C'est juste, c'est juste, — interrompit Georges. —
La maison me convient; je la loue pour un an, je payerai
le loyer d'avance, et je déposerai les cinq cents francs de
garantie entre vos mains avec autant de sécurité que s'ils
étaient dans la caisse d'un notaire. Nous allons retourner

chez vous ; nous rédigerons un petit bail sous-seing privé,
bien suffisant entre gens comme nous ; vous me remettrez
les clefs et ce sera une affaire entièrement terminée.

Ah ! Monsieur, — s'écria l'épicier, — permettez que je
me *congratule* d'avoir eu *celui* de faire votre connaissance.
On serait bien heureux, quand on est dans le commerce,
de toujours traiter avec des personnes qui... qui... que...
Puis-je savoir à qui j'ai l'avantage de parler.

— Je me nomme Philémon Marécot, et je suis artiste
dramatique rentré dans la vie privée, — répondit Georges avec son aplomb habituel.

— Artiste dramatique ! superbe profession, Monsieur.
Et M. Belamy fit un profond salut à d'Entragues.

Eh bien ! je m'en étais douté ! — reprit-il. Ces belles
manières, ces procédés délicats... Monsieur, je me *congratule* de rechef et en réitérant.

Une heure après, Georges quittait Vincennes, ayant
donné douze cents francs or à M. Belamy, et emportant
dans sa poche son bail sous-seing privé et les clefs du
pavillon de chasse.

Arrivé à la barrière, il renvoya Rosolio en lui donnant
rendez-vous pour le lendemain.

A la hauteur de la rue Grange-Batelière, il congédia
son coupé, dont le cheval n'en pouvait plus, et il s'ache-
mina vers la rue Saint-Lazare, dans l'intention de faire
une visite au vicomte de Nodèsmes, qu'il n'avait pas vu
depuis son installation dans son nouveau logement.

Il trouva Jules dans la cour de son petit hôtel, regardant un de ses palefreniers qui promenait à la main un
assez beau cheval bai-brun à nez de renard.

— Enfin, vous voilà ! — s'écria le vicomte en courant

à lui et en lui serrant la main avec la plus affectueuse cordialité. — C'est ma foi bien heureux! je croyais ne plus jamais vous revoir, et je demandais en quoi j'avais pu...

— Comment cela, mon ami? — demanda Georges. — Je n'ai pas cherché à vous éviter.

— C'est que cela en avait l'air tout à fait. Je suis allé chez vous hier; j'y suis retourné ce matin; j'en arrive à l'instant même... toujours absent, toujours sorti... Vous conviendrez que j'ai dû trouver cela extraordinaire.

— Ne me gardez pas rancune, je vous en conjure, et croyez qu'il n'y a rien de ma faute...

— Je le crois à présent, parce que je vous vois; mais je ne vous dissimulerai pas que je me suis imaginé un moment que vous me refusiez votre porte.

— Quelle folie!

— Cette mauvaise pensée n'a été qu'un éclair.

— A la bonne heure, autrement je ne vous la pardonnerais de ma vie : les gens auxquels j'ai voué une fois mon affection ne doivent jamais douter de moi.

— Mais enfin qu'avez-vous fait pendant ces deux jours? d'habitude vous êtes plus sédentaire.

— Que voulez-vous? j'ai eu des affaires... j'en ai eu beaucoup... beaucoup trop...

— Pas fâcheuses, j'espère? — interrompit Nodèsmes avec l'accent du plus affectueux intérêt.

— Fâcheuses, non. Tristes, ennuyeuses, absorbantes, oui à coup sûr.

— Puis-je vous être bon à quelque chose?

— Tout est terminé à ma satisfaction; merci, mon ami.

— Autrement, — reprit Jules, — vous savez que vous

pouvez disposer de moi dans toute l'étendue de l'acception qu'on peut donner à ce mot. Vous rendre un service serait une grande joie pour mon cœur.

— Merci, mon cher Nodèsmes ! merci encore... Je connais votre inaltérable affection... mais vous n'auriez rien pu à ce qui m'a tourmenté.

— Peut-être. L'amitié est bien puissante, bien ingénieuse quand elle est sincère.

Georges hocha la tête en signe de dénégation.

— Qui sait ? — poursuivit Jules. — Voyons, de quoi s'agit-il ? vous pouvez tout me dire.

— Affaires de cœur, mon ami, — répondit Georges avec un demi sourire triste.

— Pauvre ami ! — repartit vivement Nodèsmes. — Eh bien ! si quelque chose vous afflige, nous en parlerons... nous en parlerons beaucoup. Je ne suis pas de ceux qui prétendent que la meilleure manière de consoler les êtres qui souffrent est de garder le silence sur ce qui les fait souffrir... Promettez-moi donc que si vous avez encore des chagrins vous me les confierez.

— Je vous le promets ! je vous le promets ! — dit coup sur coup d'Entragues, que cette conversation mettait au supplice, bien qu'il fût depuis quelques jours dans un entrainement de mauvaises actions qui avait singulièrement altéré ce qui lui restait de vergogne. — Je vous le promets ! — répéta-t-il une troisième fois. — Mais pour aujourd'hui je voudrais oublier... Parlons d'autre chose... je vous en conjure.

— Eh bien ! venez voir mes chevaux ; puis nous examinerons dans les plus petits détails ma maison entièrement terminée aujourd'hui. C'est à vous que je dois toutes mes splendeurs, mon cher d'Entragues! Sans votre goût exquis, sans votre obligeance sans bornes surtout, il y a cent à parier contre un que je serais encore, à l'heure qu'il est, logé dans je ne sais quel hôtel garni, dont, grâce à mon ignorance de provincial, je n'aurais jamais trouvé le secret de sortir. Vous avez été vraiment ma providence à Paris.

Ces dernières paroles furent prononcées par Jules pendant que les deux amis se rendaient aux écuries, situées dans une arrière-cour.

Georges approuva complètement la manière dont avaient été exécutés les changements conseillés par lui. Puis on passa à l'examen de l'intérieur de l'hôtel, qui réellement était aussi élégant et aussi confortable qu'on pouvait le désirer.

— Convenez, mon cher Jules, — dit d'Entragues, — qu'il vous est impossible de regretter l'argent que vous avez dépensé pour obtenir un semblable résultat.

— Non, sans doute, mon ami, je ne le regrette pas, quoique, entre nous, la somme soit un peu forte... mais ce qui est fait est fait. Et puisque nous sommes sur le chapitre de l'argent, je vous dirai que, d'après vos conseils, j'ai écrit à mon notaire à Granville, de mettre cent mille francs à ma disposition par l'entremise de son banquier à Paris.

— C'est toujours une bonne précaution, dussiez-vous n'avoir pas besoin même du quart de cette somme, — répondit d'Entragues qui rêvait déjà aux moyens de s'en approprier de façon ou d'autre une bonne partie.

— Quand je pourrai en disposer, — reprit Nodêsmes, — ne pensez-vous pas que je ferais une chose fort sage de rembourser immédiatement les mille louis que m'a prêtés M. Salomon, afin de retirer mes lettres de change.

— Ne pensez pas à cela! — s'écria vivement Georges.

— Soyez sûr d'abord que vos lettres de change sont déjà dans la circulation, et dans le cas contraire, Salomon ne vous tiendrait pas compte de la commission que vous lui avez payée. Il est donc beaucoup plus raisonnable et avantageux de laisser vos fonds chez le banquier qui vous bonifiera sans doute d'un intérêt quelconque. Ne vous occupez plus de cette affaire : vous payerez à l'échéance, et tout sera dit.

— Soit, — dit Jules avec sa facilité ordinaire. — Georges était pour lui un oracle infaillible.

Ils arrivaient en ce moment dans la salle à manger.

— Mon Dieu! — dit Georges, — que ce meuble en chêne sculpté est d'un merveilleux effet! et comme cette vaisselle armoriée fait bien sur ces dressoirs du quinzième siècle! Je ne connais rien dans Paris qui soit de cette élégance, et de cette sévère richesse tout à la fois...

— Et quand je pense, — interrompit Nodèsmes d'un ton pénétré, — que ce soir même, une femme vient ici étrenner toutes ces belles choses!... Mais pardon, mon ami! je vous parle de mon bonheur, ce n'est peut-être pas délicat à moi, à qui vous venez de parler de vos peines...

— Une femme? — demanda Georges avec un air de curiosité admirablement joué.

— Oui, une femme! elle... Adèle! mon Adèle!...

Nodèsmes prononça ce nom tout bas, bien que depuis la scène du souper de Mazagran, il n'ait pas cru devoir cacher plus longtemps à son ami ses éclatants succès auprès de madame veuve Lambertini, née Adèle de Flavy.

— Ah! elle vient ici ce soir! je vous en félicite du fond de l'âme, mon ami.

— Pauvre ange! — repartit Jules avec un soupir passionné... — Elle vient chez moi pour la première fois; N'est-ce pas que ce sacrifice prouve beaucoup d'amour? Ah! quelle femme! quelle femme, Georges!

— Charmante!

— Et si bonne! si dévouée!... si pure jusque dans sa chute! si chaste même dans les moments du plus grand abandon!

— Ah! elle est tout cela? — demanda Georges en se mordant les lèvres jusqu'au sang, pour ne pas pouffer de rire au nez de ce malheureux Nodèsmes.

— Oui, elle est tout cela, et bien d'autres choses encore! — répondit Jules, avec enthousiasme.

— Je vous crois, je vous crois, mon ami, et je dois même ajouter que moi, qui ne suis pas amoureux, j'avais, à peu de chose près, deviné toutes les perfections que vous venez de me détailler avec une confiance dont je vous remercie.

— Aussi je l'aime avec une passion, avec un dévouement!... et si je la perdais...

Jules s'interrompit.

— Eh bien? — demanda Georges.

— Je crois en vérité que j'en deviendrais fou... Mais cela est impossible, n'est-ce pas?

— Je le suppose. Où trouverait-elle un cœur comme le vôtre? si tendre, si dévoué, si confiant!

En ce moment le valet de chambre de M. de Nodèsmes

entra, et dit à son maître, en lui remettant un billet sous enveloppe :

— Une lettre pour monsieur le vicomte.

— Demande-t-on la réponse ?

— On est parti sans rien dire.

— Vous permettez, mon ami, — repartit Jules en s'adressant à d'Entragues... — c'est d'elle !...

— Je vous en prie, même.

Jules déchira l'enveloppe, jeta les yeux sur la lettre, et presque aussitôt une pâleur mortelle couvrit son visage, si radieux l'instant d'auparavant.

Puis il se mit à lire, et, à mesure qu'il lisait, l'altération de son visage devenait plus visible, et enfin, ses doigts tremblants laissèrent échapper le billet fatal, qui arriva en tournoyant sur le parquet.

Alors Jules tomba comme anéanti sur un siége, et il se couvrit le visage de ses deux mains, que la violence de sa douleur contractait.

— Qu'avez-vous, qu'avez-vous, mon ami ? demanda d'Entragues, moitié intérêt pour Nodêsmes, moitié inquiétude pour lui.

— Lisez ! — répondit Jules d'une voix sombre, — et, en vous rappelant notre conversation de tout à l'heure, dites s'il est possible de tomber de plus haut dans un abime plus profond ?

Georges se hâta de ramasser la lettre qui était à ses pieds, et il lut.

Voici ce qu'elle contenait :

« Mon ami,

» Je vous aime ! vous le savez, hélas ! car je ne vous l'ai

que trop prouvé! mais cet amour auquel je n'ai pas eu la force de résister, cet amour fait aujourd'hui le malheur et le tourment de ma vie! la fierté de mon âme ne peut s'arranger de la faiblesse de mon cœur!... »

— Où diable veut-elle en venir? — se dit Georges en interrompant un moment sa lecture, — et qui a pu lui dicter ce pathos si peu dans ses habitudes?

Il continua :

« Oui, mon ami, ce sentiment si vif, cet amour si profond, ce dévouement si immense que vous m'avez inspirés, tout cela me désespère, parce que cela m'a rendue coupable!... bien coupable, ô Jules!

» Pour vous j'ai oublié mes devoirs! pour vous je suis tombée à ne jamais pouvoir me relever de ma chute! pour vous j'ai perdu cette tranquillité douce et sereine d'une âme indifférente, et ce repos céleste d'une conscience sans reproche !

» Quand je songe à tout ce qui s'est passé, et comment n'y pas songer, Jules? je sens la rougeur de la honte couvrir mes joues, et la main de fer du remords déchirer mon cœur! Le *remords!* ô mon ami, pesez bien ce mot terrible dans le mystère de votre conscience, et vous pardonnerez peut-être à celle qui vient de le tracer, en souffrant cruellement d'être condamnée à l'écrire.

» Aux grandes fautes, Jules, il n'y a qu'un remède : *les grandes expiations.*

» Je vais donc expier quelques jours de joies bien enivrantes, mais bien coupables, par un deuil et une solitude qui dureront autant que ma vie désormais décolorée.

» Je vous adore toujours, ô Jules! et cependant je pars pour ne jamais revenir!

» Plaignez-moi, et ne me maudissez pas!

» Je pars! je quitte Paris! je quitte la France! je quitte l'Europe! et, sans doute je quitterai bientôt ce monde, pardonnée, j'espère, comme *Madeleine*, parce que je vous aime beaucoup, et parce que je me serai beaucoup repentie de vous avoir tant aimé...

» Quand vous recevrez cette lettre, ô mon Jules toujours adoré, je serai déjà bien loin de vous...

» Je vous laisse mon cœur... Tâchez de m'oublier... hélas! cela vous sera peut-être bien facile! qu'est-ce qui dure dans ce monde? Pensée affreuse!... ah! les hommes! les hommes!!! pourquoi vous ai-je connu?

» Je voulais vous renvoyer le bracelet que vous m'avez donné... mais je ne me sens pas encore le courage de me séparer de cette chère relique... ce dernier sacrifice eût été au-dessus de mes forces... elles sont épuisées par cette lettre.

» Adieu! adieu! je ne cesserai pas de vous aimer, mais je ne vous reverrai jamais.

» Ton Adèle. »

Georges d'Entragues, en achevant cette singulière épître, eut un moment de stupéfaction comme il n'en avait jamais éprouvé de sa vie.

Que voulait dire ce long amphigouri? quel était le mot de cette énigme plus incompréhensible que celle du Sphynx.

Georges avait beau chercher, il ne trouvait aucune solution vraisemblable et admissible.

Il se tourna vers Jules... le malheureux jeune homme était abîmé dans une muette et sombre douleur.

Georges lui adressa quelques paroles : il ne reçut pour

réponse qu'un signe qui exprimait le désir d'être seul.

Georges sortit, sauta dans le premier cabriolet de régie qu'il vit passer, et se fit conduire place Ventadour.

Voici ce qu'il y apprit :

Mazagran, le matin même, avait vendu ses meubles, ce qui n'avait souffert aucune difficulté, attendu que l'appartement avait été payé d'avance ; puis elle était partie sans dire où elle allait, emportant dans deux immenses fiacres plusieurs caisses de robes, et un nombre indéterminé de cartons à chapeaux et à bonnets.

L'énigme se compliquait de plus en plus ! l'intrigue prenait des proportions gigantesques !

Georges, consterné, inquiet, furieux, retourna chez lui. Il sentait, avec un morne abattement. Nodèsmes lui échapper beaucoup trop tôt.

Comme il montait son escalier, il rencontre son valet de chambre qui lui dit :

— Il est arrivé une lettre pour monsieur le comte ; monsieur le comte la trouvera sur la cheminée du salon. On a dit qu'il n'y avait pas de réponse.

Georges enjamba les marches quatre à quatre, courut prendre la lettre : comme il le prévoyait, elle était de Mazagran.

— Enfin ! — s'écria-t-il tout haut, — enfin je vais donc savoir quelque chose !

Et il rompit le cachet avec une impatience fébrile. Comme tous les hommes qui n'ont pas la conscience nette, l'*inconnu* lui était insupportable, parce qu'il l'inquiétait toujours.

Voici ce que contenait cette seconde épître d'un style bien différent de la première :

« Mon petit Georges,

« Tu vas m'en vouloir *à mort* de ce que je fais. Tu vas te mettre dans une de tes colères blanches qui me faisaient si peur autrefois ; dire que je suis une ci, que je suis une ça, et le reste ! eh bien ! ma parole d'honneur, foi de Mazagran, foi d'honnête fille, tu n'auras pas raison.

« Voilà une lettre qui commence drôlement, hein !

« C'est que tu ne sais pas, mon cher, je file mon nœud... je file sans tambour ni trompette, comme un agent de change qui a eu des malheurs.

« Je vais te dire pourquoi et comment. On ne fait pas de mystères avec les anciens : ils se fichent de tout, c'est très-commode.

« Tu as été bien gentil pour moi ; pour ça je te rends joliment justice, et je ne l'oublierai jamais : Tu m'as donné un logement, des meubles, des robes, de l'argent et un vicomte.

« Le logement était très-commode, les robes fort jolies, l'argent excessivement agréable tant qu'il a duré, et le vicomte bien bon enfant, quoiqu'un peu cornichon.

« Cependant je l'ai aimé pendant quelques jours. Mais c'étaient, de sa part, des adorations sans fin, des phrases de vieux romans à perte de vue, et puis des bégueuleries, des bégueuleries, que tu n'en pourrais plus de rire si je te les racontais... Moi, ça me sciait le dos en variations, avec ça que j'avais toujours peur de m'échapper et de lui laisser voir que je n'étais veuve que de ta façon. Bref, cette comédie m'ennuyait, que j'en bâillais à faire hurler mes trois chiens. Que veux-tu ? je ne suis pas comédienne ; et la preuve, c'est que malgré toutes mes protections, je n'ai jamais pu tant seulement débuter dans les figurantes à Chantereine.

« Malgré tout ça, j'aurais encore tenu bon pendant quelques semaines ; mais, il y a de ça cinq ou six jours, j'ai rencontré chez une de mes amies, un jeune homme, un beau brun qui a des yeux bleus magnifiques, des dents superbes, et des petites moustaches noires à vous faire perdre la boule ; de plus, il est acteur, et il a un engagement *un peu soigné* pour Saint-Pétersbourg.

« Nous sommes tombés subitement amoureux l'un de l'autre, et du premier coup le pauvre vicomte a été enfoncé dans le trente-sixième dessous. L'autre, par exemple, n'est pas prude du tout. Il m'emmène, et nous allons filer là-bas une existence numéro un, émaillée d'or et de soie, au milieu des boyards et des roubles.

« Dis donc, Georges, je saurai bientôt s'il y a de véritables princes russes en Russie, ou si ceux que nous voyons à Paris ne sont que des marchands de thé qui ont bu leur fonds.

« Je compte écrire mes Mémoires, et je t'en enverrai un exemplaire.

« Tu y joues un rôle dans les premiers chapitres, mauvais sujet que tu es.

« Du reste, tu n'as pas à te plaindre de moi : je viens d'écrire au vicomte une lettre un peu *chiquée*, tout à fait dans son genre : il va en pleurer comme un veau sur une charrette. J'ai joliment ri en la copiant dans le *Secrétaire des amants !* Mais c'est égal, par égard pour toi, j'ai voulu être veuve jusqu'au bout. Dieu merci, c'est fini à présent.

« Console le pauvre garçon.

« Doit-il être embêtant quand il est triste! Ah! bah! laisse-le se consoler tout seul!

« Au revoir, mon chéri! Nous nous retrouverons un jour; et figure-toi bien que quoi qu'il arrive, même si j'épouse *l'autocrate* pour de bon, je serai toujours et malgré tout,

« Toute à toi,

« MAZAGRAN. »

VII

Toilette de Perdita.

Pour renouer entre elles les diverses parties de notre récit, nous sommes obligés de retourner de quelques heures en arrière, et d'abandonner pour un instant Georges d'Entragues aux sentiments confus et aux indécisions tumultueuses, qu'avaient fait naître dans son esprit les deux surprenantes épîtres de l'excentrique Mazagran.

Un peu avant le moment où le très-peu honorable dictateur des chevaliers du Lansquenet s'apprêtait à partir avec son digne acolyte Rosolio, pour l'expédition de Vincennes, dont nous connaissons les résultats, voici ce qui se passait dans la maison de la rue de Provence, où plus d'une fois déjà nous avons introduit nos lecteurs, quand nous les conduisions chez Mirabelle la jolie lorette.

Toutefois ce n'est pas chez cette dernière que nous mènent en ce moment les hasards de notre récit, mais bien au premier étage de la maison, dans l'appartement encore inconnu pour nous, habité par Perdita.

Pénétrons d'abord dans une chambre à coucher dont les murs sont recouverts d'une tenture de damas gris perle : la teinte un peu fade de l'étoffe est relevée par des torsades et des agréments en soie amaranthe, et l'effet général est ravissant.

Tout dans cette pièce est de cette élégance parfaite que l'on obtient que par l'alliance de la richesse et du goût. Un magnifique tapis, chef-d'œuvre de Sallandrouze, couvre le parquet. Ce tapis, qui est presque un objet d'art, représente la naissance de Vénus, au moment où la déesse sort sur sa conque, du sein des mers qui viennent de l'enfanter. Debout dans le costume classique, dont nous ne ferons pas la description à nos lecteurs, la reine du monde se détache, tout à la fois svelte de taille et puissante de formes sur la rosace bleu pâle du milieu. Autour d'elle des groupes d'amours ailés et joufflus lancent dans les airs, avec leurs petites mains potelées, des touffes de lis et de roses qui retombent en pluie étincelante sur ce beau corps destiné à brouiller les dieux de l'Olympe comme s'ils n'étaient que de simples mortels.

Nous avons entendu Mirabelle vanter à d'Entragues le lit de Perdita, comme une des merveilles de sa chambre à coucher : ce lit est un effet admirable. Sculptés dans un bloc massif de palissandre, les montants et la traverse sont ornés de mille figurines, à la fois gracieuses et bizarres, voluptueuses et cependant chastes. Le ciel de ce lit, en palissandre également sculpté, laisse s'épandre en flots vaporeux des rideaux de tulle blanc doublés d'une étoffe de soie rose tendre, impalpable au toucher et transparente à l'œil.

Des stores intérieurs, sur lesquels un artiste en renom

a peint les pavots qui donnent le sommeil et les nénu-
phars qui calment les sens, ne laissent pénétrer qu'un jour
mystérieux aux reflets les plus doux.

La main adroite d'une camériste soulève à demi un de
ces stores, et une vive lumière tombe sur une toilette à la
duchesse, drapée de fine dentelle et encombrée de flacons
curieusement travaillés ; brillants satellites d'une aiguière
et d'une cuvette d'argent ciselé, sorties des ateliers de
Froment Meurice.

Perdita est assise devant cette toilette.

Le noble et beau visage de la jeune femme porte encore
quelques traces des vives souffrances qui suivirent son
long évanouissemement chez Mirabelle.

Elle est plus pâle que de coutume ; ses yeux paraissent
plus grands et plus fatigués ; un air de langueur et d'abattement est répandu sur toute sa personne.

Et pourtant cette pâleur, cette fatigue, ces mouvements
languissants ajoutent encore à la surprenante beauté de
Perdita, en la poétisant jusqu'à l'idéal.

Elle vient de se lever. Ses pieds mignons dont la forme
enchanteresse a résisté aux rudes épreuves de sa vie aventureuse, disparaissent dans de petites mules de velours
rouge qu'on croirait cependant trop étroites pour chausser un enfant.

Un peignoir blanc négligemment attaché, accuse les
moelleux contours des épaules, et laisse entrevoir les
riches et fermes contours d'un sein d'une irréprochable
beauté.

Une femme de chambre, debout derrière Perdita, vient
d'enlever le peigne de nuit qui retient sa chevelure.

Les longues boucles noires se déroulent libres et

soyeuses sur le dos du fauteuil de la jeune femme. Elle secoue la tête, et un parfum délicieux se répand dans l'appartement.

Dans ce désordre, à cette toilette, encadrée en quelque sorte dans ce luxe d'une si parfaite élégance, Perdita est belle à rendre fou un sage, à faire damner un saint.

Pour avoir sa tendresse un jour on donnerait sa vie!

Pour un seul de ses baisers on sacrifierait sa fortune!

Enfin, comme l'a dit ou plutôt chanté Alfred de Musset :

> » Rien que pour toucher sa mantille
> On se ferait rompre les os! »

— Comment madame veut-elle être coiffée aujourd'hui? — demanda la femme de chambre.

— Mais comme d'habitude, — répondit Perdita d'une voix languissante.

Et l'adroite camériste, après avoir séparé les cheveux, les réunit en deux grosses nattes dont elle forma une double couronne sur le beau front de sa maîtresse.

Cette coiffure si simple était ravissante : d'abord elle mettait en valeur les richesses de la chevelure de Perdita, puis elle s'accordait merveilleusement avec la fière expression de sa beauté.

La femme de chambre reprit :

— Quelle robe mettra madame ?

— Un peignoir de soie, n'importe lequel, pourvu que la couleur soit sombre. Je ne compte pas encore quitter mon appartement aujourd'hui.

Pendant que la femme de chambre sortait pour chercher le peignoir dans un cabinet de toilette, Perdita alla s'asseoir sur un divan très-bas, et elle commença à se chausser lentement.

C'eût été à coup sûr un délicieux tableau que de la voir faisant glisser un transparent bas de soie sur sa jambe fine et polie comme le marbre de la statuaire antique ; que de surprendre, ne fût-ce que pour une seconde, sa pudeur en flagrant délit d'abandon.

Perdita achevait sa toilette, et elle s'apprêtait à passer son peignoir qu'elle portait toujours sans corset, quand on frappa discrètement à la porte de la chambre à coucher.

— Allez voir ce qu'on veut, Julie, — dit-elle.

La cameriste alla entr'ouvrir la porte avec précaution, puis elle revint en disant :

— Monsieur le général Carol demande si madame veut le recevoir.

— Priez le général de vouloir bien m'attendre au salon : je serai à lui dans un instant.

On devine par ces quelques mots que monsieur Carol n'avait fait aucun progrès dans *l'intimité amoureuse de Perdita*. Ainsi les reproches et les conseils de Mirabelle étaient restés sans résultats.

Moins de deux minutes après, la jeune femme, complétement habillée, prit sur sa cheminée un magnifique bouquet de violettes de Parme, et le tenant à la main elle alla rejoindre le général au salon.

Pour ne pas fatiguer nos lecteurs, nous ne décrirons pas ce salon, aussi élégant dans son genre que la chambre à coucher ; mais nous leur rappellerons une particularité assez bizarre, déjà signalée par Mirabelle dans une de ses conversations avec Georges.

Le milieu du panneau le plus apparent supportait une

sorte de trophée, composé d'une guitare, d'un tambour de basque, d'une jupe de velours, et d'une coiffure ornée d'une plume flétrie.

C'était, comme on sait, l'ancien costume de Perdita la pauvre baladine.

— Eh bien! mon ami, — demanda-t elle en prenant la main que le général lui tendait, avez-vous enfin appris quelque chose depuis hier?

— Rien, mon enfant! — répondit M. Carol.

— Mon Dieu! mon Dieu! me faudra-t-il donc renoncer à tout espoir?

— Non certes, bien que toutes mes démarches aient été inutiles jusqu'à présent. M. d'Entragues, je vous l'ai dit, n'a point en sa possession le bijou que vous regrettez. Depuis ma visite chez lui, j'ai vu les autres convives du souper de votre voisine : le cachet armorié n'est entre les mains d'aucun d'eux... Mais qui sait? au moment qu'on y pense le moins... le hasard...

— Le hasard! — interrompit douloureusement Perdita...
— en effet, il m'a si bien servie jusqu'à ce jour, que je serais une ingrate de ne pas compter sur lui.

Il y avait une amertume profonde dans l'accent avec lequel ces paroles furent prononcées. La jeune femme s'interrompit un moment, puis elle reprit :

— Le hasard! le hasard! mais prononcer ce mot fatal, ce mot qui résume toutes les tortures de ma vie, c'est me dire que je ne dois plus rien espérer... Je l'ai compris, mon Dieu! en apprenant la perte de ce cachet, qui peut-être venait de ma mère, qui était mon talisman... mon avenir! maintenant il n'y a plus d'illusions à se faire, je mourrai sans famille comme j'ai vécu!

Et Perdita cacha son visage dans ses deux mains et laissa éclater ses sanglots.

Le général s'était assis auprès d'elle, et il cherchait par des paroles affectueuses et des assurances de dévouement à calmer cette crise de douleur, quand un domestique entra dans le salon, une lettre à la main.

M. Carol lui fit signe de ne pas s'adresser à Perdita, et il prit le paquet, dont il examina l'adresse avec plus d'intérêt que n'en inspirent ordinairement ces sortes de choses.

— Une lettre pour vous, Perdita; et d'une écriture bien étrange, — dit M. Carol quand le domestique fut sorti.

C'était la lettre que Georges d'Entragues avait mise à la poste quelques heures auparavant.

— Je ne connais personne, personne ne me connaît, personne ne peut avoir quelque chose d'intéressant à m'écrire, — répondit Perdita; — peu m'importe ce que contient cette lettre : elle ne m'inspire pas la moindre curiosité.

— Lisez-la toujours, — reprit le général.

— Eh bien ! lisez-la vous-même si vous voulez, — murmura Perdita; — et vous me direz ce qu'elle contient, si vous le jugez à propos.

Le général s'empressa de briser le cachet. Comme tous les amoureux du monde il était naturellement jaloux, et l'âge, ainsi que cela arrive d'ordinaire, n'avait pas altéré cette disposition : il supposait donc que si on écrivait à Perdita, ce ne pouvait être que pour lui faire une brûlante déclaration d'amour.

Il chercha la signature, et n'en trouvant pas, il dit :

— C'est une lettre anonyme.

— Ah ! — fit Perdita avec indifférence.

Le général lut tout bas, et il ne put retenir une exclamation de surprise.

— Eh bien, qu'est-ce qu'on me dit ? — demanda Perdita en relevant la tête.

— Écoutez, ma chère enfant ! — s'écria le général. — Écoutez, cela en vaut la peine !

Et M. Carol recommença à haute voix la lecture de la lettre anonyme.

A mesure qu'il lisait, le beau front pâle de Perdita se couvrait d'une nuance pourpre ; sa prunelle que la souffrance avait dilatée et ternie, se rétrécissait et devenait étincelante ; ses narines s'enflaient et semblaient ne pouvoir aspirer assez d'air pour remplir sa poitrine haletante ; un tremblement convulsif agitait tout son corps.

— Est-ce bien possible ? est-ce bien possible ? — s'écriat-elle à son tour. — Donnez vite ! donnez, mon ami ! que je lise moi-même ! — ajouta-t-elle d'une voix suppliante.

Et arrachant la lettre que M. Carol lui tendait, elle se mit à la lire avec une incroyable avidité.

— Oui, oui, il y a bien tout ce que vous avez dit, — reprit-elle avec moins d'enthousiasme : — mais qui me répondra que ce n'est pas une mystification, un piége même ?..

Et le doute remplaçant l'espoir, si brûlant pendant quelques secondes, Perdita pâlit de nouveau et laissa tomber avec découragement le papier qui frémissait dans ses mains.

— Un piége ? — dit le général, — cela n'est pas supposable, puisque l'on prend la précaution de vous dire que je pourrai vous accompagner et que je ne vous quitterai pas.

— C'est vrai, — répondit Perdita.

— Quant à une mystification, — ajouta M. Carol, en redressant sa haute taille, et en prenant son air le plus martial, son air de héros de Moscou à peu près dégelé, — je ne suppose pas qu'il y ait dans tout Paris un être assez hardi pour jouer avec ma colère.

— Ainsi, mon ami, vous regardez comme vraies les assertions contenues dans cette lettre.

— Je crois du moins qu'il est fort possible qu'elles le soient, et que vous ne devez pas les dédaigner.

— Et vous me conseillez d'espérer?

— A votre place j'espérerais.

— Et nous irons à ce bal?

— Sans aucun doute.

En ce moment le domestique rentra : il apportait l'enveloppe contenant le coupon de loge pour le samedi suivant, envoyé comme on sait par d'Entragues.

— Vous le voyez, — dit le général : — votre correspondant mystérieux tient déjà la moitié de sa promesse.

— Le sort en est jeté! — répondit Perdita avec une sombre résolution. — Le hasard vient à mon secours, juste à l'heure où je désespérais de lui... je m'abandonne encore une fois au hasard... Oui, mon ami, nous irons à ce bal.

— Bravo! — s'écria le général. — Voilà ce qui s'appelle prendre son parti! Vous êtes adorable!

— Maintenant, mon ami, — reprit Perdita, chez laquelle l'instinct féminin s'était réveillé en même temps que l'espérance l'avait de nouveau ranimée, — faites-moi le plaisir d'aller chez ma couturière mademoiselle Victorine, et de lui dire de m'envoyer immédiatement sa première ou-

vrière : il me faut un domino pour samedi, et nous n'a-
vons pas une minute à perdre.

Le général obéit à cet ordre avec l'empressement des
vieillards amoureux, toujours enchantés quand on leur
demande une chose à la portée de leurs moyens, et ayant
baisé avec un tendre respect la belle main de Perdita, il
s'éloigna, la laissant partagée entre la crainte et l'espérance, et en proie à une émotion toute différente de celles
qu'elle avait éprouvées jusqu'à ce jour.

VIII

Les deux visites.

Nous avons laissé le comte d'Entragues au moment où il venait d'achever l'étrange épitre de l'inconstante, mais franche Mazagran.

Quoique la désertion de la jeune femme ne fût point, en définitive, d'une importance considérable, comme obstacle à la réalisation des projets de Georges, celui-ci n'en éprouva pas moins un moment de trouble d'esprit et de défaillance de cœur.

En effet, c'était une première défection, avertissement toujours sinistre, et que parfois nous donne loyalement la fortune avant de nous trahir, ce que d'Entragues savait parfaitement. Ainsi un de ses alliés l'abandonnait au moment du combat; il perdait son principal moyen d'action sur M. de Nodêsmes; il allait falloir s'occuper de remplacer Mazagran, chose difficile à tous égards, et cela arrivait à Georges, juste au moment où de graves soucis réclamaient une entière liberté d'esprit et de temps pour le guider dans un labyrinthe à peu près inextricable.

Mais M. d'Entragues n'était pas homme à se laisser dominer longtemps par une inquiétude, de quelque nature qu'elle fût. Confiant encore, sinon en son étoile, du moins dans les inépuisables ressources de son intelligence ; décidé à faire tête à l'orage jusqu'à ce que la foudre l'ait complétement brisé, il se dit qu'il serait temps de chercher un remède à ce qui venait de se passer, quand il aurait mené à bien l'affaire beaucoup plus grave, beaucoup plus menaçante qui le préoccupait en ce moment : nous voulons parler de l'enlèvement et de la séquestration de Perdita.

Nos lecteurs doivent se rappeler que la veille au soir, en sortant de chez lui, pour aller entreprendre avec le comte Abel la pérégrination qui avait eu pour résultat la découverte de Rosolio, Georges avait convoqué les chevaliers du Lansquenet à une nouvelle assemblée extraordinaire pour le lendemain.

Tous ces dignes personnages furent exacts au rendez-vous donné. Quant à ce qui se passa, ce soir-là, dans l'appartement du comte d'Entragues, nous pensons que le moment n'est pas encore venu de le faire connaître à nos lecteurs, et nous nous bornerons à leur dire que la discussion fut animée, la séance fort longue, et que l'assemblée, contrairement à ses habitudes, ne se sépara qu'à une heure et demie du matin.

Le même jour, c'est-à-dire le vendredi, veille du bal de l'Opéra auquel Perdita devait assister, Georges d'Entragues, vers le milieu de la matinée, alla rendre au baron Carol la visite que ce dernier lui avait faite.

Le général le fit attendre quelques instants, et nous devons à nos lecteurs de leur expliquer la cause de cette attente, véritable mise en scène de la délicieuse fable du bon Lafontaine : *le Lion amoureux.*

Depuis que M. Carol avait conçu le flatteur espoir de devenir tôt ou tard l'amant heureux de la belle Perdita, il s'était mis dans la tête de rajeunir, et, travers assez commun à tous les visillards qui ont le malheur de se trouver dans la même position, il n'épargnait rien,

« Pour réparer des ans l'irréparable outrage, »

comme l'a dit l'immortel auteur d'*Athalie.*

Ainsi chaque matin, il passait dans ses cheveux courts et grisonnants, un peigne trempé dans une eau dite égyptienne, éthiopienne ou africaine, et il étendait sur sa moustache et ses favoris argentés le puissant liquide inventé par *madame Mâ*, rue ...

Qu'allions-nous faire, grand Dieu ! Si nous avions donné l'adresse de la dame en question, nos lecteurs n'auraient pas manqué de supposer que cette parfumeuse-chimiste, nous donnait son cosmétique pour rien... Horreur !

Revenons à M. Carol.

Ainsi encore il avait de fréquentes conférences secrètes avec son tailleur, afin que celui-ci se mît l'esprit à la torture, pour découvrir un nouveau système d'œillets, et une nouvelle espèce de boucles de pantalons, capables de contenir dans une apparence à peu près convenable un abdomen déplorablement désireux de se produire.

Mais vainement les œillets et les boucles faisaient de leur mieux, vainement aussi les gilets apportaient le secours de leur ceinture de cuir, le général ne s'ôtait ni un jour ni un pouce ; ce qui faisait dire à tous ceux de ses amis étiques qui portaient des habits rembourrés : *Ce pauvre Carol crèvera un de ces quatre matins comme un vieux mousquet ; mais il ne l'aura pas volé.*

Nous prions nos lecteurs de ne pas croire que les amis de M. Carol étaient de mauvaises gens.

Lorsque Georges se présenta chez son voisin le général, ce dernier était encore dans son cabinet de toilette, occupé à enlever une couche épaisse d'un cosmétique nouveau, appliqué la veille au soir sur ses moustaches soigneusement mises en papillottes.

Soit que le général n'eût pas fait tout ce qu'il fallait faire, soit que la nouvelle substance eût été contrariée dans ses effets par celles employées précédemment, ce qui arrive quelquefois, toujours est-il que Georges eut toutes les peines du monde de s'empêcher d'éclater de rire à la barbe de M. Carol, car celle-ci était de la plus belle nuance vert foncé qu'il soit possible d'imaginer ; on eût dit la moustache d'un de ces tritons de bronze qui ornent le parc de Versailles ?

M. Carol ayant la vue basse ne s'était pas aperçu de ce fâcheux résultat ; de plus comme il avait, le matin même, grondé son valet de chambre, ce dernier ne l'avait averti de rien : il était donc dans une sécurité parfaite, et en abordant Georges il caressait avec une imperturbable confiance ses moustaches transformées en roseaux.

— Général, — dit d'Entragues après que les premiers compliments eurent été échangés, — je ne suis pas seulement venu pour vous remercier de la visite que vous avez bien voulu me faire: j'ai aussi une requête à vous présenter.

— J'y souscris d'avance, monsieur le comte, — répondit gracieusement M. Carol.

— Je réunis chez moi quelques amis demain soir, — reprit Georges : — nous aurons deux ou trois parties de wisth et même au besoin une table de bouillotte. Vous seriez bien aimable si vous aviez la bonté de vous joindre aux personnes qui veulent bien passer quelques heures dans mon salon ; nous serons entre hommes. Du thé, du punch et des cigares, voilà le programme : quelque chose me dit qu'il sera de votre goût.

— Mais comment donc ! j'accepte, monsieur le comte ! j'accepte avec la plus vive reconnaissance !

Georges ne put retenir un mouvement de surprise aussitôt réprimé.

— Ah ! mon Dieu, qu'est-ce que je dis donc, et que de pardons j'ai à vous demander ! — reprit vivement M. Carol. — J'oublie que c'est demain samedi, et que je suis obligé de conduire quelqu'un au bal de l'Opéra ! monsieur le comte, je suis tout à la fois, croyez-le bien, honteux de mes étourderies, et désolé de ce contre-temps qui me privera d'un véritable plaisir.

Un éclair de joie et de triomphe brilla passagèrement dans le regard de Georges.

D'Entragues en invitant M. Carol à sa soirée était à peu près sûr d'un refus ; mais cette invitation, grâce aux précautions qui devaient la suivre, ménageait à Georges un merveilleux *alibi*, dans le cas, qu'il fallait sagement prévoir, où l'on viendrait à le soupçonner d'une coopération quelconque aux événements qui se préparaient, et dont le bal de l'Opéra serait selon toute apparence le théâtre.

— C'est moi qui suis au regret, monsieur le baron, —

répondit Georges; — mais comme il s'agit probablement d'une femme, la galanterie doit passer la première.

— En effet, — dit **M. Carol,** en accompagnant sa phrase d'un geste d'une adorable fatuité, — j'ai promis à la belle Perdita d'être son cavalier.

— Il ne me reste qu'à envier votre bonheur, général... mais puisque vous avez prononcé le nom de cette charmante femme, oserai-je vous demander si elle est tout à fait remise des suites de son accident ?

— Complétement : ce n'était qu'une indisposition passagère, et à cela près d'un peu de pâleur, il n'y paraît plus du tout aujourd'hui.

— Et ce cachet armorié, ce précieux bijou de famille, est-il enfin retrouvé ? — reprit d'Entragues.

— Hélas! non ! — répondit tristement le général.

— Serait-il indiscret de vous demander si rien n'est venu mettre cette personne, si intéressante à tous égards, sur les traces de la famille qu'elle cherche ?

— Puisque vous avez la bonté de vous intéresser à cette affaire, monsieur le comte, je regarde comme un devoir de ne pas vous cacher que nous avons quelques espérances en ce moment. Nous tenons un fil, et s'il ne se brise pas entre nos mains...

— Ah! tant mieux! mille fois tant mieux! — s'écria d'Entragues en serrant vivement les mains de M. Carol.

— Et c'est justement demain, et à ce bal de l'Opéra que nous devons apprendre quelque chose.

— A l'Opéra — fit Georges d'un air étonné.

— Mon Dieu oui!... Une lettre étrange... un rendez-vous mystérieux...

Le baron s'arrêta.

— Mais c'est tout un roman! — dit M. d'Entragues d'un air intrigué et intéressé au plus haut point.

— C'est en effet tout un roman, Monsieur, — repartit le général; — mais vous me permettrez, j'espère, de ne pas vous en dire plus pour le moment... Il s'agit, vous le savez, d'un secret qui n'est pas le mien.

— J'approuve on ne saurait davantage votre réserve, — répondit Georges en s'inclinant, — et je vous remercie du fond de l'âme des demi-confidences que vous avez bien voulu me faire.

L'entretien se prolongea encore pendant quelques minutes avec un mutuel échange de regrets aimables et de protestations bienveillantes; puis Georges quitta le général, et montant dans sa voiture qui l'attendait, il se fit conduire rue Saint-Dominique-Saint-Germain, à l'*Hôtel des Ambassadeurs*.

C'est là, nos lecteurs l'ont oublié peut-être, que la famille de Choisy était descendue à son arrivée à Paris, et que Georges avait été la visiter déjà deux ou trois fois.

M. de Choisy occupait avec sa femme, sa fille et les domestiques qu'il avait amenés de Normandie, un appartement assez confortable, situé sur les derrières de l'hôtel : les provinciaux redoutent beaucoup le bruit des voitures ; ils en ont parlé si souvent dans leurs veillées d'hiver à la campagne !

Quand Georges se présenta, il fut accueilli par une bonne, grosse et fraîche femme de chambre normande, avec ce sourire épanoui qui, sur les lèvres des domestiques honnêtes, signifie que les maîtres seront enchantés de la venue du visiteur, et qu'ils s'entretiennent de lui souvent.

Georges ne se trompa point à ce signe, et il en éprouva intérieurement une vive joie.

Le salon dans lequel il fut introduit était cette pièce banale qu'on trouve, toujours la même, dans tous les hôtels garnis bien tenus de Paris.

Papier d'un rouge sombre imitant le velours, et relevé dans les angles par des baguettes de bois doré plus ou moins écaillées.

Cheminée en marbre bleu turquin, supportant fièrement une pendule et deux candélabres, modèle du temps de l'empire, le tout enveloppé, pour le garantir des irrévérences des mouches, de chemises en mousseline gommée, brillante comme l'aile de ces scarabées qui glissent sur les eaux dormantes.

Meubles en accajou, recouverts en velours d'Utrecht à palmes ou à rosaces, suivant que le papier est à l'un ou à l'autre.

Tapis d'occasion, un peu usé aux alentours du foyer et sur le chemin qui mène à l'entrée principale.

Sur les murs, suspendues à des torsades diverses gravures sans valeur artistique, mais assez richement encadrées : Elles représentent, le plus souvent, *la Confession du bandit italien*, *le Combat des bandits contre les dragons romains*, *le Chien du régiment* et *un Mazeppa* quelconque, le tout d'après notre célèbre Horace Vernet.

Telle est, en quelques lignes, la *physiographie* exacte du salon d'hôtel garni. Les variantes, s'il en existe, ne méritent pas l'honneur d'être mentionnées.

Le tableau qui s'offrit aux regards de Georges, au moment où il entra dans cette pièce, était à peu de chose près, le même que celui qu'il avait contemplé quelques

» ravant, lors de sa visite au château de Choisy.

M. de Choisy, étendu dans *une bergère*, placée à l'angle de la ...inée, lisait avec plus d'acharnement que jamais *Gazette de France*, l'*Écho Français*, la *France*, la *Quoti...ie* et la *Mode*, ce qui lui procurait la satisfaction de retrouver cinq fois de suite la même nouvelle, après quoi il ne manquait jamais d'en demander l'explication à sa femme.

Madame de Choisy, assise dans une seconde bergère, à l'autre angle de la cheminée, était absorbée par l'occupation fort absorbante, en effet, d'enfiler des perles destinées à entrer dans la composition d'une bourse, dont elle devait faire hommage à la comtesse de Boisjol lors de son retour en Normandie.

Enfin Esther, établie auprès d'une des fenêtres du salon, lavait une aquarelle représentant une vue faite de mémoire du château de Cussac.

C'était encore une surprise qu'on ménageait à la bonne vieille chanoinesse.

La femme de chambre avait annoncé monsieur le comte d'Entragues.

Un mouvement de surprise et de joie s'était immédiatement manifesté dans le salon.

M. de Choisy, quittant lourdement sa bergère, fit quelques pas à la rencontre de Georges, à qui il serra cordialement la main en lui disant :

— A quel heureux hasard devons-nous votre bonne visite ? car, sans reproche, vous êtes terriblement **rare**, mon cher cousin.

On se souvient sans doute de ce *cousinage*, si habilement imaginé par M. de Choisy.

— Croyez bien, mon cher cousin, — répondit Georges,
— que si cela n'eût dépendu que de moi, je ne me serais
point privé aussi longtemps du plaisir de vous voir; mais
j'ai été obligé de m'absenter de Paris pendant quelques
jours... un voyage d'affaires... Permettez-moi d'offrir mes
hommages à ces dames.

Et Georges, tournant M. de Choisy, qui l'avait d'abord
accaparé, alla saluer madame de Choisy, puis Esther qui
rougit beaucoup en s'inclinant à demi.

— Quelle délicieuse aquarelle vous faites-là, Mademoiselle — s'écria Georges en se penchant pour examiner
l'ouvrage d'Esther, — et comme ma bonne tante serait
heureuse et fière d'apprendre que vous avez conservé des
lieux qu'elle habite un souvenir aussi fidèle.

Esther, de rouge qu'elle était, devint pourpre.

— A propos de madame de Boisjol, — interrompit M. de
Choisy fort peu à propos, — y a-t-il longtemps que vous
n'avez eu de ses nouvelles, mon cher cousin ?

— Quelques jours déjà, — répondit d'Entragues, —
mais à chaque courrier je m'attends à en recevoir.

— Quelle femme aimable et spirituelle ! — reprit M. de
Choisy. — Ces types-là ne se rencontrent que dans les
vieilles familles comme les nôtres! c'est dans le sang!
Voyez plutôt : on disait, et on pourrait dire encore : *l'esprit des Mortemart*; on ne dira jamais : l'esprit des Martin
ou des Thomas! La noblesse! je ne connais que ça! sans
la noblesse point de salut! j'ai là-dessus des idées très-
arrêtées.

Georges, qui craignait à bon droit de voir M. de Choisy

s'arrêter dans ses idées *arrêtées* sur le blason et l'aristo-
cratie de race, se hâta de détourner la conversation en
demandant si mademoiselle Esther était satisfaite de son
séjour à Paris.

— Sans doute! sans doute! — repartit impitoyablement le bon hobereau, — cette petite fille est enchantée
d'aller au bal de temps en temps... c'est assez rare d'ailleurs
que nous l'y menions, parce que j'ai mes maudits rhumatismes qui me tourmentent, et que sa mère ne veut pas aller
dans le monde sans moi... Ah! sans mes rhumatismes!...
A propos, je vous ai raconté comment j'ai *attrapé* ma première *douleur sciatique?* c'est fort curieux. Figurez-vous
qu'il y a cinq ans, pendant l'automne, après une chasse
aux canards sauvages qui avait duré six heures par un
froid de loup...

— Je crois avoir eu déjà le plaisir de vous entendre
raconter cette chasse et ses fâcheux résultats, — interrompit M. d'Entragues.

— C'est juste! c'est juste! je me rappelle maintenant...
je disais donc.. qu'est-ce que je disais?.. Ah! pour en
revenir aux bals, Esther aime beaucoup la danse..... Que
voulez-vous? c'est de son âge..... Et tenez, nous avons
justement pour mercredi prochain une invitation de lady
Wigmorland : on dit que c'est une maison charmante. Y
serez-vous, mon cher cousin?

— Sans doute, — répondit Georges qui devait précisément se faire présenter chez lady Wigmorland par le vicomte de Sanluces.

— Ce sera la première fois que nous vous rencontrerons
dans le monde, — reprit M. de Choisy. — Dansez-vous?

— Pas habituellement, mais je danserai sans doute si

mademoiselle Esther veut bien me faire l'honneur de m'accorder une contredanse. Serai-je assez heureux, Mademoiselle, pour obtenir cette faveur? — ajouta Georges en se tournant vers la jeune fille, qui rougit de nouveau en murmurant un *oui* bien timide.

— Elle en sera certainement fort aise! — repartit M. de Choisy qui était toujours prêt à faire feu à tort et à travers dans la conversation; — et je la crois bien capable, continua-t-il, quand vous aurez dansé la première contredanse avec elle, de vous en demander une seconde... entre parents ces sortes de choses n'ont rien...

— Je m'adresserai alors à madame de Choisy, — interrompit Georges, — et je lui demanderai de me permettre d'envoyer mercredi prochain un bouquet à mademoiselle Esther.

— Mais sans doute! mais sans doute! — s'écria M. de Choisy, — car, ainsi que je vous le disais, entre parents toutes ces choses-là ne souffrent pas la moindre difficulté.

Et la figure du digne Normand, que l'arrivée de Georges avait déjà épanouie, devenait à chaque instant plus radieuse. Avec le bouquet il voyait une déclaration d'amour, et de là au mariage, il ne devait y avoir, selon lui, qu'un pas.

Quant à Esther, qui s'était remise à son aquarelle pour dissimuler l'embarras que lui causait cette conversation, elle était si émue, si troublée, qu'elle étendait du vermillon sur son ciel et qu'elle peignait d'un jaune vif les vitres du petit castel de Cussac.

Bref, après quelque temps d'une de ces conversations à bâtons rompus, dans lesquelles M. de Choisy excellait, au moment où Georges allait se lever pour partir, madame de

Choisy glissa quelques mots dans l'oreille de son mari, et
M. d'Entragues fut retenu à dîner avec des instances si
vives, qu'il lui fut impossible de décliner cette invitation,
qui, du reste, le charmait.

Il passa donc la soirée à l'*Hôtel des Ambassadeurs*, et
et quand il fut parti, après avoir pris un rendez-vous
pour se retrouver le mercredi suivant dans les salons de
lady Wigmorland, M. de Choisy se demanda si le moment
n'était pas venu de commander le trousseau de sa fille, et
de dire à la couturière chargée de le confectionner, que
les mouchoirs de poche de la jeune fiancée devaient porter, à l'un de leurs coins brodés, l'écusson des Choisy
écartelé avec celui des d'Entragues.

IX

Le bal de l'Opéra.

Le lendemain samedi, jour du bal de l'Opéra, à neuf heures précises du soir, les onze Chevaliers du Lansquenet étaient réunis chez le comte d'Entragues.

Des tables de wisth, de bouillotte et d'écarté, étaient disposées dans le salon ; mais elles devaient être complétement inutiles, ces messieurs étant entre eux, et par conséquent peu désireux d'exercer leur savoir-faire les uns contre les autres, en se volant réciproquement.

Georges n'avait, au surplus, convoqué ses collègues chez lui que pour se donner, vis-à-vis des gens de la maison, l'apparence d'avoir eu du monde ce jour, ou plutôt cette nuit-là. Il fallait que M. Carol, qui, on doit s'en souvenir, demeurait dans la même cour, pût croire que la soirée à laquelle il était invité avait réellement eu lieu.

Une fois minuit arrivé, ce but était atteint. Le roulement d'une voiture ayant annoncé depuis longtemps la sortie du général, les Chevaliers du Lansquenet commencèrent, les uns après les autres, leur mouvement de retraite, et Georges d'Entragues, s'enveloppant dans le vieux paletot. et dans le large cache-nez que nous lui connaissons, sortit à son tour, laissant au coin du feu, pour figurer un public, le baron Aymeric, Croisé de la Croisette et le prince Krakopoulof, lesquels devaient passer là le reste de la nuit à fumer, à *roupiller* et à boire un nombre indéterminé de *grogs* de toutes les nuances et de toutes les tailles.

Georges avait arrêté dans la rue la première citadine qu'il avait trouvée sur son passage, et il s'était fait conduire rue d'Amboise au domicile de *Rosolio*, où l'avaient déjà devancé l'*Amour* et l'*Enrhumé*, et où nous le laisserons pour quelques instants.

§

Il est une heure du matin.

Le ciel est pur et resplendissant d'étoiles. La gelée a pris, depuis le coucher du soleil, une intensité singulière, et l'asphalte du boulevard est sec et poudreux comme au cœur de l'été.

Dans toute la longueur de la rue Lepelletier, les becs de gaz éclairent à *Giorno* les façades des maisons, du feu de leurs triangles éblouissants; on dirait que le péristyle de l'Opéra est illuminé par les flammes d'un vaste incendie.

Le bruit, le tumulte, la joie, l'ivresse, la folie, débordent de toutes parts.

Des gardes municipaux font piaffer leurs lourdes montures au milieu d'une foule insolente et bigarrée.

Des multitudes de voitures de toutes les formes et de toutes les espèces déposent, de seconde en seconde, de nouveaux arrivants, tantôt sous le vestibule du théâtre, tantôt à l'une des deux entrées du passage, sur le boulevard.

D'ironiques clameurs accueillent les dominos malencontreux qui montrent, en descendant d'un vieux fiacre disloqué, une jambe mal faite ou un costume ridicule ou suranné.

Du café Anglais, du café de Paris, de la Maison-d'Or, de tous les restaurants et de tous les estaminets d'alentour s'échappent des groupes légèrement avinés ou voulant le paraître, qui se donnent sur le trottoir un avant-goût des joies si vives de la *cachucha* parisienne.

Depuis l'Ambigu jusqu'à la rue Lepelletier, et depuis l'Opéra jusqu'à la place de la Madeleine, c'est un perpétuel défilé de masques élégants ou vulgaires, propres ou sales, à pied ou en voiture, en groupes ou isolés.

Partout on rencontre les longs plumets rouges et les énormes gants des *chiquards*.

Partout le pantalon de velours, la chemise brodée et le petit chapeau des joyeux débardeurs.

Partout, enfin, la veste aux mille boutons et la perruque poudrée du *postillon de Longjumeau*.

De tous côtés retentissent ces cris :

— Ohé! les chicards! les flambards! les balochards! les débardeurs! les noceurs! les gouapeurs!

— Ohé! les pierrots! ohé! les pierrettes!

— Ohé! les titis! ohé!

— Oh! c'te tête!

— Oh! c'mufile?

« Ah ! c'coco-là !

« Quel pif qu'il a ! »

Sous chaque paletot, on aperçoit une écharpe rouge ou bleue.

Tous les nez sont faux.

Toutes les moustaches sont postiches.

Paris est ivre! Paris a la fièvre! Paris est fou! Tout ce monde qui circule, qui se heurte, qui s'injurie, qui se menace, ne pense pas au lendemain! On danse à l'Opéra, il faut y aller : Ohé! ohé!

§

A une heure un quart environ, un coupé sans armoiries s'arrêta devant le vestibule de l'Académie royale de musique; Perdita en descendit accompagné du général Carol : en ce moment la foule était plus compacte et plus bruyante que jamais.

La jeune femme portait un délicieux domino de satin rose dont le camail et le capuchon étaient garnis d'un double rang de dentelles d'Angleterre, de la plus grande valeur et d'une merveilleuse richesse de dessin.

Ce domino, chef-d'œuvre de mademoiselle Victorine, mettait en relief, quand le camail s'entr'ouvrait par hasard, toutes les beautés irréprochables de la taille de Perdita, et toutes les perfections de son buste.

Un demi-masque de velours noir laissait à découvert le plus ravissant bas de visage qu'il fût possible d'imaginer.

M. Carol, lui, était enveloppé d'un large domino noir,

qu'il portait par-dessus ses habits de ville ; son masque lui couvrait entièrement le visage.

Portant encore le deuil de sa femme, il avait pensé qu'il blesserait les convenances, s'il se montrait à visage découvert avec une personne qu'on pourrait prendre pour sa maîtresse, au milieu d'une de ces saturnales, qu'on est convenu d'appeler le bal de l'Opéra.

C'était, du reste, la première fois, depuis la nuit terrible qui avait précédé son duel avec l'infortuné Charles Royer, qu'il revenait à cette heure dans ce lieu de tragique souvenir, aussi ne put-il se défendre d'une sombre et profonde émotion en traversant ce vestibule, où tout lui reppelait l'événement le plus douloureux de sa vie.

M. Carol et Perdita entrèrent dans la loge dont le coupon leur était arrivé d'une manière si mystérieuse, et la porte de cette loge se referma sur eux.

§

A deux heures moins cinq minutes, six individus masqués se réunirent dans l'un des recoins du corridor des troisièmes loges, et causèrent pendant quelques minutes à voix basse.

L'un de ces individus, dont la tournure était élégante et svelte, portait avec une grâce parfaite un costume de *palikare*, richement bordé d'or et d'argent ;

Le second, homme de haute taille et chargé d'embonpoint, était couvert d'un domino noir, de tout point semblable à celui de M. Carol ;

Le troisième était en *débardeur* ;

Le quatrième en *garde française* ;

Le cinquième en *mousquetaire ;*

Le sixième enfin avait adopté un travestissement de *fort de la Halle.*

Le Palikare et le domino noir avaient le visage couvert de demi-masques à longues et amples barbes de satin.

Les quatre autres s'étaient affublés de faux nez d'une dimension phénoménale.

A deux heures précises, le palikare frappait à la porte de la loge de Perdita.

— Que voulez-vous ? — demanda M. Carol en entr'ouvrant la lucarne de la loge.

— *Stéphen et Perdita !* — répondit le Palikare.

La porte fut ouverte aussitôt et le masque entra.

M. Carol, par discrétion, fit mine de se retirer dans un des angles de la loge.

— Vous n'êtes pas de trop, Monsieur le baron, — reprit le palikare. — Vous devez même entendre tout ce que je vais dire à Madame, ce qui, du reste, sera bien court.

La voix du personnage qui parlait ainsi était tremblante et entrecoupée, soit qu'il lui donnât ce tremblement pour la déguiser davantage, soit qu'il fût réellement et violemment ému : nous inclinons pour la première supposition.

— Ah ! Monsieur, — s'écria Perdita en se penchant vers lui, — si vous avez à m'apprendre quelque chose sur ma famille, au nom du ciel, parlez ! parlez vite !

— Connaissez-vous ceci, Madame ? — demanda le Palikare, en présentant à la jeune femme un objet qu'il prit dans la poche de sa soubreveste.

C'était un large et vieux cachet d'argent, armorié.

— Un écusson semblable à celui qui était gravé sur le

cachet que j'ai perdu! — reprit Perdita d'une voix étouffée par l'émotion.

— J'ignore si vous avez perdu un cachet, Madame; mais je vous jure sur l'honneur que ces armes sont celles de votre famille.

Et le Palikare tendit la main pour reprendre le bijou.

— Eh! quoi, Monsieur, vous ne me le laissez pas? — demanda Perdita d'un ton de regret.

— Il vous appartiendra tout à l'heure, répondit le masque; — mais c'est un autre que moi qui doit vous le donner.

— Un autre?...

— Oui, Madame.

— Qui donc?

— Soyez forte, Madame... la joie tue comme la douleur, quand elle surpasse toutes les prévisions humaines... et ce que je vais vous apprendre...

— Qui donc?... mais qui donc? — interrompit Perdita, qui ne pouvait plus contenir son impatience.

— Votre mère...

— Ma mère! j'ai une mère! je verrais ma mère!!! moi! moi! moi!...

— Elle vous attend.

— Elle m'attend! — et Perdita se leva à demi sur son fauteuil; — elle m'attend; — reprit-elle. Est-ce possible? Ne me trompez-vous pas?

— Elle vous attend, Madame... Venez avec moi, et vous la verrez... C'est dans ses bras que je dois vous conduire.

— Allons, Monsieur! allons vite! — s'écria Perdita.

Et cette fois elle se leva tout à fait, et elle fit même un pas vers la porte de la loge.

— Seule ! — dit vivement M. Carol, dont la défiance s'éveilla tout à coup.

— Non pas seul ; avec vous, Monsieur, — répondit le Palikare. — J'avais compté sur votre présence... elle est même nécessaire, ainsi que je vous le disais tout à l'heure.

M. Carol, rassuré par ces mots, se trouva alors fort embarrassé. A quel titre allait-il assister à cette entrevue de la mère et de la fille ? Que ferait-il ? Que dirait-il, et qui pouvait savoir jusqu'où cette première démarche l'entraînerait.

— Mais ne pourrait-on remettre cela à demain, d'aussi bonne heure que l'on voudrait ? — demanda-t-il avec hésitation, et pour ainsi dire en balbutiant.

— A présent ou jamais ! — répondit le Palikare d'une voix grave. — Ce qui est possible en ce moment, demain ne le sera peut-être plus. La destinée a des mystères qu'il faut respecter.

— Venez ! mais venez donc ! — s'écria Perdita en cherchant à entraîner M. Carol.

Celui-ci, ne voulant pas la laisser seule avec un inconnu masqué, se décida à suivre la jeune femme, au risque de tout ce qui pouvait lui arriver.

Tous trois sortirent donc de la loge.

— Faites-moi l'honneur, Madame, d'accepter mon bras, — dit l'individu masqué.

Perdita s'appuya tremblante sur le bras du Palikare.

Le général Carol marcha derrière eux, emboîtant le pas avec une précision toute militaire.

Ils arrivèrent ainsi au commencement de l'escalier.

Le Palikare et Perdita descendirent les premières marches ; M. Carol se disposa à en faire autant.

En ce moment, quatre individus complétement ivres, ou du moins paraissant tels, un *mousquetaire*, un *garde française* un *fort de la Halle* et un *débardeur*, se tenant tous les quatre par le bras, se jetèrent, en poussant des clameurs assourdissantes sur le chemin du général Carol.

Ce dernier voulut les repousser ou les rompre pour se frayer un passage ; mais la ténacité des ivrognes est proverbiale, et ceux-ci, en enlaçant leurs mains et formant un cercle autour de l'infortuné général, l'eurent en quelques secondes, malgré sa colère et ses menaces, fait rétrograder de plusieurs pas au milieu de la foule, rendue plus compacte par cet incident.

M. Carol voulut élever la voix pour dominer le tumulte, des huées et des éclats de rire le réduisirent pour le moment au silence.

Le Palikare et Perdita descendaient toujours le grand escalier.

§

Arrivée dans le vestibule, la jeune femme se retourna, et elle aperçut, à cinq ou six pas derrière elle, un homme en domino noir, qu'elle dut supposer être M. Carol, car il lui ressemblait à s'y méprendre.

Ce domino les avait suivis depuis le moment où le général était tombé dans le groupe des quatre masques ivres.

-- Par ici, — dit le Palikare.

Perdita traversa avec son guide le haut du passage de l'Opéra, et s'engagea avec lui dans ce couloir étroit et sombre qui mène à la rue Grange-Batelière.

Le domino noir suivait toujours à quelques pas en arrière.

Une voiture attendait à la sortie du passage.

Un nègre tenait ouverte la portière de cette voiture.

— Montez, Madame, montez, Monsieur le baron, — dit le Palikare.

Perdita monta, suivie de l'homme au domino noir.

Le nègre referma la portière, s'élança sur le siége à côté du cocher, et la voiture partit avec une vitesse extraordinaire dans la direction du faubourg Montmartre, puis elle gagna le boulevard.

Cinq minutes après, le général Carol arrivait dans un état d'exaspération difficile à décrire, sous le pérystile de l'Opéra, et demandait à tout le monde *un palikare et un domino rose.*

Mais personne ne les avait vus.

FIN DÉ LA PREMIÈRE PARTIE.

DEUXIÈME PARTIE

LA COURTISANE DE GENÈVE.

I

Lady Wigmorland.

Serait-ce trop abuser de la bienveillance de nos lecteurs, que de supposer qu'ils ne sont point arrivés jusqu'à ce chapitre sans prendre un intérêt plus ou moins vif à quelques-uns des personnages que nous avons mis en scène, et en particulier à la belle et malheureuse Perdita? Nous répondons hardiment : *Non*.

Ce n'est donc pas sans une certaine inquiétude d'esprit que nous venons leur annoncer, la nécessité où nous nous trouvons de dire adieu pour un temps assez long à l'héroïne qui a peut-être conquis leurs sympathies, et cela au moment même où s. ation est devenue plus périlleuse qu'elle ne l'avait jam. été dans les événements les plus critiques de son existence, si remplie d'aventures émouvantes.

Certes, quand la petite Marie d'Entragues tombait aux mains impures et criminelles de la Gouâpe et de Jacobus ; quand plus tard elle avait le malheur de rencontrer des êtres comme le vieux Staroste, le comte de Fly, et même Stéphen ; quand elle était exposée à une erreur de la justice qui pouvait l'envoyer à l'échafaud ; quand, enfin, repoussée de partout et de tous, elle ne trouvait d'asile que dans un lieu infâme, certes, répétons-nous, le péril était immense ; mais qui pourrait soutenir qu'il ne l'est pas davantage, maintenant que sa destinée est en quelque sorte à la merci de Georges d'Entragues, de cet être sans entrailles, qui ne recule devant le crime que lorsqu'il le juge inutile au succès de ses entreprises ?

Et cependant, ainsi que nous l'annoncions tout à l'heure, nous allons quitter Perdita, et c'est dans les salons aristocratiques de lady Wigmorland que nous introduirons nos lecteurs : ils y trouveront Georges d'Entragues.

§

On doit se souvenir que dans le chapitre de notre précédent volume, intitulé : *Les deux visites*, M. de Choisy avait vivement engagé le jeune et beau gentilhomme qu'il considérait déjà comme son gendre, à se rendre, le mercredi suivant, à la fête que devait donner lady Wigmorland, qui ouvrait sa maison pour la première fois.

Lady Wigmorland, pairesse d'Angleterre, et par conséquent fort grande dame, était une de ces nobles étrangères qui viennent brillants météores, éblouir pour une saison la société parisienne, laquelle commence, avec une étourderie quelquefois peu digne, par se jeter à leur tête pour finir par les dénigrer sans conscience et sans pitié, quand arrive le moment où sa curiosité frivole est satisfaite, ce qui ne tarde jamais bien longtemps.

D'Entragues avait d'abord décidé qu'il se ferait présenter à lady Wigmorland par le vicomte de Sanluces; mais dans le laps de temps qui s'écoula entre sa visite aux Choisy et le mercredi en question, Georges réfléchit que sa présentation aurait quelque chose de plus sérieux si elle était faite par un homme de l'âge de M. de Choisy, de sorte qu'il écrivit au vieux provincial pour lui demander de vouloir bien être son introducteur. Cette combinaison avait en outre l'avantage inappréciable de resserrer encore son intimidité avec les parents d'Esther, et de la faire accepter par le monde, qui ne manquerait pas d'en tirer certaines conséquences : Georges savait très-bien que rien ne contribue mieux à amener un mariage que de mettre le public à même de dire qu'il est décidé.

Il est presque superflu de mentionner ici que la demande du comte d'Entragues combla de joie M. de Choisy. Présenter un beau gentilhomme à une grande dame, et le présenter comme son parent, il y avait de quoi en perdre la tête! Ce qui sauva M. de Choisy dans cette circonstance ce fut qu'il était trop bête pour devenir fou.

Georges, qui, au milieu de ses préoccupations personnelles, ne perdait pas de vue les intérêts de l'association des chevaliers du Lansquenet, enjoignit, en sa qualité de dictateur, à M. de Sanluces de s'arranger de manière à présenter à sa place, chez lady Wigmorland, lord Williams Stloobomby, cet ancien secrétaire de la société, du temps que le baron Croisé de la Croisette en était le président.

Disons en passant que Jules de Nodèsmes continuait à se désoler de la vertueuse fuite de sa charmante veuve, et que Georges songeait sérieusement à chercher et à s'approprier une femme capable de remplacer dans le cœur du vicomte l'inconstante Mazagran; car dans l'état où se trouvaient les choses, il était plus essentiel, plus indispensable que jamais pour le comte d'Entragues de conserver une domination absolue sur l'esprit de son jeune et candide ami. Tout était sinon perdu, du moins très-gravement compromis, si Jules prenait une maîtresse que Georges ne lui eût pas donnée.

Le mercredi arriva.

A neuf heures précises, le beau comte d'Entragues se rendit à l'*Hôtel des Ambassadeurs*, pour se mettre aux ordres de M. et de madame de Choisy.

Sa tenue était d'une irréprochable élégance, et il portait à sa boutonnière un magnifique camélia, exactement semblable à celui qu'Esther avait laissé tomber à ses pieds le jour de sa visite à Choisy.

Il est triste de penser à quel point la rouerie est habile à imiter le sentiment dans ce qu'il a de plus ingénieux et de plus délicat.

Esther vit le camélia et soudain son visage s'illumina d'une vive expression de bonheur. Ainsi animée par l'émotion, et dans sa fraîche parure de jeune fille, Esther était vraiment ravissante.

Les riches nattes de ses cheveux châtains, qui encadraient son front candide et ses joues rougissantes et

veloutées comme une pêche, n'avaient pour tout ornement qu'un camélia couleur de chair, tout semblable à
celui que Georges portait au revers gauche de son habit.

La vierge timide avait eu la même pensée que le viveur
débauché!

L'amour naïf et désintéressé s'était rencontré dans une
inspiration commune avec la passion astucieuse et calcu-
latrice de l'or.

Georges fut frappé de la beauté d'Esther ; mais il en fut
frappé en artiste et non en amant, et s'il l'admira il ne lui
vint pas à l'esprit que ce chaste et doux visage de madone
n'avait pas été créé pour reposer sur un cœur aussi coupable que le sien!... Il ne se dit pas : *Je suis un misérable
de vouloir entraîner cette jeune fille dans l'abîme avec
moi...*

Même avec le rapidité de l'éclair, jamais le remords ne
traversait le cœur de Georges!

A dix heures, M. et madame de Choisy, Esther et
Georges partirent pour le faubourg Saint-Honoré, où était
situé l'hôtel qu'habitait lady Wigmorland.

On sait que les Anglaises ont une prédilection toute
particulière pour ce quartier, qui leur permet, grâce au
voisinage des Champs-Élysées, de satisfaire ce goût effréné
pour la promenade, auquel elles doivent la fraîcheur
éblouissante de leur teint et la largeur peu séduisante de
leurs pieds.

Nous ne croyons pas devoir infliger à nos lecteurs la
longue et fastidieuse description d'une fête dans le grand
monde.

Cela a été dit mille fois déjà ; cela le sera mille fois encore : laissons cette faible ressource aux bas bleus dans

la détresse, et aux romanciers qui veulent faire croire qu'ils sont admis dans la bonne compagnie.

A quoi bon compter tous les vases de fleurs groupés dans les vestibules et sur l'escalier; tous les laquais galonnés et poudrés, rangés dans les antichambres; tous les lustres répandant à flots leur splendide lumière sur les blanches épaules et sur les rivières de diamants?

Et si l'on nous reproche la prédilection avec laquelle nous avons décrit les joies grossières du bas peuple, nous répondrons à nos lecteurs, ce qui ne manquera pas de les flatter beaucoup : *Nous avons donné la préférence aux guinguettes sur les salons, afin de vous montrer ce que vous ne pouviez pas connaître.*

Comme c'est délicat !

Ici nous sommes contraints de nous servir d'une expression dont on a un peu abusé, et de dire, avec vérité cette fois : *tout Paris* était ce soir-là chez lady Wigmorland.

En effet, les vastes salons de la noble étrangère réunissaient tout ce que Paris renferme de plus et de moins distingué dans la politique, la littérature et les arts.

On y voyait des grands seigneurs et des pairs de France;

Des hommes d'esprit et des députés;

Des diplomates et des habitués de la Bourse;

Des ministres et des romanciers;

Des vieilles prudes et des jeunes coquettes;

Des filles de finances en quête de maris qui puissent les faire au moins comtesses;

Des grandes dames ayant foulé aux pieds les préjugés de la naissance;

Et une foule d'autres individualités qu'il serait trop long d'indiquer ici, et que nous ne portons que pour mémoire sur cette liste incomplète pourtant.

Tout Paris était donc chez lady Wigmorland.

La maîtresse de la maison était une femme de trente ans à peu près, plutôt belle que jolie, d'une rare distinction de langage et de manières, spirituelle à coup sûr, et méchante, disait-on.

Comme, du reste, lady Wigmorland ne doit jouer dans cette histoire qu'un rôle tout à fait secondaire, nous ne parlerons pas plus longtemps d'elle, du moins pour le moment.

Les plus jolies femmes, et les plus ravissantes jeunes filles de France, d'Angleterre et de bien d'autres pays, formaient autour des salons une guirlande fraîche, éblouissante, parfumée, et cependant, au milieu de toutes ces merveilles de grâce, d'élégance et de beauté, Esther de Choisy fut remarquée.

On lui trouvait bien quelque chose d'un peu étonné, d'un peu provincial ; elle manquait, au dire des connaisseurs, de cet aplomb prodigieux de la jeune fille parisienne qui se sent sur son terrain, et qui mesure d'un œil clair et froid toutes les chances de sa destinée, sans en omettre aucune ; mais elle avait tant de naïveté dans le regard, quelque chose de si pur dans toutes les lignes de son visage, que, parmi les hommes à la mode, les plus distingués vinrent, à tour de rôle, solliciter la faveur d'une contredanse, qui leur fut accordée avec une grâce timide, remplie de charme.

Mais, nous le savons, Georges d'Entragues était inscrit

au premier rang, et il vint bientôt réclamer son droit, qu'Esther n'avait certes pas envie de lui contester.

Alors, pour la première fois, Georges se trouva seul avec la jeune fille si disposée à l'aimer ; car, n'en déplaise à toutes les mères de famille qui viennent au bal affublées d'un turban plus ou moins rouge pour surveiller leurs filles, une contredanse est un tête-à-tête.

Aussi le beau comte d'Entragues put-il, protégé tout à la fois par la foule et le bruit, murmurer à l'oreille d'Esther, des paroles presque passionnées, et la magnétiser par ses profonds et brûlants regards, pendant que les accords d'une musique enivrante, traversant une atmosphère parfumée, jetaient le trouble dans l'imagination pure encore de la jeune fille.

Quand Georges ramena Esther à sa mère, madame de Choisy remarqua que la pauvre enfant était émue et tremblante comme une fauvette qui a vu planer un milan dans les airs ; mais elle ne s'en alarma point, et elle échangea avec son mari un regard qui signifiait évidemment : *Cela marche à merveille !*

Georges surprit ce regard, et il en tira cette conclusion, qu'il était plus urgent que jamais d'empêcher Perdita de reparaître.

Dans cette pensée, et comme il n'était plus inscrit que pour la dixième contredanse sur le calpin d'Esther, il s'éloigna, afin d'aller à la recherche du vicomte de San-luces et de lord Williams Stloobomby, avec lesquels il désirait s'entretenir du sujet de ses préoccupations.

Au moment où il se disposait à entrer dans un salon de jeu, à peu près sûr d'y rencontrer ceux qu'il avait besoin de voir, la voix d'un huissier, dominant la foule, annonça lentement :

— Monsieur le duc et madame la duchesse de Sandoval !

Aussitôt il se fit un mouvement dans la foule qui encombrait les salons.

Les nombreux invités de lady Wigmorland se rangèrent de manière à laisser libre un vaste passage, et, chacun se haussant sur la pointe du pied, regarda du côté de la porte, par-dessus la tête ou l'épaule de son voisin.

C'est que la duchesse de Sandoval, qui allait paraître, avait été précédée, à Paris, par une réputation de beauté et d'étrangeté, qui faisait qu'on parlait d'elle depuis longtemps déjà.

Les femmes l'attendaient pour la dénigrer, et les hommes pour lui faire la cour.

Celles-ci espéraient bien qu'il y aurait à rabattre de sa beauté, et à ajouter à son âge ; ceux-là qu'on en avait pas dit assez sur sa coquetterie.

« Elle sera maigre et noire, pensaient les premières.

« Elle doit ressembler à la marquise d'Améagui, de la brûlante ballade d'Alfred de Musset, rêvaient les seconds.

Aussi la surprise fut-elle générale, quand on vit s'avancer, précédant le duc de Sandoval de deux ou trois pas, une toute jeune femme blanche et rose, dont la tête charmante était couronnée par une admirable chevelure d'un or pâle aussi étrange que magnifique.

Sous le rapport de la grâce, de la perfection des formes, de l'élégance et de la distinction, la duchesse ne laissait rien à désirer aux plus difficiles.

Quand elle traversa le premier salon pour se rappro-

cher de lady Wigmorland, Georges, qui se trouvait sur
son passage, fut singulièrement frappé du contraste qui
existait entre la coupe candide et presque virginale du
visage de la belle Espagnole et le regard hardi et passionné de ses grandes prunelles bleues.

« Il y a quelque chose d'extraordinaire dans cette
femme... » pensa-t-il.

Puis il passa dans le salon de jeu, ou, comme il s'y attendait, il trouva le vicomte de Sanluces et lord Williams
Stloobomby.

Le premier était en grande veine de bonheur à une
partie de bouillotte.

Il échangea un regard d'intelligence avec d'Entragues,
et dit : *Je fais mon argent.*

Il avait en main un brelan d'as, et le quatrième avait
eu l'aimable attention de tourner, de sorte que la perte
était impossible.

Quand à lord Williams Stloobomby, il venait de *passer*
dix-sept fois à l'écarté ; mais la chance semblait l'avoir
abandonné, car il était au moment de perdre la dix-hui-
tième partie.

Effectivement son adversaire, auquel il ne manquait
qu'un point, tourna le roi, et lord Williams fut obligé de
céder la place.

Il se leva et il alla prendre le bras de Georges, qu'il
avait aperçu derrière sa chaise depuis un moment.

— Eh bien! — lui demanda d'Entragues, — ai-je eu
raison de vous faire présenter ici à ma place par Sanluces ?

— Merveilleux! — répondit l'Anglais.

— Combien ?

— Douze mille.

— Bah !

— C'est absolument comme j'ai l'honneur de vous le dire. J'aurais pu continuer, mais cela n'eût pas été sage.

— Bravo ! c'est affaire à vous, mon cher lord.

Tout ce colloque avait eu lieu à voix basse, comme on peut se l'imaginer. Georges reprit tout haut :

— Voulez-vous, mon ami, faire un tour avec moi dans les salons, qui commencent à être fort brillants ?

— Volontiers.

— Vous y verrez la merveille de la soirée.

— Ah ! qui donc ?

— Une beauté singulière.

— Mais encore ?

— Une Espagnole.

— Ah ! oui, la duchesse de Sandoval, sans doute : on en parlait beaucoup tout à l'heure autour de moi ; mais comme j'étais fort absorbé par mon jeu, je n'ai pas prêté une grande attention à ce qui se disait.

Tout en causant, les deux amis, ou plutôt les deux associés, arrivèrent à la porte du salon de jeu.

Ils allaient la franchir, lorsqu'une femme se présenta pour entrer.

Cette femme était la duchesse de Sandoval.

Georges, qui marchait le premier, s'effaça pour la laisser passer, de sorte qu'elle se trouva face à face pendant une seconde avec lord Williams Stloobomby.

Pendant cette seconde le regard de l'Espagnole et de l'Anglais se croisèrent.

La duchesse de Sandoval tressaillit, son front se couvrit d'une pâleur mortelle, ses lèvres se décolorèrent, et elle tomba sans connaissance dans les bras de deux ou trois personnes, qui, aux premiers symptômes de malaise, s'étaient empressées autour d'elle.

Georges, soupçonnant que cet évanouissement devait avoir une cause extraordinaire, attacha un regard interrogateur sur lord Stloobomby.

Il était fort pâle aussi et paraissait en proie à une émotion violente.

On porta la duchesse de Sandoval, toujours sans connaissance, dans l'appartement de lady Wigmorland.

Quand à lord Williams Stloobomby, il quitta le bal au bout de très-peu d'instants pour retourner chez lui, où il fut bientôt rejoint par d'Entragues, dont la curiosité était excitée jusqu'à l'inquiétude, ce qui s'explique par la solidarité qui unissait entre eux les divers membres formant l'association des Chevaliers du Lansquenet.

Il n'y avait pas cinq minutes que Georges avait quitté le bal de lady Wigmorland, quand l'huissier proclama à la porte les deux noms suivants :

— Son Excellence le prince de Falckenberg.

— Son Altesse le Staroste de Lüblinitzki.

Nous ferons plus tard connaissance avec ces deux nobles étrangers, si toutefois nous ne les connaissons déjà ; mais, pour le moment, nous allons rejoindre lord Williams Stloobomby et Georges d'Entragues : On sait que le second était venu trouver le premier, qui avait quitté le bal aussitôt après l'évanouissement de la belle Espagnole.

— Vous me direz, j'espère, la cause de cet incident bizarre, incompréhensible, — fit Georges. — Dans la position où nous sommes tous, nous ne devons rien avoir de caché les uns pour les autres... nos statuts sont formels à cet égard.

— Vous saurez tout demain, — répondit le jeune Anglais.

— Pourquoi demain? pourquoi pas tout de suite?

— N'insistez pas, mon cher d'Entragues, je vous en prie... Demain vous comprendrez quel doit être le désordre qui existe maintenant dans mes idées... Laissez-moi seul! ayez quelques heures de patience! je vous jure que vous ne vous en repentirez pas!

— Soit, mon très-cher; mais que ce soit bien demain : je ne saurais vous accorder davantage.

Et Georges se retira.

§

Le lendemain matin, à dix heures, son valet de chambre lui remit un volumineux paquet cacheté qui portait pour suscription :

« *A Monsieur le comte d'Entragues, de la part de lord Williams Stloobomby.* »

Georges rompit l'enveloppe du paquet; elle contenait un assez gros manuscrit.

— Ah! ah! je vais tout savoir! — se dit-il en lui-même.

Et il s'enfonça dans son fauteuil à la Voltaire, alluma un cigare et commença sa lecture.

Nous allons, dans les chapitres suivants, reproduire exactement le manuscrit de lord Williams Stloobomby, nous bornant à supprimer ceux des détails qui ne nous sembleraient pas utiles à l'intérêt ou la clarté du récit.

II

Prologue d'Amour.

Le manuscrit envoyé par lord Williams Stloobomby au comte d'Entragues, commençait ainsi :

« C'était par une des plus magnifiques journées de la fin de l'été de l'année 1840.

Le bateau à vapeur le *Winkelried* sillonnait avec une rapidité majestueuse les flots brillants et paisibles du beau lac Léman, et s'avançait vers Genève, gracieux comme un cygne et léger comme l'hirondelle, qui rasait du bout de son aile chatoyante la surface des petites vagues soulevées par le passage du paquebot.

Jamais le ciel n'avait été plus pur, l'onde plus transparente, la brise plus tiède et plus embaumée.

Depuis longtemps déjà les nombreux passagers réunis sur le large pont du *Winkelried* apercevaient dans l'éloignement la ville se détachant, avec sa ceinture de quais neufs éblouissants de blancheur, et son amphitéâtre de vieilles maisons grises, sur le fond sombre du mont Salève.

Bientôt les objets devinrent plus distincts : les tours de Saint-Pierre, ces tours qui donnent à la physionomie de Genève un caractère tout particulier, commencèrent à se dégager de la masse de toits qui les environnent.

Puis on put compter les fenêtres des maisons bâties sur les quais.

On distingua ensuite les gigantesques arceaux du pont des Bergues.

Enfin on découvrit sous son dôme de verdure la statue du morose Jean-Jacques, ce philosophe qui ne put jamais parvenir à vaincre son orgueil ; ce sage qui passa sa vie à faire des sottises, ce moraliste qui n'eut plus le courage de vivre le jour où il comprit que toutes les misères de sa nature n'étaient plus un secret pour personne.

Pendant un instant encore, le *Winkelried* battit les eaux limpides du lac de ses deux roues écumeuses; puis la soupape et la cheminée sifflèrent et mugirent, l'une en lançant des jets de blanche vapeur, l'autre en vomissant des flots de fumée noire, et le bateau, docile au gouvernail, s'arrêta comme un cheval bien dressé.

§

Au nombre des voyageurs que le *Winkelried* allait débarquer à Genève, se trouvait un jeune homme qui, depuis Lausanne, accoudé à l'une des balustrades du pont, semblait contempler avec son âme autant qu'avec ses yeux les magnificences des horizons du lac.

Parfois les purs et rapides rayonnements de l'enthou-

siasme intérieur illuminaient son front; des éclairs de
bonheur jaillissaient de ses prunelles enflammées par
l'admiration! L'aspect de cette nature, à la fois si majestueuse et si riante, paraissait doubler sa vie en agran-
dissant tout à coup ses facultés.

Ce jeune homme était de moyenne taille, mince, avec
cette tournure élégante et dégagée qui caractérise l'homme
de noble race, et que le commis-voyageur, quoi qu'il
fasse, n'imitera jamais; il pouvait avoir de dix-neuf à vingt
ans.

Son visage, d'un ovale un peu allongé, était pâle, mais
non de cette pâleur qui annonce une organisation faible
et une santé capricieuse, peut-être fatiguée par de pré-
coces excès. On sentait que la vie encore ménagée de la
jeunesse circulait sous cette peau transparente et blanche.
Le regard avait de la douceur et de la bonté, avec cette
légère teinte d'incertitude, preuve évidente que l'âme n'a
pas encore perdu toute sa candeur primitive.

Des moustaches soyeuses, fines et blondes, une royale
pointue, semblable à celles qu'on remarque dans presque
tous les portraits d'hommes de Van-Dick, donnaient à
cette tête ce caractère d'une régularité un peu préten-
tieuse qu'on est généralement disposé à attribuer aux physionomies d'artistes et de poëtes.

Le jeune homme dont il s'agit ici n'était cependant ni
l'un ni l'autre.

Tout au plus faisait-il de détestable vers dans ses moments perdus, obéissant ainsi à cette immuable loi, qui
veut que tout adolescent mince et pâle attèle, de dix-huit
à vingt ans, un certain nombre de rimes plus ou moins
sonores à quelques idées plus ou moins creuses.

Tout au plus encore maniait-il le crayon suffisamment pour esquisser un site remarquable, et le pinceau assez bien pour orner l'album d'une jolie femme de quelque médiocre aquarelle.

Il était Anglais, rêveur, désœuvré et maître d'une fortune médiocre, déjà en partie dissipée à parcourir l'Europe depuis quatre ans. Ne sachant plus que faire d'instructif et d'honnête, il venait passer quelques mois à Genève pour pêcher à la ligne dans le lac et suivre le cours d'histoire de M. Sismond de Sismondi. A coup sûr rien ne pouvait être plus moral au monde que ces deux manières de passer son temps.

Ce jeune homme s'appelait lord Williams Stloobomby, et il appartenait à une de ces vieilles familles anglaises qui mettent leur orgueil à des conquérants du passé, et à faire partie des oppresseurs du présent, ce qui constitue la nécessité de rendre un compte terrible dans l'avenir.

§

A Genève, comme dans tous les pays où arrivent des bateaux à vapeur, une foule de commissionnaires et de portefaix stationnent au débarcadère, et font, sur le pont du bâtiment, une invasion victorieuse, à l'instant précis où la proue touche le pont mobile qui communique avec la terre ferme. Le plus souvent ces Bédouins à peu près civilisés s'emparent de vive force de vos bagages, et vous conduisent pour l'ordinaire partout, excepté où vous avez envie d'aller.

Le *Winkelried* et notre jeune voyageur ne pouvaient guère échapper à cette loi commune : un portefaix se rua donc sur les bagages de lord Williams, et les chargea sur ses épaules, avec la volonté bien arrêtée de conduire le nouveau débarqué à l'*Hôtel du Lac*, tandis qu'il voulait justement loger à l'*Hôtel de la Couronne*, l'un des meilleurs et des mieux tenus de Genève.

Au moment où Williams, arrivé à l'extrémité du pont mobile, entamait une discussion assez vive avec son portefaix, qui voulait malgré ses ordres tourner à droite quand lui-même avait résolu de prendre à gauche, une jeune femme longea le quai à peu de distance de l'Anglais, le regarda, et quand elle eut fait quelques pas, elle se retourna deux fois pour le regarder encore.

Ce petit manége féminin fit sourire quelques jeunes gens qui se trouvaient là, et excita l'indignation douloureuse de cinq ou six farouches *momiers* (1), désolés de voir les œillades *de la grande prostituée de Babylone* en usage à Genève, la ville puritaine par excellence.

Williams, tout à la fois absorbé par sa querelle avec son *facchino*, et l'obligation où il était de remettre son passeport aux employés de la cité républicaine, ne vit pas que cette jeune femme était charmante.

De magnifiques cheveux, de ce blond-doré, à reflets ardents et doux, si distingué et si rare, encadraient délicieusement entre leurs longues boucles épaisses, soyeuses et brillantes, un visage rose, gracieux, mutin et provoquant.

Une bouche railleuse et sensuelle, rouge comme la fleur du grenadier, laissait voir en s'entr'ouvrant à demi des

(1) Nom sous lequel on désigne à Genève les *cagots* du protestantisme.

dents fines, blanches et nacrées comme des perles de la plus belle eau.

De longues paupières transparentes et satinées voilaient par moments de grands yeux d'un bleu limpide et profond.

A travers les cils soyeux et fins jaillissait aussi rapide que l'éclair, un regard à la fois humide et brûlant, dont l'expression était en même temps spirituelle comme la coquetterie joyeuse, et tendre comme l'amour sérieux.

Une robe de soie gris-perle, à raies d'un violet pâle, dessinait une taille souple, cambrée, irréprochable, et accusait sans les exagérer les riches contours d'un buste de la plus idéale perfection.

Le pied était ravissant, la main patricienne au plus haut degré.

A ce sujet, nous nous permettrons de remarquer en passant que toutes les bourgeoises qui ont les extrémités élégantes et fines, sont infailliblement bâtardes de quelque gentilhomme.

Quant aux grandes dames qui sont douées d'une façon diamétralement opposée... Ma foi, Mesdames et Messieurs, tirez la conséquence.

Pour en finir avec la jeune femme dont nous venons d'esquisser le portrait, nous ajouterons qu'il y avait dans son ensemble et dans sa démarche cette grâce indescriptible et ce charme indéfinissable qui font tressaillir le cœur et rêver l'imagination de l'homme qui en est frappé.

Elle s'appelait Danaë.

Nous avons dit que lord Williams ne l'avait pas remarquée. Les Anglais en voyage n'accordent leur attention aux femmes qu'ils rencontrent, que lorsqu'ils ont eu le

temps d'aller à leur auberge se peigner, se parfumer, se
- brosser et surtout dîner.

Donc, lord Williams, vainqueur dans son débat avec le
portefaix, s'était installé très-confortablement à l'excellent
Hôtel de la Couronne.

§

Il n'y était pas depuis huit jours qu'il s'ennuyait profondément, *quoiqu'il* eût déjà pris une truite dans le lac,
et assisté deux fois au cours d'histoire de M. Sismond de
Sismondi.

Ce *quoique* nous paraît parfaitement aimable.

Williams songeait donc à retourner à Paris, où à Naples,
ou aux eaux de Bade, partout enfin où il n'était pas. Un
Anglais qui se respecte ne saurait agir autrement.

Le nôtre allait mettre son projet de départ à exécution,
quand arriva dans l'hôtel qu'il habitait un artiste italien,
sculpteur de talent : *il signor Giorgione.*

Giorgione était un homme de quarante ans à peu près.

Il avait été d'une beauté remarquable dans sa jeunesse,
et bien que les fatigues et les émotions d'une vie orageuse
l'eussent usé de bonne heure, toute sa personne conservait
encore un caractère frappant de grâce et de noblesse.

Le feu sombre des passions souvent assouvies brillait
toujours dans ses grands yeux noirs, entourés d'un cercle
bleuâtre et marbré, et la puissante inspiration trônait sur
son front dépouillé, comme un roi volontairement fai-
néant.

Il parlait le français aussi bien que l'italien. Longtemps
il avait habité Paris, où il retournait encore chaque année

à l'époque de l'exposition. Dans un de ses voyages il y avait fait la connaissance de lord Williams.

Giorgione était doué d'un caractère aimable et facile. Williams, enchanté de la rencontre, renoua connaissance avec lui, et renonça provisoirement à ses projets de départ.

Plus d'une fois déjà l'Italien était venu à Genève, dont il connaissait les mœurs, les artistes et les principaux habitants. Il fut pour Williams, ennuyé et mécontent, un *cicerone* utile et amusant.

Ensemble ils visitèrent l'atelier de Diday, le paysagiste gracieux et fin, celui de Calame son élève et son rival, plus énergique, plus fougueux, plus rempli de verve et de poésie, mais peut-être moins habile.

Ensemble aussi ils parcoururent les environs enchanteurs de la ville, et ils allèrent dans le monde, si toutefois on peut donner le nom de *monde* aux réunions hebdomadaires de ses hommes empesés et gourmés, et de ces femmes embéguinées et pieusement minaudières qu'on appelle des Genevois et des Genevoises.

Bientôt la liaison de Giorgione et de Williams devint une véritable intimité.

Sceptique comme doit l'être tout homme qui a trop expérimenté ses semblables, Giorgione aimait à contredire avec sa parole doucement railleuse, les beaux rêves et les naïves illusions de Williams.

Ce dernier, cœur presque neuf, imagination presque chaste, écoutait sans les croire les discours de l'artiste, qu'il traitait d'ingénieux paradoxes.

— Vous avez donc beaucoup souffert, pour être aussi

profondément désenchanté et détaché de tout ? — lui demandait-il parfois.

— Non, — répondait Giorgione, — je n'ai pas souffert : j'ai vécu.

— Eh bien ! alors...

— Attendez, mon ami ; attendez que l'expérience ait ridé votre front, et mêlé quelques fils d'argent à l'or si doux de votre chevelure... Attendez que vous ayez mon âge, et vous verrez si l'on doit croire à quelque chose dans ce monde.

Croire est doux, je le sais ; mais quand on a beaucoup vu les hommes, on en arrive à mettre en doute jusqu'au témoignage de ses sens.

Où vous voyez la vertu aujourd'hui, vous verrez plus tard l'hypocrisie.

Vous vous direz, « quelle perfidie cache ce sourire ? quelle douleur cette fausse joie dissimule-t-elle ? »

Vous surprendrez une pensée cupide sous le front voilé de tristesse du fils au chevet de son père mourant.

Dans les caresses de la mère et de la fille, vous devinerez le germe de leurs rivalités futures.

Fouillez le passé de tous les Philémons et Baucis que les niais vous citeront comme des modèles de bonheur domestique, qu'y trouverez-vous ? un bourreau oublieux et une victime résignée, ou des désordres qui n'ont pas fait de bruit parce qu'ils ont eu lieu sous la honteuse sauvegarde d'un mutuel accord.

Quelle femme n'a eu de désirs que pour l'homme qu'elle devait et prétendait aimer ?

Quel homme s'est cru infidèle pour avoir cédé à un caprice d'une heure ?

Quelle jeune fille a senti les premiers battements de son cœur le jour de son mariage?

Où n'est pas le calcul? où n'est pas la ruse? où n'est pas l'égoïsme, cette seule passion vraie et indestructible?

Vous, mon ami, quand une femme murmure à votre oreille ravie ces deux mots d'une harmonie si perfidement douce : « *Je t'aime!* » vous êtes enivré, transporté... vous avez tant de joie dans le cœur, que le doute n'y peut trouver place.

Aussi quand l'heure de la déception arrive, elle est bien amère, n'est-ce pas?

Eh bien! moi, quand on m'adresse des paroles d'amour, je laisse dire, mais je ne crois pas.

Je jouis de la vie comme un acteur s'amuse de la pièce dans laquelle il a un rôle... quand elle est amusante. Rien pour moi ne finit par la déception, parce que rien n'a commencé par l'illusion.

L'erreur que j'ai le plus longtemps gardée c'était que la haine du moins était une passion sincère et durable. Je me trompais encore : elle est impuissante et volage comme les autres. On se vante de haïr, et on ne hait pas, parce qu'à la longue c'est aussi fatigant que d'aimer.

Ainsi parlait Giorgione.

— Je vous plains sincèrement, mon ami, — répondait le pauvre William consterné.

Oh! ne me plaignez pas; enviez-moi plutôt. Au surplus je n'ai pas d'inquiétude sur votre compte, vous avez tout ce qu'il faut pour être un jour tout ce que je suis devenu depuis longtemps.

— Je ne le pense pas.

— Vous le verrez.

— Je ne veux pas le voir.

— Vous n'en serez que plus heureux.

— Et si je repousse ce bonheur?

— Il vous arrivera malgré vous, et sans que vous vous en doutiez; puis quand vous en jouirez, vous vous demanderez avec étonnement comment vous avez pu croire qu'il en existât un autre sur la terre.

Et chaque jour, dans ces entretiens dissolvants, une des croyances, une des illusions de William s'en allait emportée au vent glacial du scepticisme de Giorgione.

III

La Courtisane.

Une courtisane !

Sait-on bien ce que c'est que l'être bizarre et presqu'incompréhensible qui est représenté par ces deux mots, tout à la fois gracieux comme le plaisir et mornes comme la honte : une courtisane !

Vous, à qui la destinée a fait une existence calme, recueillie, toute pleine des joies si pures et des émotions si douces de la famille ; dont les jours paisibles sont mystérieusement embellis par les rêves d'un chaste amour, avez-vous jamais deviné la nature et la vie de ces femmes folles de leur corps et insoucieuses de leur âme, que dans Rome païenne on appelait énergiquement *des louves ?*

Savez-vous ce qu'elles sont, ces créatures charmantes et infâmes, à la fois si riches et si pauvres, presque toujours avides, et parfois cependant d'une prodigalité sublime et d'une générosité sans bornes ?

Savez-vous ce qu'elles sont ces créatures, belles et perdues, dont les jeunes gens mendient par de honteux hommages les baisers corrupteurs, et auxquelles les vieillards prodiguent leur or en échange de menteuses caresses.

Si vous avez oublié l'histoire de Ninon, qui vit à ses pieds des héros et des écrivains de génie; si vous ne savez pas celle de la belle Impéria, qui damna tout un concile, réuni pour réformer les scandales que donnaient le haut et le bas clergé; si vous n'avez jamais réfléchi sur l'existence des Laïs, des Phryné et des Rhodope, ces femmes aux fortunes presque fabuleuses, peut-être apprendrez-vous quelque chose dans les pages que nous allons faire passer sous vos yeux.

Et alors, mères de famille, vous comprendrez pourquoi vos fils vous échappent de si bonne heure; femmes, vous saurez pourquoi vous avez tant de peine à retenir vos maris et vos amants.

Danaë, la ravissante femme à la chevelure d'or, était une courtisane.

Mais si elle appartenait à cette classe par certaines dispositions de son caractère et de son organisation, elle en différait aussi par beaucoup d'autres.

Ceci entraîne pour nous la nécessité d'esquisser en quelques lignes les traits principaux de sa nature morale, si l'on peut ainsi parler, comme, dans le chapitre précédent, nous avons esquissé son portrait. Si nous n'agissions pas ainsi, ce que nous avons à raconter nous ferait accuser de contradiction à chaque page.

Les contradictions existent, mais elles sont du fait de notre héroïne, et nous en acceptons d'autant moins la responsabilité, que nous sommes en mesure d'affirmer à nos lecteurs, que l'histoire qui va passer sous leurs yeux, et dont nous nous faisons simplement les narrateurs, est réelle au fond et d'une exactitude rigoureuse dans les détails.

On nous dira : *C'est invraisemblable.*

Nous répondrons : *C'est vrai.*

Que de choses nous avons vues, que nous n'aurions pas voulu croire si l'on nous les eût racontées !

Le prince de Talleyrand a dit : *Tout arrive ;* à l'imitation de ce célèbre brocanteur de couronnes, nous disons : *Tout existe ou a existé.*

Revenons à Danaë.

Elle était courtisane parce qu'elle s'abandonnait sans pudeur et sans frein à ses passions désordonnées.

Elle ne l'était pas, en ce sens que, bien qu'elle fût vénale et perdue, un indifférent n'obtenait jamais d'elle une parole d'amour : si elle se livrait à lui, c'était avec indifférence.

Elle aimait vite, elle aimait avec ardeur ; mais ses tendresses n'avaient qu'une durée éphémère : c'était l'ouragan qui renverse tout pour régner sans partage pendant quelques minutes.

Elle qui trompait sans cesse, elle ne pardonnait point qu'on la trompât quand elle aimait ; et, dans ce cas, l'aversion la plus implacable remplaçait subitement l'affection dans son âme.

Chez elle trois cordes seulement vibraient : l'amour, la haine, le dédain ; elle n'avait jamais compris l'amitié.

Ce caractère était étrange : l'avait-il été toujours autant? C'est ce que la suite de cette histoire nous apprendra.

Deux ans environ avant les scènes que nous allons retracer, Danaë avait été, disait-on, très-malade. Pendant sa convalescence, qui s'était prolongée outre mesure, on avait complétement cessé de la voir; puis, quand elle avait reparu, chacun s'était, à bon droit, étonné de son changement.

Sa beauté était toujours la même, mais son caractère n'avait plus rien de ce qui le distinguait quelques mois auparavant.

Elle paraissait avoir oublié beaucoup, et ceux qui l'avaient toujours connue, se demandaient si c'était bien là la femme pour laquelle ils s'étaient si longtemps inquiétés.

Sa voix était plus harmonieuse, sa parole plus élégante; mais aussi l'une était plus hautaine et l'autre plus impérieuse.

Ses manières avaient pris une distinction étourdissante, si on les comparait à leur simplicité d'autrefois; son regard, calme naguère, étincelait du feu sombre de ces passions qui ne brûlent que bien rarement dans le cœur glacé des Genevoises.

Les personnes qui étaient à même de la voir plus souvent et de plus près, allaient jusqu'à croire que la maladie avait altéré profondément sa raison, car Danaë, à qui l'on ne connaissait pas d'ennemis, semblait être constamment sous le coup d'une appréhension terrible. On la voyait tressaillir, pâlir, se troubler, et elle portait ostensiblement à la ceinture de sa robe, dans une gaîne d'or richement ciselée et damasquinée, un petit stylet étincelant comme un joyau, mais acéré comme une arme terrible.

Deux jeunes filles qui servaient Danaë avaient été congédiées avant sa maladie, et n'étaient pas restées un seul jour à Genève.

A dater de ce moment, Danaë n'avait eu auprès d'elle qu'une vieille femme, qu'à son accent prononcé on reconnaissait tout de suite pour une étrangère.

Effectivement cette vieille femme était Italienne : elle se nommait Mathéa.

§

Un mois s'est écoulé depuis l'arrivée à Genève du jeune lord William ***, qui s'ennuie déjà depuis quinze jours, comme nous l'avons dit dans le chapitre précédent.

Il est dix heures du matin.

Nous sommes dans une chambre de moyenne grandeur et meublée avec luxe.

D'épais rideaux de damas cramoisi tombent devant les fenêtres, et ne laissent pénétrer dans l'appartement, où règne un profond silence, qu'un demi-jour tout à la fois doux et voluptueux.

Un tapis fond blanc à larges rosaces de couleurs éclatantes, semble par sa moelleuse épaisseur inviter les pieds nus. Des sièges d'une recherche toute féminine, chauffeuses près de terre, profondes ganaches, divans souples, bas et larges, trahissent le penchant à la paresse et à la rêverie voluptueuse, de celle qui habite ce mystérieux séjour. Les murailles sont recouvertes d'une étoffe de soie semblable à celle des rideaux. Dans un des angles, une toilette Pompadour dissimule avec coquetterie, sous les flots de tentelles qui l'enveloppent, son arsenal de flacons, de coupes et de vases, tous remplis de parfums enivrants. Le panneau principal est occupé par un lit d'ébène incrusté de nacre et de cuivre, mais en ce moment entièrement caché par d'amples rideaux qui l'entourent de toutes parts.

Au moment où le marteau de la pendule frappe dix coups, on entend derrière les rideaux du lit un léger mouvement et un harmonieux soupir.

Puis une petite main blanche, fine et déliée, soulève les lourdes draperies de damas, et on aperçoit une jeune femme à demi appuyée sur son coude, qui entr'ouvre langoureusement ses paupières, encore appesanties par le sommeil.

Cette jeune femme est Danaë.

Elle se met sur son séant, allonge gracieusement un de ses bras et saisit une petite sonnette d'argent posée sur sa table de nuit.

A peine la sonnette s'est-elle fait entendre, que Mathéa, la vieille camériste italienne dont nous avons parlé, entre dans l'appartement.

— Madame a sonné? — dit-elle, en s'avançant de ce pas prudent et sournois d'une chatte expérimentée.

— Ouvrez les rideaux, et faites un peu de feu si le temps est sombre.

— Madame le temps est superbe.

— Eh bien! tornez-vous à ouvrir les rideaux.

— Madame sait-elle qu'il n'est encore que dix heures?

— Oui... Faites vite; je veux me lever.

La camériste (nous pensons que l'âge de Mathéa doit

nous faire donner la préférence à cette expression sur celle de soubrette, qui nous paraît un peu fringante), la camériste, disons-nous, s'empressa d'aller tirer les rideaux, et à l'instant même des flots de lumière entrant dans l'appartement éclairèrent un délicieux tableau.

Danaë est toujours sur son séant, le coude enfoncé dans son oreiller, dont les dentelles éblouissantes de blancheur, sont moins blanches que son bras nu.

Dans le désordre de son sommeil, le petit bouton de saphir qui retient croisé sur sa poitrine sa chemise de fine batiste, est détaché, et l'on aperçoit son beau sein et ses magnifiques épaules, sur lesquels retombent, comme de longues franges d'or, les anneaux splendides de sa chevelure brillante et parfumée.

Rien ne peut donner l'idée de la grâce et du charme de la molle attitude de Danaë, car rien n'égale l'incroyable perfection des beautés qu'elle dévoile sans s'en douter. Ses yeux à demi clos sont chargés d'une langueur voluptueuse qui n'est déjà plus celle du sommeil, et sa bouche gracieusement entr'ouverte semble sourire au rêve de bonheur qui a visité sa couche pendant la nuit.

La vieille Mathéa, après avoir relevé les rideaux, rapporté quelques vases de fleurs qu'on enlevait chaque soir, se rapprocha du lit de sa maîtresse, et se tint immobile dans une attitude qui semblait provoquer un ordre.

— Habillez-moi, — lui dit Danaë.

En sautant hors de son lit avec la légèreté d'une biche qui s'élance de son gîte, elle mit ses petits pieds dans des mules de velours brodées d'or, et elle courut s'asseoir sur un de ses divans, dont les élastiques, souples cependant, la firent rebondir.

Puis elle glissa prestement sur ses jambes fines, polies et transparentes comme l'onyx des bas de soie gris-perle, dont la finesse merveilleuse prit à l'instant même une teinte rosée d'un effet ravissant.

Alors Danaë se releva, jeta sur ses épaules un peignoir de cachemire bleu de ciel, et se laissant tomber sur une chauffeuse, elle pencha sa tête en arrière pour livrer son admirable chevelure aux mains de Mathéa.

La vieille camériste prit les longues tresses, les sépara, les réunit, et finit par en former une brillante couronne.

Pendant cette opération Danaë, qui était vis-à-vis la glace de sa toilette à la duchesse, avait plus d'une fois souri à sa beauté, tout en parcourant d'un œil distrait un journal posé tout ouvert devant elle.

— Mathéa ! — dit-elle tout à coup en prenant le journal et en le jetant loin d'elle par-dessus sa tête.

— Madame, — répondit la vieille camériste, qui achevait de fixer une dernière épingle.

— Il y a un mois à peu près, — reprit Danaë, — il est arrivé à Genève un jeune homme.

— Oui, Madame, c'est-à-dire qu'il a dû en arriver probablement plusieurs.

— Peu importe... celui dont je parle est très-beau.

— Il doit l'être puisque Madame a eu la bonté de le remarquer.

— Voulez-vous me faire le plaisir de me laisser parler sans m'interrompre ?

— Je me tais, Madame; je me tais.

— Ce jeune homme est mince, pâle et blond. Il porte ordinairement un pardessus vert sombre, un chapeau d'une forme élégante comme on n'en trouve pas dans cette ville de quakers, et il tient toujours à la main un petit *stik* à pomme d'or.

— Oui, Madame.

— Je l'ai rencontré plusieurs fois, et je suis sûre qu'il demeure à l'Hôtel de la Couronne, car c'est toujours là que je l'ai vu rentrer.

— Eh bien! Madame?

— Eh bien, je veux savoir son nom, et la durée probable de son séjour à Genève…Cela est possible, n'est-ce pas?

— Si Madame voulait consulter sa mémoire, reprit la vieille camériste, avec un sentiment d'orgueil froissé, elle pourrait se rappeler des récits de découvertes que j'ai faites plus difficiles que celle-là. Par exemple j'ai trouvé à Rome pour une grande dame napolitaine, la trace d'un jeune homme qu'elle n'avait rencontré qu'une seule fois, et dont elle ne savait ni le nom ni la demeure. A Milan j'ai su dénicher pour un vieux cardinal, une petite marchande ambulante de macaronis et de *lazagnes*, que le saint homme n'avait aperçue qu'une seule fois aussi, du fond de son carrosse. A Florence une princesse russe de dix-huit ans…

— C'est bon, c'est bon, Mathéa, — interrompit Danaë, — je ne doute pas de vos talents en ce genre, mais ce que vous avez fait m'intéresse bien peu en comparaison de ce que vous pouvez faire…

— C'est que, — répondit Mathéa, en se rengorgeant comme une vraie duègne d'opéra comique qu'elle était, — c'est que Madame m'a humiliée en me demandant s'il m'était *possible* de trouver ce jeune homme et de savoir son nom! l'A B C du métier… Ah! madame!!

Cet : *ah! madame!!* fut dit avec une admirable express'on de dignité courroucée, et d'amertume de l'injustice des hommes. Tout une existence s'y révélait.

Ce pauvre orgueil! à quoi on le fait servir quelquefois! heureusement qu'il ne sait jamais quand il s'avilit.

— Je rends pleine justice à tous vos mérites, ma bonne Mathéa, — reprit Danaë. — Oui, vous êtes une femme habile, précieuse, incomparable... Mais partez! partez à l'instant même! et revenez vite.

— Je vole!

La vieille femme dénoua les cordons de son tablier et fit un mouvement pour sortir; mais elle revint sur ses pas et elle se posa en face de Danaë, dans l'attitude d'une duègne élevée à la dignité de confidente.

— Eh bien! vous n'êtes pas partie? — demanda la jeune femme avec une sévérité impatiente et hautaine.

— C'est que je voudrais faire d'abord une question à Madame...

— Eh bien! dépêchez-vous.

— Est-ce que Madame aime ce jeune homme.

— Quel jeune homme? — fit Danaë, un moment distraite, ou voulant feindre de l'être.

— Celui sur le compte duquel je vais prendre des informations?

— Si je l'aime? non... je ne sais... pas précisément...

— Alors pourquoi?

— Mais, — reprit Danaë, — il y a en lui quelque chose qui me plaît assez.

Mathéa tourna sur les talons et sortit sans en demander davantage : elle savait tout ce qu'elle voulait savoir.

— Très-bien! très-bien! — se disait-elle chemin faisant... — ce n'est pas une passion, c'est un caprice : j'aime mieux ça ; il y a le double à gagner.

Danaë, restée seule après le départ de la cameriste, passa les trois quarts d'heure que dura son absence, dans une disposition de langueur et d'inquiétude qui tenait le milieu entre l'ennui et l'agitation.

Enfin, Mathéa rentra.

— Quelle nouvelle m'apportez-vous ? — demanda Danaë avec une vivacité qui témoignait de l'impatience qu'elle venait de ressentir.

— Eh bien ! Madame, — répondit la vieille femme, en soufflant bruyamment et avec une sorte d'orgueil triomphant ; — j'ai votre affaire.

— Alors racontez-la-moi, sans le moindre préambule : vous savez que je les déteste.

— Voilà... c'est que je reprenais mon souffle. Il y a loin et j'ai marché très-vite.

Et Mathéa s'arrêta de nouveau. Elle essayait la violence du caprice de sa maîtresse.

— J'attends ! — s'écria celle-ci en frappant du pied avec une sorte de colère.

L'Italienne ne poussa pas plus loin son expérience ; elle savait que ce n'était jamais impunément qu'on irritait Danaë.

Aussitôt et avec une volubilité extraordinaire, elle dit :

— Il est Anglais, il a vingt ans, il paraît assez riche, il compte passer quelques temps encore à Genève, et il s'appelle Lord William ***... C'est un mylord, Madame !

— C'est bien, — répondit Danaë. — Donnez-moi tout ce qu'il faut pour écrire.

Mathéa se hâta d'obéir, et bientôt Danaë put tracer

quelques lignes sur une feuille de papier satiné et parfumé
à outrance, puis elle mit cette feuille sous enveloppe, et
elle donna le paquet à Mathéa, en lui disant :

— Portez ceci à la poste et sans perdre une seule minute en chemin.

— A la poste ! pour lui, — fit la vieille camériste en
regardant la lettre qui portait en effet pour suscription
ces mots : « A Sa Seigneurie Lord William ***, *Hôtel
de la Couronne.* » — Pour lui ! — reprit-elle. — Madame...
et M. Henry ? — ajouta-t-elle encore.

— Il est absent pour trois jours... et puis après tout,
que m'importe ? Je suis ma maîtresse avant d'être celle de
mes amants ! Il faut qu'ils le sachent tous !

— Ça sera comme Madame voudra. Madame est bien
libre, et ce que j'en disais ce n'était que dans l'intérêt de
Madame, à cause de ce qu'elle doit savoir.

— Faites-moi le plaisir de vous taire et de porter cette
lettre à la poste, bavarde simpiternelle ! — s'écria Danaë
dont les nerfs s'exaspéraient.

— J'y cours ! j'y cours !

Et Mathéa disparut de nouveau.

Danaë se *pelotonna* comme une levrette au fond d'une
de ses vastes ganaches, et elle sembla s'endormir au bout
de quelques minutes.

IV

Le rendez-vous.

Le même jour, vers les cinq heures du soir, lord William ***, plutôt couché qu'assis dans un excellent fauteuil, au coin de la cheminée du petit salon de l'appartement qu'il occupait au premier étage de l'*Hôtel de la Couronne*, fumait un de ces merveilleux cigares de la Havane que l'on vend à Genève, et que la douane française frappe d'une prohibition sévère, sans doute pour empêcher les comparaisons que l'on pourrait faire entre eux et les ignobles *fumerons* que notre régie nous *débite* avec la plus maternelle impudeur.

Il y aurait de très-bonnes choses à dire sur le honteux trafic que l'on fait de ces petits rouleaux de tabac, devenus aujourd'hui des objets de première nécessité.

Mais comme nous nous sommes promis de ne pas aborder dans cet ouvrage les questions les plus irritantes de la politique actuelle, nous laissons bien vite tomber celle que nous avions soulevée en passant.

Nous avons dit que lord William ***, assis au coin de son feu dans un excellent fauteuil, fumait un *véritable cigare*.

A l'autre angle de la cheminée, et dans une attitude exactement semblable, Giorgione, le paresseux et spirituel artiste, aspirait avec la gravité d'un turc d'autrefois, d'épaisses bouffées de fumée, dans une longue pipe au tuyau splendidement orné de fils d'or et d'arabesques, dont le fourneau était rempli d'un latakié embaumant.

Les parfums mêlés du cigare de la Havane et du tabac du Levant remplissaient le petit salon d'une vapeur blanchâtre, un peu cuisante à la vue, mais fort agréable à l'odorat.

La conversation était tout à la fois peu animée et piquante, comme cela arrive assez fréquemment entre gens d'esprit qui s'ennuient.

Un domestique entra et remit une lettre au jeune et bel insulaire.

Celui-ci la décacheta avec une superbe nonchalance, et la parcourut d'abord d'un œil languissant; mais quand il en eut lu quelques lignes, il se mit à sourire et fit entendre cette exclamation qui exprime l'étonnement chez les Anglais des deux sexes de toutes les classes.

— Oh !

— Que vous apprend-on de nouveau ? — demanda Giorgione, surpris qu'une lettre, de quelque nature qu'elle fût, put causer une émotion quelconque.

— Lisez, mon très-cher, — répondit William en tendant la lettre à Giorgione.

— Un billet de femme : — fit dédaigneusement l'artiste : — c'est-à-dire des pensées de papillon tracées avec des pattes de mouche !... Je ne suis pas curieux.

— Lisez toujours, — reprit William d'un ton d'insistance.

Giorgione prit le papier et lut tout haut ce qui suit.

« Monsieur,

» Une femme que l'on s'accorde à trouver belle, vous a aperçu et vous veut du bien. Soyez ce soir à huit heures précises à l'entrée *du pont des Bergues,* du côté *de la rue du Rhône.* Une femme âgée vous abordera en vous disant : *les étoiles brillent au ciel.* — Vous lui répondrez : *au ciel et sur le lac,* — et vous la suivrez. »

— Qu'en pensez-vous ? — fit William.

— Que c'est tout à fait romanesque, et prodigieusement *Tour de Nesle !*

— C'est aussi ce qu'il me semble.

— Et vous irez là ?

— Mais oui.

— Enfant !

— Enfant !! Pourquoi, je vous prie ?

— Parce que vous n'admettez pas même la pensée d'un doute dans une affaire qui ne devrait vous inspirer que de la défiance si vous l'examiniez de sang-froid.

— Mais de quoi voulez-vous que je doute ? Ce qu'on me dit est parfaitement clair.

— Moi je ne vois là au contraire que des choses parfaitement louches.

— J'avoue que je ne vous comprends pas du tout, mon cher Giorgione.

— Voyons, croyez-vous sérieusement qu'il s'agisse d'un rendez-vous d'amour ?

— Mais à mon avis cela ne peut pas même être mis en question.

— Encore une fois, c'est raisonner en enfant ! Pourquoi ne serait-ce pas un guet-apens ? cela s'est vu.

— Un guet-apens ! contre moi ! mais je ne puis pas avoir d'ennemis dans cette ville, où...

— Où vous n'avez jamais eu d'amis, — interrompit Giorgione : — ceci est assez juste ; mais enfin, qui sait ? le bruit court peut-être que vous portez toujours de l'argent sur vous ?

— Examinez l'écriture : évidemment c'est celle d'une femme, et même d'une femme qui a reçu une certaine éducation.

— Je ne vous dis pas le contraire.

— En vérité, c'est bien heureux ! — dit ironiquement lord William.

— Je vous accorde encore, — poursuivit Giorgione, — que vous êtes assez beau garçon pour faire des passions, et que la femme qui vous écrit est amoureuse de vous.

— Vous êtes, sur mon honneur, d'une bonté...

— Maintenant, cette femme est-elle jeune ou vieille, laide ou jolie ? *That is the question*, comme l'a dit l'immortel auteur d'Hamlet, — interrompit Giorgione avec un imperturbable sang-froid.

— Ah diable ! — fit William, tout d'un coup désenchanté.

— Une femme jeune et jolie ne s'y prend guère de cette manière pour manifester ses préférences.

— Vous avez raison, mon cher Giorgione; ceci est grave, très-grave même.

— Et cependant, — ajouta l'artiste en se résumant pour ainsi dire; — et cependant, quand je vous demande si vous irez à ce rendez-vous, vous me répondez sèchement : *Mais oui*, comme si mon doute était une insulte.

— Allons, mon cher Giorgione, j'ai eu tort, et désormais je m'en rapporterai complétement à vous. Pour commencer à me conduire d'après vos conseils, dites-moi franchement ce que je dois faire aujourd'hui.

— Êtes-vous bien réellement décidé à suivre mes avis? vous savez que ce n'est pas ordinairement pour cela qu'on en demande.

— Je vous donne ma parole de gentilhomme que je les suivrai de tout point.

— Eh bien! ce soir, *à huit heures précises*, allez au pont des Bergues.

— J'irai certainement.

— Attendez la personne qu'on vous désigne dans la lettre en question.

— J'attendrai.

— Demandez à cette personne (si toutefois quelqu'un vous aborde, car il est encore possible que ceci soit tout bonnement une mystification); demandez, dis-je, le nom et l'adresse de l'autre femme chez qui l'on vous proposera de vous mener.

— Je demanderai à coup sûr ces deux choses.

— Et si on se refuse à vous les dire, refusez à votre tour de pousser l'aventure plus avant.

— Mais si, au contraire, on me donne le nom et l'adresse de l'inconnue ?

— Alors, trouvez un prétexte quelconque pour remettre le rendez-vous à demain. Peut-être saurai-je de qui il est question, et, dans tous les cas, nous aurons d'ici là le temps d'aller aux renseignements : Si ceux que nous obtiendrons sont favorables, vous vous confierez *à ces étoiles qui brillent au ciel.*

— *Au ciel et sur le lac,* — ajouta William en complétant ainsi le mot d'ordre du billet mystérieux. — Mon ami, vos instructions seront rigoureusement suivies.

— Remarquez qu'en le faisant vous êtes en mesure de profiter de toutes les bonnes chances, et que vous n'en courez qu'une seule mauvaise, c'est que le billet, comme je l'admettais tout à l'heure, soit lui-même une mystification.

— Je me résigne à celle-là.

L'annonce que le dîner était servi mit un terme à cette conversation, dont le sujet était au surplus épuisé.

§

Il ne serait peut-être pas inutile d'avoir ici une petite explication avec nos lecteurs.

— Quelques-uns d'entr'eux, peut-être, ont déjà jeté loin d'eux et avec dédain ce volume, après avoir parcouru les premières pages du présent chapitre en se disant :

— Mais à quoi pensent donc ces auteurs, qui nous croient capables d'admettre, au début d'une histoire d'amour, quelque chose d'aussi absurde que ce rendez-vous donné avec les allures mystérieuses du vieux mélodrame? et par qui, encore? par une courtisane! c'est-à-dire par une femme plus que libre, qui n'ayant rien à perdre, n'a par conséquent rien à ménager. Quelle pauvreté d'imagination! quelle absence de sens commun; c'est invraisemblable! c'est absurde!

— Eh! mon Dieu! nous sommes parfaitement de votre avis, et nous en sommes peut-être plus que vous-mêmes.

— Mais alors, pourquoi laisser subsister une semblable balourdise?

— Tout simplement parce que nous racontons une histoire vraie, dans laquelle les choses se sont passées comme nous les disons. Au surplus, Mesdames, pourquoi une courtisane ne s'amuserait-elle pas, une fois par hasard, à mettre du mystérieux dans ses amours? il vous arrive bien, de temps en temps..., de..., de...

Nous reprenons notre récit, ou plutôt le récit du manuscrit que feuilletait Georges d'Entragues.

§

Avec le soir vint aussi l'heure du rendez-vous.

A huit heures moins cinq minutes, William arrivait à l'entrée du pont des Bergues; à huit heures précises, la vieille Mathéa l'abordait.

Elle avait jugé convenable pour cette circonstance de s'emmitoufler discrètement le visage dans l'immense capuchon d'une vaste mante qui lui enveloppait tout le reste du corps. Ainsi fourrée et encapuchonnée, elle avait plus que jamais l'air de ces duègnes de comédie, toujours prêtes à servir les galants au préjudice des maris.

Elle aborda William en posant son index en long sur

ses lèvres, puis elle lui dit d'une voix qu'elle cherchait à rendre romanesque.

— LES ÉTOILES BRILLENT AU CIEL !

En ce moment, lord William *** eut toutes les peines du monde à réprimer une incommensurable envie de rire. Il lui sembla qu'il jouait un rôle dans quelque vieux mélodrame oublié. Heureusement il se souvint qu'il avait une seconde moitié de mot d'ordre à dire, et il répliqua du ton le plus sérieux qu'il fut possible de prendre :

AU CIEL ET SUR LE LAC !

— C'est bien cela ! — murmura Mathéa avec une satisfaction évidente. — C'est bien cela ! et d'ailleurs, ce jeune homme, à la clarté de ce reverbère, me paraît véritablement beau garçon ! Allons, cette fois Madame a eu la main heureuse. — Elle ne choisit pas toujours aussi bien.

Tandis que Mathéa marmottait tout cela comme si elle se parlait à elle-même, William restait immobile et fort embarrassé de sa contenance. La situation, qui lui avait d'abord paru comique, lui paraissait maintenant toucher de près au ridicule.

— Eh bien ! Madame ? — dit-il après avoir attendu deux ou trois secondes en silence.

— Venez ! — répondit Mathéa, qui fit quelques pas dans la direction de la ville, croyant que William était décidé à la suivre.

— Où me menez-vous ? — demanda le jeune homme sans quitter sa place.

— Ne le savez-vous donc point ? — reprit la vieille Italienne en revenant sur ses pas. — Chez un femme.

— Quelle est cette femme ?

— Celle qui a écrit la lettre dont le contenu vous a fait venir ici.

— Est-elle jolie ?

— Comme les amours! A en rêver toute sa vie après l'avoir vue une heure.

William ne put s'empêcher de sourire avec incrédulité. Les soupçons de Giorgione lui revenaient en foule à la mémoire.

— Est-elle jeune ? ajouta-t-il aussitôt.

— Vingt-deux ans... elle ne les a même pas tout à fait encore.

— Brune?

— Non ; blonde.

— Comme ça se trouve bien ! je les adore !

— Alors venez vite.

— Son nom ?

— Danaë.

— Mais son autre nom?

— Elle n'en a pas d'autre.

— Où demeure-t-elle?

Mathéa donna l'adresse avec un peu d'humeur; toutes ces lenteurs commençaient à l'impatienter et à l'inquiéter sur le succès de sa démarche.

— Merci ! — dit William.

— Vous allez venir maintenant.

— Aujourd'hui?

— Tout de suite.

— C'est impossible !

— Et pourquoi ?

— Parce que j'avais pris d'autres engagements avant d'avoir reçu le billet de madame... Danaë.

— Vous les remplirez plus tard.

— Je ne manque jamais à ma parole.

— Vous ne savez pas ce que vous perdez.

— Sera-ce donc à tout jamais perdu ?

— Mais je le crains beaucoup.

— Allons, ma bonne, vous trouverez bien moyen d'arranger cela avec votre maîtresse, car je présume que vous êtes au service de cette dame.

Et en prononçant ces mots, William mit une pièce d'or dans la main de la cameriste.

— Je tâcherai ! je tâcherai, mylord ! — s'écria vivement Mathéa, très-flattée des procédés de son interlocuteur — Mais viendrez-vous demain ?

— Oui.

— Sans faute ?

— Sans faute.

— A quelle heure ?

— A la même heure qu'aujourd'hui... si toutefois cela convient à votre maîtresse.

— Cela lui conviendra.

— Où vous retrouverai-je ?

— A cette même place. Je vous y attendrai à huit heures précises.

— C'est convenu.

— N'allez pas me faire revenir pour rien.

— Soyez parfaitement tranquille

Mathéa s'éloigna rapidement, et William se hâta de rejoindre Giorgione, qui l'attendait à l'autre extrémité du pont des Bergues, en fumant son cigare et en regardant sous le nez les grisettes qui passaient.

— Eh bien! quelle nouvelle? — demanda l'artiste avec son indifférence habituelle.

— C'est ma foi très-sérieux! — répondit William en souriant gravement.

— Le fait est que vous y avez mis le temps... je suis tout gelé! Ce vent du lac est glacial le soir... Enfin, que savez-vous?

— Elle s'appelle Danaë, et elle demeure rue ***, n° ***.

— Ah! ah! fit Giorgione sur deux tons très-différents l'un de l'autre.

— La connaîtriez-vous, par hasard?

— Parbleu!

Et il ajouta tout bas:

— Je la connais, moi et bien d'autres.

— Est-ce réellement ce qu'on peut appeler une jolie femme?

— Charmante! ravissante!

— Et qu'est-elle?

— Comment?

William fredonna, comme corollaire à sa question, ces deux vers d'une chanson grivoise, qu'il avait retenus pendant son dernier voyage en France:

> Es-tu sylphide, es-tu portière?
> Es-tu marchande de balais?

— Je comprends, — dit Giorgione; — vous me demandez quelle est sa position dans le monde?

— Précisément.

— A quoi bon vous le dire?

— A quoi bon me le taire?

— Au fait, c'est vrai.

Et Giorgione dit à William ce que c'était que la belle et amoureuse Danaë.

— Puisqu'il en est ainsi, — repartit le jeune insulaire, — je n'irai pas à ce rendez-vous.

— Pourquoi ce changement subit?

— Parce que je ne veux pas d'une femme qui appartient à tout le monde.

— Figurez-vous que vous n'en savez rien. En amour, il n'y a qu'un moyen de n'être pas dupe, c'est de l'être volontairement.

— Que voulez-vous, mon ami? c'est sans doute une grande niaiserie, mais j'ai besoin d'un peu d'illusion pour goûter même un plaisir passager.

— Ah! là il est impossible de s'en créer une, quelque petite qu'elle soit.

— Ainsi, vous ne croyez pas qu'elle ait un peu d'amour pour moi?

— Mon Dieu! mon ami, j'ai exprimé dix fois, vingt fois devant vous ma manière de voir à cet égard. Je ne crois en général à l'amour d'aucune femme, et je ne ferai certainement pas d'exception à ce parti pris en faveur de Danaë.

— Pourquoi, diable, alors tient-elle tant à me voir, et comment vous expliquez-vous ce désir?

— Mais, mon pauvre ami, vouloir expliquer les femmes, c'est se condamner volontairement à passer sa vie en présence de l'énigme du Sphynx! Celles qui sont sincères ne se connaissent pas, celles qui se connaissent nous trompent.

— Loyale ou fourbe, cette femme a sans doute un motif pour désirer me rencontrer, et puisqu'elle ne m'aime pas, dites-vous...

— Je vous engage à ne pas croire à l'amour, — interrompit Giorgione, — mais je ne vous défends pas de croire à la fantaisie. La fantaisie, mon cher William ! mais il n'y a rien de plus vrai tant qu'elle dure ! Danaë a donc un caprice, une fantaisie pour vous, comme elle en aurait une pour un bijou où une écharpe. Acceptez, cela est fort agréable, et n'entraîne à aucune obligation.

— Je ne trouve nul attrait à ce qui est fini tout de suite.

— C'est absolument comme si vous me disiez qu'il y a plus de plaisir à regarder ramper une chenille qu'à voir voler un papillon.

— Parlons encore de cette Danaë dont le nom m'importune, — reprit William avec une sorte d'impatience.

— Il me semble que nous ne faisons pas autre chose depuis que nous sommes réunis.

— Eh bien ! supposez-vous que l'intérêt puisse être pour quelque chose dans la démarche vraiment incompréhensible qu'elle vient de tenter.

— Non : elle n'a jamais passé pour intéressée. Elle est très-jolie, excessivement galante ; mais guère plus cependant que beaucoup de femmes qui n'en font pas précisément leur état ; enfin, on la dit fort spirituelle : en vérité, j'aurais de la peine à comprendre que vous ne profitassiez pas de sa bonne volonté à votre endroit. Croyez-en ma vieille expérience, mon cher William, les plaisirs faciles sont les seuls qu'on ne s'imagine pas avoir payés trop cher.

— Vous ne me convertirez pas.

— Qu'importe ? vous vous convertirez vous-même, et vous finirez par convenir avec moi qu'il n'y a de bonheur complet que celui qui passe vite après ne s'être pas fait attendre longtemps.

— C'est possible ; mais comme je n'en suis pas encore là, je ne me prêterai point aux fantaisies de madame Danaë, si belle et si spirituelle qu'elle soit.

— Vous avez tort, mon cher... mais n'en parlons plus.

Les deux amis entrèrent dans un magasin de tabac, où ils achetèrent et allumèrent de magnifiques trabucos, puis ils regagnèrent en fumant l'hôtel de la Couronne.

V

Amour, amour, quand tu nous tiens.

Danaë attendait Mathéa dans une pièce contiguë à sa chambre à coucher.

C'était un tout petit salon en rotonde comme un temple, dont les murailles étaient tendues en damas bleu de ciel, orné de distance en distance de torsades et de gros glands d'argent.

Il n'y avait pas d'autres meubles dans cette pièce qu'un large divan circulaire, et une immense jardinière formant guéridon, placée au milieu.

Au centre de cette jardinière, et parmi les fleurs les plus rares et les plus suaves, s'élevait une lampe dont le chapiteau à quatre faces en albâtre sculpté d'une merveilleuse transparence, montrait quatre scènes d'amour d'un effet ravissant.

C'était le balcon de Roméo et Juliette.

Puis la lecture de Paolo et Béatrice.

Ensuite Raphaël et la Fornarina.

Enfin Pygmalion et Galathée.

Danaë étendue sur le divan, la partie supérieure du corps adossée à un monceau de coussins, était dans cette pose abandonnée et dans ce costume significatif qui disent mieux que les paroles les plus brûlantes les désirs et les espérances d'une femme en proie au mal d'amour.

Elle n'aimait point William, dans le sens sérieux qu'on peut attacher à ce mot.

Mathéa qui connaissait à merveille les façons d'agir de sa maîtresse, s'était dit avec joie, nous devons nous en souvenir, que cette fois comme les autres il n'était question que d'un caprice.

Danaë *désirait* le jeune lord, et elle avait pensé exercer un grand empire sur son imagination par ce rendez-vous mystérieusement donné. Elle comptait, une fois que William serait près d'elle, s'abandonner à lui tout entière et à l'instant même, puis cette fantaisie satisfaite, la flamme de ce caprice éteinte, elle se disait qu'elle oublierait William, et qu'elle serait oubliée par lui.

Mathéa rentra.

Danaë en entendant son pas rendit sa pose plus voluptueuse et son regard plus langoureux.

Mathéa revenait seule. — Nous savons pourquoi.

— Où est-il ? — demanda Danaë en relevant son beau corps penché en arrière.

— Madame je suis seule... — répondit d'un ton craintif la vieille camériste.

D'un bond la jeune femme quitta son divan et se trouva sur ses pieds, frémissante d'impatience et de dépit.

— Comment il ne vient pas ? — répéta-t-elle avec un étonnement toujours croissant.

— Mais non, Madame, — répondit de nouveau Mathéa en se reculant devant le regard flamboyant de Danaë.

— Il n'a donc pas reçu ma lettre ? il ne s'est donc pas trouvé au rendez-vous tout à l'heure ? il est peut-être absent !

Et le visage de la courtisane se rasséréna passagèrement.

— Il a reçu votre lettre, Madame, et il n'est point absent, car il s'est trouvé au rendez-vous.

— Alors que s'est-il passé entre vous ? que lui as-tu dit ? qu'a-t-il répondu ? je veux tout savoir ! tout, entends-tu bien ! et tout de suite.

— Il a dit qu'il ne pourrait pas venir aujourd'hui, mais qu'il viendrait certainement demain.

— Ah !... — fit Danaë avec un intraduisible accent de satisfaction intérieure.

Et elle se laissa retomber mollement sur les coussins de son divan.

— Il fallait donc me dire cela tout de suite, — reprit-elle. — Vous me faites mourir d'impatience, Mathéa ! tantôt vous êtes bavarde comme un moulin, et tantôt vous êtes silencieuse comme une tombe.

Mathéa sortit du petit salon, en apparence touchée de ces reproches, mais au fond fort indifférente aux impatiences de sa maîtresse. Elle avait trop vécu, trop joui, trop souffert pour s'apitoyer sur les tortures des passions inassouvies.

§

Le lendemain, sûre du triomphe, la courtisane, rendue plus amoureuse par l'attente, avait renouvelé tous ses préparatifs de facile défaite, aussi ce fut avec une terrible explosion de colère qu'elle apprit de la vieille Mathéa que William ne s'était pas même donné la peine de venir au rendez-vous.

Toutefois après quelques instants de violente indignation, l'orgueil et le désir aidant, Danaë parvint à peu près à se persuader qu'une foule de raisons toutes parfaitement légitimes, avaient bien pu le retenir.

Peut-être était-il tombé subitement malade.

Peut-être une affaire d'une sérieuse importance l'avait-elle, pour quelques heures et à l'improviste, éloigné de Genève.

Peut-être une chute, un accident... un de ces importuns tenaces qui se collent à vous comme la calomnie après l'infortune.

Et la conclusion de toutes ces conjectures consolantes pour l'amour-propre, était celle-ci : — *Il sait où je demeure*, je le verrai demain sans aucun doute. .

Mais le lendemain passa, — puis le surlendemain, — trois jours, une semaine. — William ne se montra point, Danaë n'entendit même pas parler de lui.

— C'est de la rouerie de sa part, — se disait-elle, toujours sous l'influence des inspirations de son orgueil. — Il croit que je suis folle de lui, et il veut savoir jusqu'où cette folie ira.

« Ah! les hommes! les hommes!

« Mais il perdra sa peine! il la perdra bien certainement! il ne sera pas dit que ce pâle muguet, éclos sous l'atmosphère brumeuse de la triste Angleterre... enfin nous verrons!

« Il a pu me convenir de faire une première démarche; mais je suis bien trop fière pour en essayer une seconde!

« Il mérite une leçon... et s'il vient à moi maintenant, comme cela n'est guère douteux, je la lui donnerai bonne en l'éconduisant.

Ainsi raisonnait Danaë dans son dépit.

Mais plus puissant que le dépit, plus persévérant que l'orgueil lui-même, le désir inassouvi se dressait vivace, excité par les obstacles.

Danaë laissa s'écouler quelques jours encore. Elle ne luttait plus que pour faire un choix entre les diverses manières de s'exposer à une nouvelle défaite. Ses sens surexcités outre mesure la gouvernaient despotiquement.

Enfin, elle se décida à écrire une seconde fois à William! à l'indifférent, au bizarre William!

Ce dernier répondit par une lettre froide et polie : fort explicite au fond, très-mesurée dans la forme, cette lettre ne laissait aucune espérance.

William s'y excusait de ne pouvoir profiter du bonheur qu'on voulait bien lui laisser entrevoir; mais des occupations multipliées, sérieuses, absorbantes, prenaient tout son temps... et puis d'ailleurs, ajoutait-il, il était si peu aimable, que réellement une liaison avec lui ne pouvait offrir aucun charme.

Bref, il était impossible de faire entendre d'une façon plus convenable à une femme qui veut à toute force se donner, qu'on est parfaitement décidé à ne jamais vouloir

d'elle. L'impertinence parlait à genoux, dans cette lettre,
ce qu'elle ne manque pas de faire quand elle sait vivre.

Mais Danaë qui, outre qu'elle était une femme d'infiniment d'esprit, avait aussi quelquefois de ces illuminations
soudaines qui éclairent les passions les plus aveugles, Danaë, disons-nous, vit du premier coup le profond dédain
caché sous ces formules polies et presque respectueuses :
elle comprit que William la méprisait comme une femme
perdue. Aussi, pendant qu'elle lisait cette lettre, le cœur
de la courtisane battait à briser sa poitrine, et une rougeur ardente se répandait sur son visage, habituellement
couvert du coloris le plus délicat :

— Il me dédaigne ! s'écria-t-elle avec une sorte de rage.
— Il me méprise ! il me repousse comme si j'étais une
créature de la rue ! s'offrir et être refusée ! on ne saurait
tomber plus bas dans la honte ! ! !

Danaë garda le silence pendant quelques minutes; silence douloureux comme toutes les souffrances de l'orgueil, les seules réelles peut-être.

Tout à coup la direction de ses idées changea.

— Il aime une autre femme ! — s'écria-t-elle, — c'est
pour cela qu'il ne veut pas de moi !

Et soudain la jalousie s'emparant de son esprit, Danaë
en arriva subitement à croire qu'elle aimait William;
qu'elle l'aimait d'un amour profond, vrai, durable; qu'elle
n'avait jamais aimé et n'aimerait jamais que lui; enfin
elle se persuada tout ce qu'une femme sait si bien se persuader en pareil cas, grâce à la double faculté que Dieu
lui a donnée d'oublier la veille et de ne pas prévoir le
lendemain.

— Mais il sera à moi! — reprit-elle. — Il sera à moi! je le jure! il faut qu'il soit à moi.

Alors, emportée par la passion, Danaë fit ployer son caractère hautain et violent, et elle écrivit à lord William *** une lettre suppliante.

« Mon Dieu, mon Dieu, — lui disait-elle d'une écriture tremblante qu'on aurait cru tracée à genoux, — ne me refusez pas ce que vous ne refuseriez à aucune femme! Car enfin ce que je vous demande, ce n'est pas même un jour d'une de vos années... c'est un instant de la moins occupée de vos heures!

« Il faut que je vous voie! il faut que je vous parle! Il le faut, ne fût-ce que pour une seconde.

« Et si vous l'exigez, pendant cette seconde le mot d'a mour ne sortira pas de mon cœur! Je ne dirai pas que je vous adore! je resterai courbée devant vous comme l'esclave devant son maître! Mais j'aurai entendu votre voix! j'aurai respiré le même air que vous!

« On vous a dit, n'est-ce pas? que j'étais une femme perdue?

« C'est vrai, mon Dieu! Mais si le feu purifie ce qu'il consume, pourquoi l'amour ne purifierait-il pas ce qu'il dévore?

« Vous craignez peut-être qu'on ne vienne à savoir que vous avez mis les pieds chez moi... dans l'antre de la pécheresse, comme disent tous les faux dévots de cette ville hypocrite, curieuse et avare!...

« Eh bien! pour vous épargner cette humiliation, je me suis procuré, dans un quartier perdu, un petit appartement où je pourrai vous voir sans qu'on le sache, sans qu'on puisse même le soupçonner vaguement.

« Oh ! venez ! venez !

« Venez une seule fois ! pour un seul instant ! je vous en conjure à mains jointes et à genoux !

« Ne me refusez pas ! »

Puis étaient indiqués la rue, le numéro de la maison, l'heure à laquelle Danaë attendait William.

Le jeune homme, enfin vaincu par cette prière ardente, ou peut-être seulement curieux de tout ce qu'elle semblait lui promettre, répondit ce seul mot que Danaë trouva le plus éloquent de toutes les langues.

« *J'irai.* »

§

Longtemps avant l'heure indiquée, Danaë était installée dans le logement qu'elle s'était procuré au fond d'une des rues les plus sombres, les plus étroites et les plus tortueuses de Genève, ce qui n'est pas peu dire.

Car nous mentionnerons en passant, que cette respectable cité est hypocrite comme sa population, c'est-à-dire qu'elle cache une ville noire et sale derrière un quai riant et splendide.

La rue dont il est question ici appelle : *rue de la Pélisserie.*

Le logement était au premier étage.

Pour y parvenir, il fallait suivre d'abord une longue et ténébreuse allée ; cette allée conduisait dans une petite cour fangeuse, encombrée de copeaux, de vieux débris de planches et de meubles disloqués, car le rez-de-chaussée était occupé par un menuisier-ébéniste.

On tournait à droite et l'on gravissait, dans une espèce

de tour éclairée par des façons de meurtrières, un étroit escalier, dont les marches disjointes et vermoulues tremblaient sous les pieds.

Arrivé à un carré large de deux mètres environ, on ouvrait une porte, et cette porte ouverte, on entrait dans un corridor complétement obscur.

L'appartement était au bout.

Il se composait de deux pièces : une petite antichambre, et une chambre à coucher formant salon.

Cette chambre à coucher, dont les deux fenêtres donnaient sur la rue, était grande, haute et sombre.

Les murs, bossués en plusieurs endroits, étaient revêtus d'un vieux papier à fleurs et à rosaces, qui, de gris pâle qu'il avait été jadis, était arrivé progressivement, grâce au temps et à la fumée du charbon de terre, à la teinte brune la plus foncée.

Les meubles consistaient en *un sopha* (c'est le mot technique), recouvert d'une sorte de vieux lampas, dont la couleur autrefois verdâtre était devenue tout à fait incompréhensible.

Ce *sopha* était escorté de deux fauteuils à l'avenant, et d'une respectable *bergère*, laissant échapper par plus d'une fente la plume poudreuse qui la garnissait fort maigrement.

Un secrétaire en marqueterie, presque entièrement déplaqué, figurait en face d'une commode lourde et bombée, dont le marbre était fendu en deux ou trois endroits.

Sur la cheminée trônait une pendule, veuve de son mouvement, mais escortée de deux flambeaux en cuivre jadis argenté, et de deux vases en porcelaine commune, garnis de fleurs passées à l'état de chiffons incolores, en dépit des globes de verres qui les défendaient du contact de l'humidité et de la poussière.

Le lit, en acajou et à bateau, avait, comme les fenêtres, des rideaux en calicot d'un violet douteux, sur lequel étaient imprimées, dans de grands médaillons carrés, les aventures extraordinaires, morales et huguenotes de Robinson Crusoé.

L'ensemble de cette pièce représentait au point de vue des idées genevoises un très-confortable appartement garni.

Pendant les premiers instants de l'attente, Danaë trompa son impatience en s'occupant de ces mille détails qui n'échappent point à l'attention d'une femme, en quelque lieu qu'elle se trouve. Elle drapa les rideaux avec une grâce dont on ne les aurait pas crus susceptibles, elle dérangea la symétrie grotesque de certains objets pour les grouper dans un désordre pittoresque, et elle jeta sur le foyer de charbon de terre, quelques pommes de pin qui s'enflammaient avec un bruit joyeux comme le rire d'un enfant.

Mais quand ces soins furent pris, quand il ne resta plus rien à faire, une agitation fébrile, dévorante, s'empara de la pauvre Danaë.

Elle allait vivement de la cheminée à la fenêtre, de celle-ci à la porte, collant tantôt son front à la vitre, et tantôt son œil à la serrure ; regardant, écoutant de ses yeux, de sa bouche, de son âme, de tout son être enfin.

Elle trouvait à chaque minute la longueur d'une année, et elle se répétait sans cesse d'une voix toute frémissante de douloureux désirs.

— Viendra-t-il ? viendra-t-il, mon Dieu !

. Oh! qu'elle était séduisante ainsi!

Elle avait jeté sur le lit, en arrivant, sa pelisse et son chapeau, avec la superbe insouciance d'une femme amoureuse. Une robe de satin noir, au corsage écourté avec une savante mesure, tranchait vivement sur ses épaules éblouissantes d'une blancheur pleine de vie. Sa chevelure d'or descendait à droite et à gauche sur sa poitrine, en longues boucles ondoyantes, étincelantes et parfumées. Sa bouche entr'ouverte par l'attente semblait aspirer d'avance le bonheur qu'elle rêvait, et sa main, comme si elle voulait comprimer les battements de son cœur, s'appuyait toute frémissante sur un sein aussi beau que celui de la Vénus antique.

Enfin, enfin, un pas se fit entendre! la porte du passage, restée à demi ouverte, tourna en criant sur ses gonds! William entra dans le corridor, et bientôt dans la chambre!

Danaë fit deux pas pour aller au-devant de lui, puis elle s'arrêta et resta immobile, les yeux baissés, dans cette gracieuse et charmante attitude de *la Esmeralda* chez *la Falourdel*, la villotière du Pont Saint-Michel.

Ce n'était plus Danaë la courtisane, c'était une jeune fille rougissante et timide, donnant le premier rendez-vous de son premier amour.

— Vous avez désiré me voir, Madame, — dit froidement William, — je suis venu.

Et il arrêta sur Danaë un regard à la fois surpris et charmé de tant de grâce et de beauté.

— Je vous remercie, Monsieur, — murmura la jeune femme d'une voix tremblante et à peine intelligible, tant était profonde et vive l'émotion qui l'oppressait.

Il y eut un moment de silence.

Les deux acteurs de cette scène étaient debout et immobiles, à quelques pas l'un de l'autre.

William était aussi embarrassé que possible de sa personne. Il n'avait garde, nous le savons, d'être un roué : la situation était donc neuve pour lui. Vainement il se répétait tout bas que la femme qu'il avait sous les yeux était une courtisane; que cette femme l'aimait et l'avait appelé avec les accents éperdus de la passion la plus insensée; vainement il s'excitait à traiter cavalièrement l'amour avec elle, la résolution lui faisait faute, et tout ce qu'il put imaginer de mieux pour se tirer d'affaire, fut cette phrase insignifiante, balbutiée plutôt que prononcée :

— Asseyez-vous donc, Madame... je suis honteux de vous voir debout.

Danaë s'approcha de la cheminée, prit place dans un des fauteuils, et de la main indiqua l'autre à lord William.

Mais ce dernier, perdant de plus en plus contenance, s'inclina et resta dans la même position.

Danaë, les yeux fixés sur les pommes de pin enflammées, semblait suivre du regard le vol de leurs capricieuses étincelles, et elle continuait à garder le silence.

William se torturait l'esprit, se creusait le cerveau pour en faire jaillir une idée, fût-elle la plus banale du monde, pourvu qu'elle pût lui servir à engager la conversation d'une façon quelconque; mais tous ses efforts étaient inutiles : son imagination, frappée de stérilité, ne lui fournissait rien.

Cette situation, embarrassante jusqu'à la souffrance

pour ceux qui la subissaient, pouvait se prolonger indéfiniment. William, qui se trouvait, non sans motif plausible, fort ridicule, se demandait s'il ne devait pas tourner les talons et disparaître.

C'eût été un dénoûment comme beaucoup d'autres; mais le nœud gordien fut tranché d'une autre façon.

Danaë releva la tête, attacha sur William un regard étincelant de passion, puis se redressant subitement elle bondit comme une biche jusqu'aux pieds de l'homme qu'elle aimait, et retomba presque à genoux en murmurant :

— Oh! pardonne-moi! pardonne-moi de te le dire... mais je t'aime!... je t'aime!...

Puis, sans lui laisser le temps de répondre, elle se releva, et l'entrelaçant de ses deux bras, elle le contempla avec des larmes, des sourires et des baisers dans le regard, frémissante de bonheur et répétant toujours :

— Je t'aime! je t'aime!

Étonné d'abord, touché ensuite, puis bientôt enivré de tant de passion, William, après quelques rapides instants d'incertitude, rendit étreinte pour étreinte, caresse pour caresse, passion pour passion.

— Je t'aime! — murmura-t-il aussi.

Et sa voix faisant vibrer toutes les fibres du cœur de Danaë, elle s'affaissa à demi évanouie dans les bras de William.

Quand elle revint à elle sous les baisers de son amant! elle murmurait lentement.

— Oh! ne me dites pas que vous m'aimez, William, car vous ne pouvez pas m'aimer encore, et je ne veux pas que vous me trompiez... mais dites-moi seulement que vous m'aimerez un jour... peut-être... que vous voudrez bien de moi... que vous ne me méprisez pas...

— Si je t'aimerai ! — s'écria le jeune homme avec le plus ardent enthousiasme, — mais, mon Dieu ! je t'aime déjà !

William disait vrai : Une passion profonde, immense ; une de ces passions qui s'éveillent toute-puissantes, et s'emparent, dès le premier moment, d'une âme pour la ravir ou la désoler, l'élever ou l'avilir, était née tout à coup dans le cœur du pauvre William.

Danaë poussa le cri d'une joie insensée, puis elle se précipita de nouveau sur William, et elle couvrit de brûlantes caresses ses yeux, son front et ses lèvres.

Elle l'enivrait de tous les parfums de sa chevelure et de ses vêtements... elle l'enivrait du doux son de sa voix frémissante du délire de l'amour... elle l'étourdissait délicieusement du bruit harmonieux de ses baisers.

William croyait faire un rêve, et il lui semblait que ce rêve durerait toujours !

Il lui semblait qu'autour de lui tout chantait une hymne d'amour !

Il lui semblait qu'il venait de changer et son âme et sa vie contre l'âme et la vie de la ravissante femme qu'il pressait sur son cœur !

Il lui semblait enfin que le sang de Danaë coulait mêlé au sien dans ses veines.

L'ivresse voluptueuse de l'opium, les hallucinations inénarrables du *haschich* ne sont que des songes sans forme et sans couleur auprès des rêves d'amour de William !

— Tu m'aimes ! n'est-ce pas que tu m'aimes, — reprit

Danaë après un long silence... — oh! je suis heureuse!... bien heureuse et bien fière!... William! mon William!

Et comme il allait répondre elle l'empêcha de parler avec un long baiser; puis elle se recula un peu, comme pour le contempler d'un seul regard, et souriante, ravie, elle reprit encore :

— On m'a dit souvent que j'étais belle : que je souhaiterais que ce fût vrai, bien vrai, mon William! mais je voudrais que ma beauté ne fût visible qu'à tes yeux! je voudrais qu'elle s'effaçât hors de ta présence, comme la terre s'enveloppe d'ombres quand le soleil, son roi et son Dieu, disparaît derrière l'horizon! Et toi, mon amant, mon maître, comme tu es beau! comme tu as l'air fier! ton noble front paraît inspiré! que j'aime ta chevelure si douce et si brillante! que j'aime tes yeux dont l'azur est profond et pur comme celui du ciel! que j'aime ta pâleur! Tu es si jeune, et pourtant on dirait que tu as déjà beaucoup souffert, ou beaucoup aimé!...

Cet enthousiasme était sincère bien qu'exagéré, car William avait de la distinction, de la grâce, du charme même, mais rien de plus.

— Aimé! — interrompit William. — Jamais comme je t'aime, ma Danaë!

— Écoute-moi, — interrompit à son tour la jeune femme, — il faut qu'il n'y ait personne sur la terre qui soit aussi heureux que nous! il faut que notre bonheur fasse envie à ceux même qui croient n'avoir plus rien à désirer. Nous nous verrons souvent... souvent! tu comprends, n'est-ce pas? puis quand reviendront les longs jours du printemps, nous partirons tous les deux... nous voyagerons seuls... nous visiterons les monts sublimes, les torrents, les glaciers, les forêts sombres comme la plus sombre nuit, et les lacs étincelants comme le plus beau jour! Tu ne me verras jamais fatiguée, jamais triste, jamais rêveuse, jamais impatiente du lendemain, comme ces femmes que le présent, si rempli qu'il soit, ne peut satisfaire. Je serai tout à la fois ta compagne, ton amie, ta maîtresse, ton esclave! ton esclave, William! Oh! mon Dieu! mon Dieu! son esclave! que je suis heureuse et fière!!!

Ce fut ainsi qu'ils passèrent de longues heures, et quand les premiers rayons de l'aurore vinrent éclairer le triste logis dont l'amour avait fait un temple, William, transporté, enivré, fasciné, s'éloigna en jurant à Danaë qu'il l'aimerait toujours avec la même passion.

VI

Le masque et le visage.

Quand William se retrouva pour la première fois avec Giorgione, après la nuit d'ivresse que nous venons de raconter, il lui avoua sans détour tout ce qui s'était passé entre Danaë et lui, et il ne chercha pas à dissimuler l'affection très-vive qu'elle lui inspirait.

Giorgione l'écouta avec plus de tristesse que de surprise. Cet homme, dont le cœur était mort, ne s'étonnait jamais des passions les plus insensées.

— Comme vous allez toujours d'un extrême à l'autre, mon pauvre ami! — se borna-t-il à dire doucement à William, dont l'enthousiasme tenait du délire.

— Que trouvez-vous donc de si extrême dans tout ce que je vous ai confié?

— Rien; seulement je vous rappellerai que quand je vous conseillais de ne pas refuser une liaison passagère

avec cette femme, vous ne vouliez pas entendre parler
d'elle.

— Et vous, vous ne cessiez de me répéter que j'avais
parfaitement tort d'agir ainsi.

— Sans doute ; mais je ne vous ai jamais dit de vous
attacher follement : vous avez confondu l'usage, qui est
souvent sans inconvénient fâcheux, avec l'abus qui en a
toujours de très-graves.

— J'aime Danaë comme j'aimerais toute autre maîtresse
qui serait belle, jeune et spirituelle comme elle.

— Vous l'aimez bien plus encore que vous ne le dites,
et vous en conviendriez sur-le-champ avec moi, si vous
vouliez être entièrement franc... mais vous êtes gêné par
le souvenir de ce que vous étiez hier à cette heure-ci.

— Et quand j'aimerais Danaë plus qu'aucun homme n'a
jamais aimé aucune femme ?

— J'en serais fâché pour vous, et je le suis déjà parce
que cela est.

— Eh bien ?

— Eh bien ! cet amour ne vous prépare que des chagrins
et des déceptions.

— Prophète de malheur, tant que Danaë m'aimera je
n'aurai ni chagrins ni déceptions, et si elle change je
changerai comme elle.

William s'arrêta une seconde, puis il reprit :

— En admettant le commencement de passion folle
que vous supposez et que je nie.

— Soit, — répondit Giorgione... — Alors autre chose,
que vous nierez sans doute aussi.

— Cela dépend ; de quoi s'agit-il ?

— Danaë ne vous aime pas.

— Plaisantez-vous?

— Pas le moins du monde; je parle sérieusement et consciencieusement.

— Elle ne m'aime pas! — dit William avec un sourire dont la bienveillance était un peu railleuse. — Mais comment pouvez-vous affirmer cela, puisque vous ne l'avez pas vue me témoigner son amour? Sachez, mon cher Giorgione, que c'était plus que de la passion, plus que du délire...

— C'était du délire, j'en conviendrai avec vous; mais le délire, enfant d'un accès de fièvre, ne dure pas plus longtemps que lui.

— Vous n'êtes pas consolant.

— Je suis vrai.

— On ne l'est jamais quand on est aussi profondément sceptique.

— On l'est encore moins quand on est aussi prodigieusement crédule.

— Mais enfin, voyons, Giorgione, quel intérêt a pu, selon vous, déterminer Danaë à faire tout ce qu'elle a fait et à me dire tout ce qu'elle m'a dit?

— Aucun.

— Mais alors?

— Tout ce qu'elle vous a dit, elle le pensait, je le sais, je le crois.

— Eh bien?

— Eh bien! elle ne le pensera bientôt plus : Voilà ce à quoi vous devez vous attendre.

— Pourquoi?

— Parce que son cœur n'est jamais pour rien dans son

amour ; parce que ses sens parlent seuls, et qu'une fois ses sens satisfaits, sa passion la plus violente s'évanouit à l'instant même ; parce qu'enfin, ce qui est de la lave brûlante aujourd'hui sera demain quelque chose de plus froid que le marbre et de plus dur que le bronze.

— Comment avez-vous pu savoir, ou comment pouvez-vous deviner tout ce que vous me dites là ?

— Que ne me demandez-vous aussi pourquoi mes cheveux blanchissent ? Il nous faut bien, à nous autres vieillards, l'expérience pour nous consoler de nos rides.

— En tout cas, je me regarde comme bien plus heureux que vous, car je crois et j'espère, tandis que vous, mon pauvre Giorgione, vous doutez sans cesse.

— L'espérance ! — fit l'artiste avec un sourire dont la mélancolie n'avait rien d'amer ; — l'espérance !... J'y ai cru, William, jusqu'au jour où j'ai reconnu que ce n'était pas autre chose que le marteau avec lequel nous forgeons toutes nos douleurs, sans nous lasser jamais, insensés que nous sommes ! de frapper et de souffrir ! c'est aussi l'éclair qui nous éblouit, pour nous montrer la nuit bien plus sombre quand il a cessé de briller ; c'est encore la blanche vapeur qui flotte à la surface du gouffre, que vous voyons plus profond quand elle s'est dissipée... Toutes nos folies, tous nos chagrins ont eu pour origine une espérance. Croyez-moi, mon ami, quand il s'agit des joies ou des affections de ce monde, il n'y a de sûr et de sage que le doute.

Et Giorgione quitta William, qui l'avait à peine écouté, tant il était amoureux et confiant dans la passion qu'il croyait inspirer.

§

Pendant quelque temps, aucun nuage ne passa sur ce bonheur, si profondément et si naïvement senti.

William se laissait emporter avec l'abandon, l'ardeur et l'imprévoyance de son âge, au torrent de voluptés dont l'enivrait l'ardente et belle courtisane, et chaque jour son amour, à la fois jeune et sérieux, prenait tous les caractères d'une de ces passions durables dont on souffre longtemps encore après qu'on en est guéri.

Les tristes prédictions de Giorgione ne s'étaient, du reste, pas encore accomplies.

Parfois cependant, comme un coup de tonnerre dans un ciel serein, un accident, un rien, un mot, venaient pour un instant jeter le trouble dans cette vie heureuse, en faisant pressentir à William cette amertume qui est toujours au fond, et souvent sur le bord de toutes les coupes où nous buvons nos jouissances.

Un jour, par exemple, le jeune lord se promenait sur le beau trottoir de la Coratterie, suivant d'un œil amoureux et ravi tous les mouvements de Danaë, qui marchait devant lui, belle, gracieuse, souriante et fière comme une déesse sur un nuage.

Quelques étudiants qui sortaient d'un estaminet, le cigare à la bouche, croisèrent la jeune femme, et l'un d'eux, au moment où il passait à côté de William, se retourna et demanda à ses compagnons, en leur désignant du doigt notre héroïne :

— Qui est cette jolie femme ?

— C'est Danaë, — répondit l'un des étudiants sans prendre la peine de baisser la voix.

— Danaë! qu'est-ce que c'est que ça? une femme honnête?

— Allons donc!

— Enfin, est-elle ou non la maîtresse de quelqu'un, pour parler plus clairement?...

— Ah çà! mon cher, d'où sors-tu? Elle est la maîtresse de tout le monde; elle sera la tienne, si cela peut te faire plaisir.

— En vérité?

— Rien n'est plus certain : Mais tu es le seul, dans tout Genève, à ne pas savoir cela.

— Et où demeure-t-elle? J'irai certainement la voir un de ces jours.

Et William, frémissant d'une rage qu'il était obligé de contenir, entendit distinctement donner l'adresse de la femme qu'il aimait.

Le malheureux jeune homme sentit alors tout ce qu'il y avait de flétrissant et de douloureux dans son amour pour cette femme que chacun regardait comme la propriété de tous!

Il entrevit confusément les honteux partages, les complaisances coupables auxquelles il serait entraîné, tôt ou tard, s'il ne parvenait pas à vaincre sa fatale passion.

Son œil mesura l'abime sans fond vers lequel il marchait par des sentiers encore semés de fleurs.

Il eut un moment la pensée de s'arrêter, de retourner en arrière... mais le souvenir de ses heures d'ivresse, l'espoir que les paroles qu'il avait entendues ne s'appliquaient qu'à la vie passée de Danaë, le firent chanceler dans sa résolution, et il reprit son servage.

Il lui arriva alors ce qui arrive toujours quand on secoue une chaîne que l'on n'a pas la force de briser ; elle se riva plus solide à son cou.

§

William parlait souvent à Danaë de son ami Giorgione, et lui avait même proposé quelquefois de le lui présenter.

D'abord Danaë avait accueilli plus que froidement ces ouvertures ; mais William ayant insisté, la jeune femme avait cédé, et Giorgione, introduit dans leur intimité, était assez fréquemment en tiers avec les deux amants, dont il rompait les tête-à-tête parfois un peu languissants.

Le spectacle est un des plaisirs de prédilection des Genevois, et dans leur salle qui est du reste fort laide, ils ont de temps en temps une troupe qui n'est pas trop mauvaise.

Hâtons-nous d'ajouter que la pruderie genevoise préside au costume des actrices et la mise en scène des vaudevilles. Une censure locale, qui n'est guère plus *crétine* que celle de notre ministère de l'intérieur, biffe impitoyablement à l'encre rouge les passages de nos pièces qui lui paraissent trop égrillards.

Que dirait l'Europe si les femmes des magnifiques seigneurs de la république modèle allaient un beau jour se passionner pour les plaisanteries de haut goût qui font rire de si bon cœur les joyeuses Parisiennes ?

Nous espérons bien que le spectacle de ce scandale ne sera pas donné au monde, grâce à la censure.

Cette censure, aussi spirituelle qu'éclairée, n'a jamais voulu la représentation de la pièce intitulée *les Premières armes de Richelieu*, rien que sur la réputation un peu décolletée de ce vaudeville de MM. Bayard et Dumanoir. Il est vrai que, sans le savoir, cette même censure a laissé jouer ladite pièce sous ce titre ingénieux : *le Mariage de Fronsac*, et n'a point paru trouver le plus petit mot à redire.

Nous garantissons l'authenticité de ce fait : il se passait dans le courant de l'hiver de 1840 à 1841, et le rôle de *Déjazet* était joué par madame Albert, du Vaudeville, à cette époque en représentation à Genève.

§

Un soir Danaë, William et Giorgione étaient au spectacle dans une loge d'avant-scène du rez-de-chaussée.

Danaë occupait la première place auprès de la porte; William était à côté d'elle; Giorgione, malgré les instances de son ami, avait voulu rester dans le fond de la loge : il n'était nullement curieux de voir ce qui se passait dans la salle.

On jouait la trilogie philosophique *des Saltimbanques*, ce chef-d'œuvre de bouffonnerie sérieuse qui fait tout à la fois rire et penser.

Bilboquet venait de commencer son grand récit du premier acte.

On frappa deux coups secs à la porte de la loge.

William se leva et ouvrit.

Un homme entra.

William ne le connaissait pas, ne l'avait jamais vu.

Il était grand, vigoureusement constitué et d'une assez

belle figure. Ses cheveux. coupés très-courts, étaient
rudes et commençaient à grisonner; mais sa moustache
épaisse et longue, était d'un beau noir d'ébène. Ce personnage, dont l'ensemble ne manquait pas d'une certaine
distinction, était vêtu avec une simplicité qui n'excluait
point l'élégance.

Les yeux de l'inconnu errèrent un moment de William
à Giorgione, et firent à ce dernier un signe imperceptible
de reconnaissance; puis il s'arrêtèrent sur Danaë.

L'inconnu fit un pas vers elle, et lui prenant le bras,
il lui dit d'une voix brève et rude :

— Sortez un moment, j'ai à vous parler.

Danaë n'hésita pas un seul instant à se soumettre à cet
ordre; elle se leva donc aussitôt et sortit de la loge en
évitant de rencontrer les regards de William qui la sui-
vaient avec une douloureuse anxiété.

Après la sortie de sa maîtresse, le pauvre jeune homme
resta pendant quelques secondes immobile et comme
frappé de stupeur.

Le bruit de la porte de la loge qu'on fermait violemment le tira de son anéantissement passager, et il s'élan-
çait pour sortir à son tour, quand Giorgione l'arrêta par
le bras en lui disant d'une voix douce et ferme :

— Où allez-vous?

William, n'en sachant rien lui-même, ne répondit pas,
mais il fit quelques efforts pour s'arracher à l'étreinte de
Giorgione, qui le retenait toujours en ajoutant :

— Du calme, du calme, mon cher ami; — ne faites pas
de folies, je vous en conjure!

— Des folies! — répondit William avec ce vague étonnement d'un homme qui ne comprend pas le sens des paroles qu'on lui adresse.

— Eh! oui, pardieu, des folies! vous êtes pâle comme un cadavre, votre regard est flamboyant : si vous voulez absolument sortir, sortons ensemble, mais ne me quittez pas.

Et, passant le bras de William sous le sien, Giorgione l'emmena au foyer, désert en ce moment, car le premier acte des *Saltimbanques* était loin d'être terminé.

Ils s'assirent l'un à côté de l'autre.

— Voulez-vous maintenant que je vous dise quelle folie vous alliez faire? — demanda l'artiste à l'Anglais.

— Oui, — répondit machinalement ce dernier sans trop savoir ce qu'il répondait.

— Vous alliez courir après ce monsieur qui emmène Danaë, et le souffleter.

— Je crois que c'est vrai.

— Pourquoi cette violence?

— Pourquoi! pourquoi! — répéta William dont le regard étincela de fureur.

Giorgione l'interrompit en posant la main sur son bras.

— Savez-vous seulement quel est ce monsieur, et s'il n'a pas des droits sur Danaë? dit-il.

— Il en a donc! — s'écria William avec une sombre vivacité.

— Sans doute, et cela ne doit pas vous étonner, puisque le passé de votre maîtresse n'est pas un mystère pour vous.

— Connaissez-vous cet homme?

— Je le connais.

— Son nom! son nom! dites-moi tout de suite son nom, Giorgione!

— Il s'appelle monsieur Henry; c'est un de mes compatriotes...

— Et... — fit William n'osant achever sa phrase, dont l'Italien comprit parfaitement le sens et l'intention.

— Et,—continua Giorgione après une légère hésitation, il est l'entreteneur de Danaë.

William voulut s'élancer de nouveau; mais Giorgione l'arrêta encore avec fermeté et poursuivit :

— Oui, mon cher William, son entreteneur depuis deux ans, tandis que vous, vous n'êtes son amant que depuis deux mois. Ainsi, vous voyez que vous n'avez pas à vous plaindre : c'est lui qui joue dans cette circonstance le rôle de mari.

— Tout cela est impossible! — s'écria William. — Jamais Danaë ne m'en avait parlé.

— Je n'en suis pas étonné le moins du monde : soyez sûr qu'elle ne lui a jamais parlé de vous non plus : les femmes sont très-discrètes dans ces sortes de circonstances.

— Saviez-vous qu'elle eût cet autre amant? ce monsieur?... — demanda William.

— Oui, je le savais depuis quelque temps.

— Pourquoi ne me l'avoir pas dit sur-le-champ? — reprit l'Anglais d'un ton d'amer reproche.

— Je m'en suis bien gardé! vous me répétez toujours que je cherche à vous enlever vos illusions.

— Mais j'aurais immédiatement cessé de la voir! Vous êtes cause que j'ai joué un rôle honteux.

Giorgione ne put retenir un éclat de rire.

— Pourquoi ce rire ironique? Vous ne croyez donc pas que j'aurais fait ce que je viens de vous dire?

— Eh bien! franchement, non! je ne le crois pas, mon pauvre ami!

— Je vous assure cependant que je ne la reverrai de ma vie, Giorgione.

— Et je vous assure, moi, que vous la reverrez, et cela plutôt aujourd'hui que demain.

— Vous supposez donc que je l'aime encore après ce qui s'est passé?

— Je ne le suppose pas, j'en suis parfaitement sûr : les passions, si folles qu'elles soient, ont leur logique : tant qu'elles vivent un peu, elles nous gouvernent tout à fait, et c'est surtout quand on croit qu'elles agonisent qu'il faut se défier d'elles.

— Qui vous dit que la mienne n'est pas morte à tout jamais? Vous lisez donc dans mon cœur, dans ma pensée?

— Non, mais je vous connais mieux que vous ne vous connaissez vous-même.

Cette assertion de Giorgione resta sans réponse, et les deux amis gardèrent le silence pendant quelques instants.

William qui paraissait soutenir une lutte intérieure violente, reprit la parole le premier.

— Comment avez-vous su que ce M. Henry était l'amant, ou, si vous voulez, l'entreteneur de Danaë? — demanda-t-il à Giorgione.

— Ce n'est un secret pour personne, et d'ailleurs lui-même me l'a dit.

— Quand cela?

— Il y a un mois environ; je ne saurais préciser au juste.

— Où?

— A notre hôtel.

— Mais il est donc allé chez vous?

— Sans aucun doute : je le connais depuis fort long-temps, l'ayant rencontré il y a plusieurs années en Es-pagne où je faisais un voyage d'artiste. Il avait, je crois, un parent à Séville ou à Cordoue.

Les deux amis gardèrent de nouveau le silence, et ce fut encore William qui le rompit, mais cette fois par des paroles qu'il semblait s'adresser lui-même.

D'abord il s'exprima d'une manière à peine intelligible; puis, s'animant par degré, Giorgione put entendre ce qui suit.

— Ainsi, — disait-il, — elle me trompait! — Ainsi elle mentait effrontément en me disant : je t'aime!!! — Car ce n'est pas moi qu'elle aime, c'est lui, puisqu'elle le con-naît depuis deux ans, et qu'elle ne l'a pas quitté pour moi! — Ainsi elle se jouait de mon amour! — Sa passion n'était qu'une perpétuelle comédie! — Mais pour qui donc me prenait-elle? — Et elle-même, cette femme, qu'est-elle...

Un éclat de rire de Giorgione interrompit net la tirade *mélodramanesque* de William qui regarda son ami d'un air effaré.

— Ah ça! mon cher, — fit l'artiste, — vous devenez d'une candeur et d'une naïveté qui passent toutes les bornes! comment, vous êtes l'*amant de cœur*, j'appuie à dessein sur cette qualification : l'*amant de cœur*, d'une femme de cette espèce; et au lieu d'être fort touché, fort reconnaissant du dévouement dont cette femme fait preuve à votre endroit, vous devenez furieux parce que vous ap-prenez qu'elle a un autre amant, un *amant utile!* allons donc! Cela tombe dans la charge! cela devient extrava-

gant! que diable! est-ce que vous vous figurez que les
femmes aujourd'hui vivent de soleil et d'air ? Pensez à l'a-
mour tant que vous voudrez, si cela vous amuse ; mais
permettez-leur, à elles, de penser aussi au *pot-au-feu*.
Danaë n'a pas de rentes : faites-lui en, mon cher, ou ne
mettez pas obstacle à ce qu'elle fasse son métier !

« Mais en voilà assez, en voilà trop même sur ce chapitre... Sortons un moment; nous pourrons revenir pendant l'acte suivant, si vous désirez causer encore, maintenant nous ne serions plus seuls. »

Effectivement, la foule envahissait le foyer : William
suivit Giorgione, et tous deux quittant le théâtre, allèrent
respirer l'air plus vif du dehors.

Quand ils rentrèrent dans la salle et dans leur loge,
quel ne fut pas l'étonnement de William en retrouvant
Danaë souriante et calme comme si rien ne s'était passé.
Elle était assise à la même place qu'elle occupait avant
l'arrivée de M. Henry, et ce dernier avait lui-même pris
une chaise à côté d'elle.

L'artiste et son ami s'établirent dans le fond de la loge,
et, pour la première fois de sa vie, le pauvre William put
apprendre à quel point sait mentir un visage de femme.

Danaë paraissait n'avoir d'attention que pour M. Henry.
Sans cesse elle se penchait vers lui pour lui parler à l'o-
reille : elle l'écoutait avec son plus doux sourire, elle lui
répondait avec son plus tendre regard.

Jamais William n'avait vu briller plus d'amour dans ses
yeux, jamais un plus radieux sourire s'épanouir sur sa
bouche fraîche et rouge comme le corail humide... et
pourtant elle trompait quelqu'un ! Elle trompait l'un de
ces deux hommes ! — Mais lequel ? — se demandait Wil-

liam qui, dans sa candide inexpérience, n'osait pas se répondre qu'elle les trompait tous les deux.

William était tout à la fois indigné et stupéfait de voir sur un si charmant visage un masque si menteur, et dans son indignation il croyait arracher lambeau par lambeau son amour de son cœur.

Quand il sortit du théâtre, l'image de Danaé lui semblait morte en lui. — Mais le lendemain n'était pas arrivé qu'elle y revivait plus belle et plus triomphante.

VII

Vengeance.

Le lendemain matin à son réveil, William (car au risque de déconsidérer notre héros dans l'esprit de plus d'une de nos belles lectrices, nous devons à la vérité de convenir qu'il avait passé une assez bonne nuit), le lendemain matin à son réveil, disons-nous, William reçut de Danaë un billet ainsi conçu :

« Il faut que je te voie absolument, mon bien-aimé! mon amant!

« Il faut que je te parle... il le faut aujourd'hui, ce matin !... le plus tôt possible!

« Depuis hier, mon William, j'ai souffert, oh! bien souffert en pensant que tu crois peut-être coupable la femme qui t'aime avec tant de passion.

« Le dernier souvenir qui me reste de cette triste soirée, c'est qu'en me quittant ton regard était bien froid... si froid que je me sens pleurer d'y songer !

« Est-ce donc vrai, mon Dieu ! que j'ai eu le malheur de te déplaire !

« Cette pensée cruelle me brise le cœur ! car je t'aime, vois-tu ! je t'aime mille fois plus que la vie !

« Sans toi je ne voudrais pas, je ne pourrais pas vivre, mon amant adoré !

« Je serai à notre logement de la rue de la Pélisserie à onze heures précises.

« Tu viendras, mon William, et tu seras **exact**, n'est-ce pas ? Pense, pense combien l'attente serait affreuse dans l'état de douleur où je suis.

« Je t'envoie mille baisers dans cette lettre, en attendant tous ceux que j'espère te donner moi-même tout à l'heure.

« A bientôt pour te revoir, mon bien-aimé ! à toujours pour t'adorer !

« Ta Danaë. »

Ce billet remplit William de la joie la plus vive. Son cœur avait déjà plaidé et gagné contre sa raison la cause de sa maîtresse : il était décidé à lui pardonner ; après avoir lu il se demanda si ce n'était pas à lui d'implorer son pardon.

Il ne pouvait détacher ses yeux de ces lignes où il voyait tout, tout, excepté la chaleur factice et la fausse passion qui les avaient dictées.

Il reprit toute sa confiance, toute sa crédulité, tout son aveuglement.

Au point de vue du bon sens et de la dignité il avait tort ; à celui de son bonheur et de son repos il avait raison.

Il avait tort, parce que lorsqu'une trahison est évidente, on est lâche et vil de fermer les yeux sur elle.

Il avait raison, parce que le monde est ainsi fait qu'il ne peut y avoir de repos et de bonheur que pour les crédules qui sont les aveugles de l'esprit.

Ainsi la fiction mythologique qui met un bandeau sur les yeux de l'Amour est un conseil de sagesse donné aux hommes.

William l'avait sans doute compris de cette manière, car non-seulement il se rendit à l'heure dite auprès de Danaë, mais encore il l'aborda dans des dispositions telles, qu'elles n'auraient pu être meilleures avant l'événement de la veille.

Aussi le candide jeune homme n'avait-il pas passé une minute auprès de la rusée courtisane, que celle-ci, avec toute la sagacité de son esprit pénétrant et froid comme la lame d'une épée, avait déjà sondé tous les replis du cœur de son amant, senti et compris tous les avantages de sa position à elle, et combiné avec une habileté infernale, jusque dans leurs moindres détails, les scènes et les *effets* du rôle qu'elle avait à jouer.

Et ce n'est point au hasard que nous nous servons ici du mot *rôle*, attendu qu'il est le seul qui puisse rendre convenablement notre pensée, puisque Danaë, guérie de son amour pour William, en était déjà à jouer la comédie avec lui.

Giorgione, l'artiste au cœur désillusionné, ne s'était pas trompé quand il avait prévu que cette passion violente, indestructible, serait comme ces feux de paille, vite allumés, plus vite éteints, dont le plus petit souffle de brise emporte à la fois la flamme et la cendre...

Mais si Danaë n'aimait plus William, pourquoi redoutait-elle autant de lui voir rompre une chaîne qu'elle-même commençait à trouver lourde?

Pourquoi? qui pourrait le dire? L'amour qui meurt n'a-t-il pas, comme celui qui naît, ses mystères incompréhensibles?

Peut-être Danaë se sentait-elle humiliée de l'idée que, dans la situation où se trouvaient les choses, ce serait William qui romprait avec elle, et voulait-elle se raccommoder avec lui pour reprendre l'initiative de cette rupture quand elle l'aurait revu à ses pieds.

Bien des femmes qui ne passent pas pour des courtisanes font ce petit calcul assez peu honnête, et Danaë en était bien capable.

Peut-être aussi, n'aimant plus elle-même, n'était-elle pas fâchée d'être aimée encore comme le candide William l'aimait, et disait-elle : *Je lui laisserai croire qu'il est toujours mon amant, et moi je saurai qu'il n'est plus que mon esclave.*

Enfin, et ceci n'est plus une conjecture, Danaë avait, pour vouloir que son intrigue avec William se prolongeât encore, un motif grave que nous connaîtrons plus tard.

Quoi qu'il en soit, voici la première parole qu'elle adressa à son amant :

— William, mon William, sois sincère avec moi : tu m'as accusée hier, n'est-ce pas?

Le malheureux William baissa les yeux comme un coupable, et sa bouche s'entr'ouvrit pour balbutier une justification.

Mais Danaë ne lui en laissa pas le temps, car elle poursuivit aussitôt avec feu :

— Oui, tu m'as accusée ! tu m'as soupçonnée ! ne dis pas non, William, parce que je suis sûre de ce que j'avance. Les apparences me condamnaient, c'est vrai ; mais devais-tu les croire, ces apparences trompeuses ? William, tu m'aimes donc bien peu, tu es donc capable de me tromper, puisque tu peux douter de moi !

La question ainsi déplacée, la rusée courtisane, d'accusée qu'elle devait être, se faisait accusatrice à tout hasard, convaincue que cette position devait être la meilleure.

Effectivement, cette habile manœuvre mettait son amant dans une situation très-embarrassante, si embarrassante qu'il ne sut que répondre : il était atterré et on le voyait parfaitement.

Danaë jouit un moment de ce premier triomphe, qu'elle n'espérait ni si facile, ni si complet, puis elle poursuivit encore :

— J'ai vu clairement ce qui se passait dans ton âme ! j'ai lu comme dans un livre ouvert tous tes soupçons outrageants ! Ah ! devais-je m'attendre que si tôt...

William la regarda douloureusement : il était à la fois désespéré et stupéfait.

— Oui, je lisais tes plus secrètes pensées, — reprit Danaë, — et je souffrais bien d'être obligée de me contraindre ! mais il le fallait.... je le devais, William...

— Tu le devais ! — murmura celui-ci d'une voix à peine intelligible.

— Sans doute.

— Pourquoi, ma Danaë ? dis-moi pourquoi, je t'en conjure à mains jointes !

— Mais je ne prétends pas en faire un mystère : parce que M. Henry était là.

Le doute amer comme le fiel, le soupçon brûlant comme le feu traversèrent de nouveau le cœur et l'esprit de William.

— M. Henry ! M. Henry ! — s'écria-t-il avec une horrible anxiété.

Puis il s'arrêta comme s'il lui était impossible d'achever sa pensée.

— Lui-même, — répondit Danaë sans manifester la plus légère émotion. — Qu'y a-t-il donc là qui vous paraisse si étonnant ?

— Mais... mais... il a donc des droits... sur vous ? — repartit William en hésitant entre chaque mot, comme s'il avait peur d'offenser sa maîtresse.

— Des droits ? — répéta Danaë, toujours calme et sereine.

— Oui ! — dit William d'une voix sourde.

— Il en a d'incontestables, je ne le nie point.

— Mais alors...

William s'arrêta.

— Alors ? — répéta Danaë, interrogeant du regard et de l'accent, l'un fier et l'autre impérieux.

— Alors... il est donc votre amant aussi ?

— Non.

Ce *non* fut prononcé avec une fermeté et un aplomb dont rien ne pourrait donner l'idée.

— Vous me le jurez ! — s'écria William en essayant de prendre une des mains de Danaë.

— Quand j'ai dit *non*, — répliqua Danaë avec hauteur et en croisant les bras, — cette parole doit vous suffire,

Je ne crois pas vous avoir donné jusqu'à ce jour le droit de douter de ma véracité.

— Mais, au nom du ciel, Danaë, quels sont les droits de cet homme sur toi? Je dois, je veux le savoir! Je ne puis vivre ainsi...

— William, je te prie de ne me faire aucune question à ce sujet.

— Pourquoi?

— Parce que je n'y répondrais pas.

— Qu'est-ce que cela signifie?

— Rien, ou tout si tu veux : M. Henry n'est pas mon amant, ne l'a pas été, ne le sera jamais. Cela doit te suffire, ou tu es indigne de ma tendresse.

— Sans doute, ma Danaë... mais...

— Mais tout ce que je puis te dire, c'est que lorsqu'il est avec moi, je ne puis m'occuper que de lui. En outre, des raisons de la plus haute gravité me font désirer qu'il ne sache jamais que nous nous aimons, que je suis ta maîtresse. Déjà il le soupçonne, malgré tout ce que j'ai pu faire pour le dérouter, et s'il est venu hier au soir nous rejoindre au spectacle, c'est parce qu'il nous croyait ensemble. Je suis parvenue à lui persuader que cette rencontre était l'effet du hasard : maintenant, tu vas achever ce que j'ai commencé.

— Comment! que veux-tu dire?

— Tu ne tarderas pas à le savoir.

— Eh bien!

— Prends ce papier, et écris.

— A lui?

— A lui.

— Quoi?

— Ne t'en inquiètes pas : je dicterai.

— Mais je ne puis comme cela... je voudrais d'abord savoir...

— C'est inutile ; écris toujours.

William trempa sa plume dans l'encre, courba sa tête sur la feuille de papier placée devant lui, et Danaë réprimant un orgueilleux sourire, lui dicta ce qui suit :

« Monsieur,

« Notre commun ami Giorgione m'a affirmé, il n'y a
« qu'un instant, que vous me croyez l'amant de Da-
« naë... »

— Giorgione ne m'a pas dit un mot de cela, et je ne saurais l'écrire ! — s'écria William en posant sa plume avec un mouvement de généreuse indignation.

— Continue, — répondit froidement Danaë. — Henry a dû voir ce matin Giorgione, auquel il aura sans doute parlé de nous ; et si tu voyais Giorgione à ton tour, il est plus que probable qu'il te rendrait compte de cette conversation : ce n'est donc pas un mensonge que tu fais, c'est une supposition fondée que tu avances.

William inclina de nouveau la tête, et Danaë reprit sa dictée :

« Je vous affirme, Monsieur, que vous êtes dans une
« erreur complète, et que tout ce qu'on a pu vous dire à
« cet égard est de la plus insigne fausseté.

« Agréez, je vous prie... »

— Finis comme tu as l'habitude de finir tes lettres, et signe nettement.

— J'ai fini, — murmura le malheureux William, honteux et désolé de la faiblesse qu'il venait de montrer.

— Maintenant, mets une enveloppe.

— Voilà qui est fait.

— Pose un cachet, et donne-moi cette lettre.

— Qu'en veux-tu faire?

— La mettre à la poste.

— Et s'il m'arrive de rencontrer M. Henry, quelle conduite dois-je tenir?

— Il est probable qu'il ne te parlera de rien.

— Mais si, au contraire, il me parlait de quelque chose? car enfin il faut tout prévoir.

— Tu te borneras à lui confirmer le contenu de cette lettre, en ajoutant seulement que tu ne peux pas t'expliquer les bruits qui ont couru, et que tu n'en soupçonnes pas les coupables auteurs.

— Cela sera fait comme tu le désires, ma Danaë. Maintenant, es-tu contente?

— Je te dirai mon opinion à ce sujet dans quelques jours : tu es encore trop nouveau converti.

— Mais je suis si repentant!...

— Laissons cette sotte affaire de côté, oublions, s'il se peut, le chagrin qu'elle nous a causé, et pensons à ce que nous ferons ce soir pour nous dédommager de la soirée d'hier.

— Veux-tu revenir ici? — demanda William avec l'accent le plus tendre et le plus passionné à la fois.

— Je ne demande pas mieux; mais que ferons-nous pour nous égayer un peu?

— Du punch avec Giorgione.

— Cette combinaison me plaît infiniment.

— Eh bien! à quelle heure, ma Danaë!

— Celle que tu voudras.

— Quelle adorable bonté que la tienne! Que penses-tu de sept heures?

— Que c'est à merveille : je serai exacte, mon William.

— Adieu !

— Au revoir.

— Un baiser !

— Cent si tu veux ! Ne suis-je pas à toi? à toi seul...

Et, quelques minutes après, la courtisane s'éloigna toute imprégnée de cette joie intime et profonde qui déborde du cœur de toute femme qui vient de tromper avec hardiesse et impunité.

Quant à William, le bonheur qu'il éprouvait était loin d'être sans mélange : d'une part, quoiqu'il eût repris toute sa confiance passée en sa maîtresse, il souffrait cependant encore de ses doutes évanouis ; de l'autre, sa faiblesse pour Danaë l'avait entraîné à une action dont la loyauté était au moins incertaine, et sa délicatesse naturelle n'en supportait pas sans malaise le souvenir.

En un mot, le ciel de son amour s'était un peu éclairci, mais l'atmosphère était encore lourde et peut-être menaçante.

VIII

Perfide comme l'onde.

Au moment précis où William rentrait à l'*Hôtel de la Couronne*, après son entrevue avec Danaë, il rencontra Giorgione qui en sortait.

L'artiste vit du premier coup d'œil, à l'expression du visage de son ami, qu'il avait dû se passer quelque chose d'extraordinaire; aussi lui demanda-t-il avec l'accent du plus vif intérêt :

— Qu'y a-t-il de nouveau, mon cher William? Car, si je ne me trompe, vous me paraissez singulièrement ému.

— Il y a... il y a, — répondit vivement l'amoureux et faible Anglais, — que vous voyez en moi le plus heureux de tous les hommes!

— En vérité? cela me charme, mon ami. Et peut-on connaître la cause de cette surabondance de bonheur qui semble jaillir de votre regard radieux et déborder de votre sourire rayonnant?

— Comment, vous ne devinez pas ? Danaë m'a tout expliqué !

— Au fait, vous avez raison, mon cher William, j'aurais dû prévoir... Enfin, que voulez-vous ? ma vieille expérience a été encore une fois en défaut...

— M. Henry n'est pas l'amant de Danaë, — reprit, avec un redoublement de vivacité, William, qui semblait dévoré du désir de faire passer dans l'âme du sceptique Giorgione la confiance sans bornes qui remplissait la sienne.

— Ah ! j'en suis bien aise, — répondit l'artiste d'un ton froid qui équivalait à l'expression assez mal déguisée d'un doute.

— Je vous assure qu'il n'est pas son amant, — répéta William, involontairement piqué de cette incrédulité.

— Oh ! je suis parfaitement convaincu qu'elle vous l'a dit.

— Et vous qui ne croyez rien, vous ne pouvez pas croire que ce soit la vérité ! Au surplus, peu m'importe ; car je suis parfaitement décidé à ne jamais discuter vos partis pris de douter toujours de tout.

— Si M. Henry n'est pas l'amant de Danaë, ce que je vous accorderai volontiers pour peu que cela vous soit agréable, pouvez-vous me dire ce qu'il lui est, poursuivit Giorgione.

Ceci embarrassa fort le pauvre William ; il comprenait à merveille qu'il serait parfaitement ridicule aux yeux de Giorgione, s'il se mettait à raconter que sa maîtresse, au lieu de lui donner des explications, lui avait fait des reproches, lui avait parlé en termes fort vagues d'un mystère fort ambigu, et en fin de compte ne s'était pas même donné la peine de préciser quelque chose, voulant être crue aveuglément sur sa simple parole, et que lui, William, englué par toutes ces *piperies* féminines, avait naïvement repris la confiance qu'on lui imposait en quelque sorte.

Aussi, pour détourner la conversation de la voie épineuse dans laquelle les questions de Giorgione l'avaient engagée, William répondit :

— A propos, mon très-cher, j'ai promis à Danaë que vous viendriez passer la soirée avec nous dans notre taudis de la rue de la Pélisserie. Nous voulons boire du punch. Vous ferez honneur à ma promesse, n'est-ce pas? Elle a été très-formelle.

— Vous pouvez compter sur moi, — répondit l'artiste.

— Ah! à propos encore, — ajouta aussitôt William, rentrant comme malgré lui dans le cercle vicieux dont il avait jugé convenable de sortir. — M. Henry vous a-t-il parlé de moi ce matin ?

— Certainement, mon cher ; et j'allais même vous rendre compte de notre conversation.

— Ah!... Et que vous a-t-il dit? Je vous avoue franchement que je suis très-curieux de....

— Il m'a demandé si vous n'étiez pas l'amant de sa maîtresse... c'est-à-dire, pardon ! de Danaë.

— Et vous lui avez répondu ?...

— Que j'étais parfaitement sûr du contraire : je l'ai laissé tout à fait convaincu.

— Mon ami, vous m'avez rendu là un immense service, et je vous en remercie de tout mon cœur.

— Il n'y a pas de quoi... Vous voyez maintenant, mon cher William, quel cas on doit faire de semblables déclarations.

— Oh ! il y a une grande différence entre les vôtres et celles de Danaë... — répondit naïvement William.

— Au fait, vous avez raison.., Eh bien ! adieu, et à ce soir sans faute.

— Nous y comptons.

— Et les deux amis se séparèrent : William pour monter chez lui, rêver à son bonheur ; Giorgione pour se promener en songeant à l'inconstance de l'esprit humain.

§

Un peu avant sept heures, William était dans le taudis de la rue de la Pélisserie, pour nous servir de ses expressions, allumant des bougies et un grand feu, disposant tous les éléments d'un punch savamment combiné, faisant enfin les préparatifs nécessaires pour passer la soirée gaiement entre sa maîtresse et son ami.

Bientôt après Danaë arriva.

Ses premières paroles, en entrant, furent celles-ci, et elle les prononça avec une certaine agitation :

— Est-ce que vous n'avez pas dit à Giorgione de venir ? est-ce qu'il ne viendra pas ?

— Il viendra ! il viendra ! ma maîtresse adorée, — répondit William en serrant avec passion Danaë sur son cœur.

Mais Danaë, qui avait commencé à s'abandonner à cette étreinte, s'en dégagea brusquement : Le pas de Giorgione se faisait entendre dans le corridor.

Effectivement il entra, et il fut accueilli par les démonstrations joyeuses des deux amants.

Mentionnons en passant qu'un des premiers symptômes

d'agonie d'un amour qui va mourir, est la joie que cause
à ceux qui l'éprouvent encore, la venue d'un tiers dont la
présence les eût importunés la veille.

Admirable sentiment qui meurt dès que l'égoïsme se
retire de lui !

Revenons à la soirée de Danaë.

D'abord elle fut charmante, animée. La jeune femme
était dans une verve incroyable. A la fois surexcitée par
le souvenir de son triomphe du matin, et par le désir d'en
assurer la durée, sa parole étincelait, l'esprit jaillissait de
son regard et de son sourire, une grâce sans pareille pré-
sidait à tous ses mouvements. Elle était étourdissante de
beauté et de séduction ; on eût dit vraiment qu'elle avait
moins un ancien empire à conserver qu'une nouvelle conquête à faire.

William, de son côté, laissait déborder dans ses discours toutes les rêveries de son âme tendre et poétique,
avec l'abandon qu'un surcroît de bonheur donne toujours
aux êtres naturellement confiants.

Quant à Giorgione, il examinait, il écoutait, il souriait
avec douceur et finesse, et, de temps en temps, il jetait
dans la conversation un de ces mots qui illuminent sou-
dainement une question, et transportent dans un autre
ordre d'idées ceux qui ont su en comprendre la portée.

Le doute et l'ironie enveloppaient toujours comme une
gaze légère ses pensées, en apparence paradoxales et
fausses, mais profondes et vraies, si on prenait la peine de
les analyser sérieusement.

Car c'est une vérité incontestable, qu'au premier examen une idée trop juste a quelque chose de suspect, comme
un diamant qui a trop d'éclat.

Ceci pourrait peut-être aider à l'explication des succès de la médiocrité.

Le punch se couronnait de flammes bleuâtres aux exhalaisons enivrantes, la fumée des cigares embaumait l'atmosphère, où flottait une vapeur blanche et légère comme celle qui enveloppe les objets dans nos rêves.

Tout, dans ce intérieur, avait un air de fête, malgré la pauvreté de l'ameublement; tout, sur ces trois visages, respirait la joie, la confiance, l'affection, le calme au moins; et pourtant, des acteurs de cette scène, Giorgione était le seul dont le masque ne fût pas trompeur.

Car William avait beau se dire qu'il était aimé, qu'il était heureux : il ne se croyait pas lui-même, en dépit de sa surexcitation factice, et il sentait une vague tristesse s'étendre entre lui et son bonheur, comme un voile qui se serait épaissi à chaque instant.

Plusieurs fois ses regards ayant rencontré une glace, il fut étonné de l'hilarité de son visage, comparée à l'anxiété croissante de son âme.

Danaë, qu'il adorait, était là près de lui, belle, parée, rayonnante, lui jetant parfois une parole d'amour ou un regard de désir; eh bien! cette parole n'allait pas à son cœur pour le réjouir, ce regard ardent ne portait pas le trouble dans ses sens glacés.

Il éprouvait une inquiétude indéfinissable; il sentait, comme un pressentiment sinistre et douloureux, peser sur son esprit l'idée du prochain néant de son bonheur.

Puis, si une pensée de révolte se mêlait à ces pensées de mort pour son amour, il se sentait impuissant à la mettre en action.

Ce malaise moral devint peu à peu, par son intensité

toujours croissante, une douleur physique. Les oreilles de William bourdonnèrent, la tête lui tourna ; il sentit le besoin de respirer l'air pur et froid du dehors ; il se leva, balbutia quelques paroles d'excuses, prit son paletot et quitta l'appartement.

Giorgione, qui avait deviné toutes les sensations douloureuses de son âme, comme un médecin habile suit les symptômes d'une maladie, Giorgione proposa à William de l'accompagner.

William refusa.

— Ce n'est rien, — dit-il ; — ce punch... la fumée de ce latakié délicieux... la chaleur...; dans dix minutes je reviendrai tout à fait remis.

— Tu nous laisses seuls ? — lui demanda Danaë en souriant.

— Oh ! je suis bien sûr de vous !... de lui, du moins, — répondit William en souriant aussi.

Et il sortit.

On entendit, distinctement d'abord, le bruit de ses pas qui s'éloignaient, puis ce bruit devint plus vague, et bientôt il se perdit tout à fait dans les rumeurs confuses de la rue.

Danaë était assise dans l'un des deux fauteuils placés à droite et à gauche de la cheminée.

L'artiste italien était debout à quelque distance.

Une petite table sur laquelle fumait le bol de punch à moitié plein encore, était placée entre eux.

L'attitude de la jeune femme était ravissante de grâce, de nonchalance et de coquetterie. Son coude s'appuyait sur le bras de son fauteuil, et sa main effilée et transparente soutenait sa tête tout en jouant gracieusement avec les longues boucles de sa chevelure d'or.

Rehaussée par le satin noir de sa robe, la blancheur de sa peau était d'un éclat sans pareil, son regard errait dans le vague avec une expression de volupté rêveuse.

Soudain ce regard se fixa étincelant sur l'artiste, et Danaë, poussant un des verres, de celle de ses mains qui était libre, dit doucement :

— Giorgione, vous ne buvez pas.

La manière dont ces mots bien simples, bien insignifiants furent prononcés, fit tressaillir l'artiste.

Il y avait dans la voix de Danaë quelque chose de frémissant comme un désir, et de tendre comme une timide prière.

Les yeux de l'Italien se tournèrent vers ceux de la jeune femme; un instant leurs deux regards se croisèrent; le corps de Danaë frissonna de la tête aux pieds, et ses prunelles bleues, de brillantes comme un saphir qu'elles étaient, prirent la teinte mate et tendre de la turquoise.

Dans ce moment sa beauté était vraiment surnaturelle : son éclat était presque de la transfiguration.

Le regard de Giorgione s'abaissa de nouveau sur elle, et de nouveau rencontra le sien ; mais cette fois il ne détourna plus la tête, et il rendit éclair pour éclair, fluide pour fluide avec cette insouciance passionnée que tous les hommes ont toujours au service de tous les hasards de la galanterie.

Danaë, elle, semblait n'avoir plus de vie que dans ce regard brûlant, avec lequel on eût dit qu'elle voulait consumer Giorgione. Tout son corps s'était affaissé sur lui-même, et dans cet affaissement révélait des lignes brisées d'une irréprochable beauté. Giorgione, l'artiste qui avait vu, touché et reproduit tous les plus divins modèles vivants et morts de l'Europe, Giorgione ne se souvenait pas d'avoir jamais contemplé rien de cette idéale perfection.

Un mot, un seul mot rompit le charme et mit un terme à cette fascination.

Ce mot fut prononcé par Giorgione.

Ce mot était un nom.

— William, — dit-il.

Danaë tressaillit comme si un son désagréable, aigu, avait frappé son oreille.

— Eh bien ? — demanda-t-elle à Giorgione.

— Ne l'aimez-vous donc plus ?

— Non, car je vous aime, Giorgione... — murmura-t-elle d'une voix tremblante.

— Vous êtes à lui cependant.

— Il n'a plus mon cœur.

— Je ne veux de partage pour rien.

— Eh bien ! je serai toute à vous !

— Et William.

— Je le quitterai !

— Il vous aime pourtant.

— Qu'importe ? si, moi, je ne l'aime plus ?

— Ainsi, — dit alors l'artiste avec une gravité solennelle, ainsi vous serez venue à un homme, car c'est vous qui êtes venue à lui ; vous lui aurez dit : *je t'aime !* comme vous me le dites maintenant, avec cette différence que lui qui est un enfant sans expérience, vous a cru, et que moi, qui suis un homme ayant expérimenté la vie, je ne vous crois pas !... Ainsi vous n'aurez mis un amour insensé au cœur de cet enfant que pour achever de le corrompre sans retour par la déception. Oui un amour insensé, répéta Giorgione en élevant la voix, car je suis épouvanté de voir à quel point il vous aime.., et quand vous êtes fatiguée de cette ardeur que vous avez éveillée, entretenue, irritée, vous vous dites : *Qu'importe qu'il souffre, puisque je suis lasse de lui ?* et vous cherchez une autre victime pour remplacer celle que vous venez de briser sans pitié!... Eh bien! Madame, je ne remplacerai pas William! je ne trahirai point l'amitié! bien que je n'y croie point!... votre amour menteur, corrupteur, je le repousse avec une énergie qui ne doit vous laisser aucune espérance.

Pendant que Giorgione parlait, la courtisane avait pâli, et quand il eut fini, de grosses larmes roulèrent sur ses joues décolorées.

Elle ne répondit rien, elle laissa sa tête retomber sur son sein haletant d'amour, de honte et de colère.

— Peut-être vous ai-je parlé trop sévèrement, Danaë, — poursuivit Giorgione d'un voix plus douce. — Je vous en demande pardon... mais vous comprenez bien que je ne puis pas être votre amant, en supposant même que je le voulusse... William vous aime... William m'appelle son ami... il a confiance en moi, et il n'y a pas de puissance au monde qui pût me déterminer à le trahir. Que ce qui vient de se passer entre nous soit à tout jamais oublié, et puis soyez bien sûre d'une chose, c'est que si vous étiez ma maîtresse, je ne vous aimerais pas comme il vous aime lui, le pauvre enfant!

Danaë dévora ses larmes et ne répondit rien.

En ce moment William rentra.

XI

Dona Sol.

La scène que nous avons racontée dans le chapitre précédent avait profondément blessé l'inconstante et folle
courtisane.

Les paroles graves et sévères que Giorgione lui avait
adressées, retentissaient sans cesse au fond de son cœur
torturé par l'humiliation.

Elle ne pouvait pas même se rattacher à cette pensée,
que son amour avait été repoussé par un de ces hommes
austères qui sont inflexibles en face d'une séduction de
quelque nature qu'elle soit.

Orgueilleuse au milieu de ses désordres, elle se serait
peut-être consolée d'être vaincue par la vertu : elle l'était,
double punition, par le dédain.

C'était la première fois de sa vie que le pouvoir de sa
merveilleuse beauté se brisait à un semblable écueil.

Sa liaison avec William avait bien, il est vrai, trouvé,

à son début, quelques obstacles dans l'hésitation de ce dernier, mais du moins une seule entrevue lui avait suffi pour vaincre, tandis que cette fois tout avait échoué. Ses armes les plus invincibles : regards, larmes, sourires, paroles, s'étaient émoussées sur le cœur de bronze du sceptique Giorgione.

Ainsi que toutes les plaies vives et profondes, la blessure faite à son amour-propre ne se cicatrisait que lentement, et pour se consoler de l'invincible mépris dont elle se sentait l'objet, elle avait besoin de se sentir adorée, adorée à deux genoux ; elle avait besoin de voir un esclave ramper devant elle, et elle fit reprendre au malheureux William les pesantes chaînes d'or de son servage amoureux.

Comme beaucoup de ses pareilles elle se faisait bourreau pour tâcher d'oublier qu'elle était victime.

— Il est plus jeune que Giorgione, — se disait-elle parfois... — il est aussi plus beau que lui.., il m'aime avec passion... je veux... je dois l'aimer !

Elle se disait cela sans cesse, et en même temps elle pensait que l'homme qui repousse l'amour d'une femme est bien supérieur à celui qui est prosterné devant ses caprices.

Elle pensait que Giorgione, qui avait beaucoup vécu, beaucoup souffert, beaucoup joui ; qui n'aimait plus rien, pour avoir aimé trop de choses, aurait ouvert à ses passions des horizons inconnus, s'il avait consenti à être son amant pendant quelques jours.

La curiosité des femmes qui ont peur de ne pas tout savoir, est cent fois plus ardente et plus tyrannique que celle des femmes qui ne savent rien,

Ainsi Danaë souffrait toujours, et pour essayer de tromper sa souffrance, elle cherchait à se persuader que sa fantaisie passionnée pour William n'était pas morte tout à fait, et elle s'épuisait à en galvaniser le cadavre.

Et elle l'accablait de tendresses, et elle le saturait de voluptés ; puis quand elle était seule elle pleurait de rage au souvenir de ses efforts pour feindre un amour qu'elle ne ressentait plus.

William était plus fasciné que jamais ; il l'était d'autant plus que Giorgione, qui, seul, aurait pu l'éclairer, ne lui parlait plus de Danaë, pour des motifs qui sont faciles à comprendre.

William, malgré son aveuglement, avait cru remarquer que Giorgione et Danaë étaient plus froidement ensemble, mais il crut s'expliquer cette circonstance par la conviction où il était que sa maîtresse avait deviné les efforts de son ami pour le détacher d'elle.

Comme tous les jaloux du monde, la lumière qui lui arrivait l'éblouissait bien plus qu'elle ne l'éclairait, et il ne voyait jamais que la moitié des choses.

William, par respect pour son amour, s'était jusqu'alors abstenu d'aller dans le logement particulier de sa maîtresse.

Il lui semblait que Danaë, dont il ne pouvait, malgré tout son aveuglement, se dissimuler le passé, serait bien moins à lui dans des lieux cent fois témoins de ses caresses vénales et de ses amoureux mensonges.

Un jour cependant William sentit un si impérieux désir de voir Danaë, qui ne devait venir que le soir à leur logement de la rue de la Pélisserie, que, pour la première fois depuis le commencement de leur liaison, il se décida à aller chez elle. Toujours confiant, il n'avait pas cru qu'il fût nécessaire de demander une permission, ou prudent de donner un avis.

Il sonna : Mathéa vint lui ouvrir.

Elle sembla surprise de le voir, montra beaucoup d'hésitation, et lui aurait sans doute refusé la porte, si Danaë ne se fût trouvée là fort à propos, pour donner l'ordre à la vieille camériste de laisser passer le jeune homme.

Danaë l'accueillit comme de coutume et l'introduisit dans sa chambre à coucher.

Ils y étaient depuis un instant et causaient tranquillement, lorsqu'un faible coup de sonnette retentit à la porte de l'antichambre.

Mathéa ne jugea sans doute pas à propos d'ouvrir, ou n'avait pas entendu, car au bout d'une minute la sonnette retentit plus fort, et cela deux fois de suite.

Rien ne bougea dans l'appartement. — Danaë était devenue subitement préoccupée, son visage était pâle, son regard inquiet. — William déconcerté gardait le silence.

Cependant le visiteur obstiné ne regardait pas la partie comme entièrement perdue pour lui, car après un nouveau silence de quelques secondes, la sonnette, violemment et sans relâche agitée, exécuta cet infernal carillon que savent seulement produire dans leurs heures d'exaspération furieuse les jaloux et les créanciers.

Tout à coup le timbre rendit un dernier son strident et grinçant comme celui d'un fil métallique qui se retire après s'être brisé, puis tout se tut.

Le cordon de la sonnette venait de rester dans la main du sonneur.

Mais presqu'aussitôt la porte d'entrée retentit de coups de pied et de coups de poing.

Mathéa eut peur de voir *l'huis* sauter en éclats : elle se décida à ouvrir.

William et Danaë entendirent dans l'antichambre le bruit d'une violente discussion, au milieu de laquelle la voix de Mathéa répétait à chaque instant et sur tous les tons de la grognerie et de la persuasion :

— Mais quand je vous dis que Madame n'est pas chez elle en ce moment ! !

Et une autre voix, la voix d'un homme en colère, répondait sur-le-champ :

— Mais laissez-moi donc entrer, vieille sorcière ! je veux m'assurer par mes propres yeux que vous mentez, et vous confondre séance tenante !

— Mon Dieu ! mon Dieu ! — dit Danaë tout bas, c'est Henry !

Et ouvrant un cabinet de toilette, elle y poussa William, l'y enferma à double tour, retira la clé de la porte, et s'approchant de la pièce voisine elle dit avec une inconcevable sang-froid et une impudence diabolique.

— Tu te trompes, ma bonne Mathéa ; je suis rentrée il y a déjà quelques instants.

Puis s'adressant au personnage qu'on appelait dans la maison M. Henry, elle ajouta :

— Mathéa me croyait réellement sortie, c'est pour cela qu'elle ne vous recevait pas.

M. Henry entra, referma la porte derrière lui, puis, croisant ses bras sur sa poitrine et regardant la courtisane en face, il dit :

— Vous m'aviez juré, Danaë, que ce jeune homme, cet Anglais, n'était pas votre amant...

— Eh bien! — fit Danaë dont la voix légèrement tremblante trahissait, malgré son prodigieux aplomb, une grande agitation intérieure.

— Eh bien! vous mentiez! vous mentiez impudemment, car il est votre amant, et qui plus est il est ici à l'heure où je vous parle...

— Je mentais! je mentais! — s'écria Danaë pâle de frayeur et de colère.

— Oui, vous mentiez! ce jeune homme est ici! ne dites pas non; je l'ai vu entrer.

Danaë fit un violent effort sur elle-même pour essayer de se calmer, puis elle reprit avec plus de douceur ou moins d'emportement :

— Je vous assure, Henry, qu'il n'y est pas! vous vous trompez, mon ami.

— Encore!

— Et d'ailleurs, il y serait, qu'est-ce que cela prouverait ?

— Ce que cela prouverait? — répondit lentement Henry.

— Oui.

— Cela prouverait que vous vous jouiez de moi...

— Allons donc, mon cher! — fit Danaë.

— Que vous oubliez tout! — reprit Henry *en soulignant* pour ainsi dire chacune de ses paroles. Vous oubliez, et vous devriez cependant vous souvenir!

— Je n'oublie rien...

— Si, vous oubliez... vous oubliez que je n'ai qu'un mot à dire, et si je le disais, ce mot...

— Taisez-vous! taisez-vous, au nom du ciel! — interrompit Danaë.

— Me taire! et pourquoi me taire, je vous prie? vous rougiriez donc à présent; et de quoi? est-ce d'être une femme perdue, ou...

— A votre tour, Monsieur! — interrompit Danaë en coupant avec hauteur la parole à Henry, — à votre tour, Monsieur, vous oubliez à qui vous parlez. Tâchez de vous en souvenir, ou je vous le rappellerai, moi!... Il ne m'a pas quittée, le poignard de Luiggi!

Et tout en parlant, Danaë avait tiré de sa ceinture son petit stylet, qui brillait acéré et menaçant dans sa main tremblante de colère.

— Mais encore une fois, vous rougiriez donc? — fit Henry, — puisque...

— Encore une fois, Monsieur, je ne rougis de quoi que ce soit, entendez-vous bien? Et puisqu'il faut tout vous dire : si je vous empêche de parler, c'est qu'il y a là, dans ce cabinet, quelqu'un à qui vos paroles peuvent arriver... Oui, il y a quelqu'un! — répéta-t-elle. — Et pourquoi n'en conviendrais-je pas? de qui puis-je donc avoir peur? Il y a quelqu'un, il y a quelqu'un! — cria-t-elle... — et c'est... c'est mon amant, Monsieur!

Elle s'élança vers la porte du cabinet, l'ouvrit à l'aide de la clé qu'elle avait gardée dans sa main, et désignant William du geste et du regard, elle reprit avec une violence toujours croissante.

— Mon amant! Entendez-vous bien, Henry, ou faudra-t-il vous le répéter encore? Et je suis vraiment bien bonne de l'avoir fait cacher! bien bonne, bien faible, bien enfant! et pourquoi s'il vous plaît, ne recevrais-je pas chez

moi qui bon me semble ? Et pourquoi, s'il vous plaît,
n'aurais-je pas un amant ? Suis-je ma maîtresse ou non ?
Vous ai-je promis d'être votre esclave ? Je ne suis l'esclave
de personne, sachez-le ! je puis obéir à mes caprices...
Mais les volontés, les ordres d'autrui, je les méprise, je
les brave comme de vains obstacles !

La colère étincelait dans les yeux de Danaë, rugissait
dans sa voix d'une force surnaturelle, et tremblait dans
toutes ses fibres, frémissantes comme les cordes d'une
harpe qu'un choc violent aurait ébranlée.

M. Henry voulut répondre, la jeune femme ne lui en
donna pas le temps.

— De quel droit, je voudrais bien le savoir, vous mêlez-
vous de ma conduite ! — poursuivit-elle. — Répondez,
répondez, Henry ? Est-ce que je vous suis quelque chose,
pour venir ainsi chez moi me faire des scènes de violence ?
Vous n'êtes pas mon amant, entendez-vous bien, Monsieur ? vous ne l'avez jamais été, car je vous ai toujours
haï ! Belle tendresse que la vôtre, vraiment, qui, au lieu
de demander, ordonne ! qui, au lieu de prier, exige ! Vous
ne vous êtes pas conduit comme un homme d'honneur
avec moi, mais bien comme un lâche ! oui, comme un
lâche ! je le soutiendrais devant toute la terre ! Vous avez
profité de ma position vis-à-vis de vous, pour vous impo-
ser à moi ! parce que vous me faisiez peur, vous avez cru
que je vous aimerais ! Folie ! erreur ! prétention ridicule
d'espion qui se croit puissant parce qu'il menace !... Je ne
vous crains plus ! je ne vous aime pas ! je vous défie ! je
vous déteste ! je vous dédaigne comme un reptile dont le
venin ne peut m'atteindre, et que je pourrais peut-être
écraser ! !...

Et Danaë frappait la terre du pied, et sur sa bouche contractée par la fureur errait un sourire de haine et de mépris. On eût dit, à la voir, une reine irritée pouvant envoyer d'un geste ses ennemis au supplice.

— Vous êtes folle, Danaë, — répondit Henry quand la fatigue eut contraint la jeune femme à s'arrêter. — Vous êtes folle, ou vous ne me parlez ainsi que parce que vous savez bien que je suis assez faible pour vous aimer encore, en dépit de...

— C'est vous qui êtes fou, Monsieur! — interrompit la jeune femme avec une expression de pitié hautaine. — Mais peu m'importe! je méprise votre folie à l'égal de votre bon sens, et votre pardon autant que votre colère : vous n'avez pas plus le droit de m'absoudre que celui de me punir... je brave tout de vous!

— Ne m'interrompez pas, Danaë, et veuillez m'écouter, je vous prie.

— Serez-vous bien long dans vos explications? — demanda la courtisane qui semblait avoir pris la résolution de mettre son interlocuteur hors des gonds.

— Non, — répondit Henry en se mordant les lèvres jusqu'au sang, pour essayer de dompter sa colère.— Non, je ne serai pas long, car je n'ai que deux mots à vous dire.

— Alors je consens à vous écouter... puisque je ne peux pas faire autrement.

Et elle se laissa tomber sur un fauteuil dans une attitude insolente, la bouche abaissée dans les coins par un sourire railleur, et le regard étincelant d'une méprisante colère,

Henry serrait convulsivement ses poings contractés, et

paraissait aussi en proie à un paroxysme de fureur de la dernière violence.

— J'attends ! — dit Danaë avec un accent de mépris provocateur.

— Écoutez donc... écoutez et souvenez-vous ! — répondit Henry d'une voix tremblante et saccadée. — Maintenant je ne ferai rien contre vous, parce que je veux vous laisser réfléchir, et vous donner le temps de revenir à moi quand vous aurez recouvré la raison que vous avez perdue.

— Ah ! ah ! — fit Danaë avec ironie.

— Mais, retenez bien ceci : Si vous ne revenez pas à moi, je cesserai de vous aimer sans retour... et quand je n'aimerai plus *Danaë*, je saurai bien me venger de *Dona Sol !* j'ai dit.

La courtisane, à ces mots qu'elle avait dû cependant prévoir peut-être, devint d'une pâleur livide, et s'affaissa dans son fauteuil, brisée, muette, anéantie.

Henry sortit sans prononcer un seul mot de plus, et sans paraître avoir fait la moindre attention à William, témoin silencieux de cette scène de violence.

Pauvre William ! quelle situation que la sienne ! que n'avait-il pas dû éprouver de souffrance et de honte pendant la rapide durée de ce drame, où il avait été réduit à jouer le rôle d'un *comparse* insignifiant entre ces deux acteurs si énergiques et si chaleureux !

Jusqu'à ce jour, dans aucune circonstance, il n'avait vu à sa maîtresse une attitude aussi fière : c'était ce qui l'avait soutenu.

Mais ce mystère, ce mystère terrible qui avait fait pâlir Danaë, qu'était-il donc ?

De quel danger la menaçait Henry ?

Et puis enfin, que pouvait vouloir dire ce nom de *Dona Sol*, jeté comme une menace plus terrifiante, après toutes les autres menaces ?

Toutes ces choses étaient, pour l'esprit troublé de William, comme autant d'énigmes inexplicables.

Danaë se remit peu à peu de son trouble.

Quand William la vit à peu près calme, il l'interrogea avec affection et délicatesse.

Elle lui répondit brièvement que M. Henry était un peu fou, — que toutes ces paroles, dites dans le paroxysme de la colère, n'avaient ni sens ni portée, et qu'en fin de compte elle s'inquiétait fort peu de tout ce que ce *monsieur* pouvait faire et dire contre elle.

— Et maintenant, mon bien-aimé William, — ajouta-t-elle, — ne pense plus à tout cela, et vas au théâtre louer l'avant-scène du rez-de-chaussée que nous prenons ordinairement. Je veux aller au spectacle ce soir, pour achever d'oublier nos ennuis de ce matin.

Il va sans dire que, selon sa louable coutume d'obéissance passive, William prit aussitôt le chemin du théâtre.

X

Fleur-d'Amour.

On avait affiché ce jour-là, au théâtre de Genève, un vieux mélodrame du Vaudeville, dont madame Albert, cette charmante actrice, fit le succès à la rue de Chartres : *un Duel sous Richelieu*, et *les Fées de Paris*, cette délicieuse fantaisie de Bayard, qui vaut les meilleures pièces du meilleur temps de Scribe.

C'était à coup sûr un ravissant spectacle, et bien fait pour attirer la foule, même à Genève.

En province, excepté toutefois dans les villes de premier ordre, un même acteur, vu l'insuffisance des troupes théâtrales, est obligé de se charger, dans une même soirée, de plusieurs rôles, et de *tenir* des emplois de genres cependant bien différents.

Pour cette raison, Fleur-d'Amour, premier rôle de la troupe de Genève, et d'ailleurs artiste de talent, jouait ce soir-là dans les deux pièces les deux rôles les plus flatteurs et les plus importants.

Il representait dans *les Fées de Paris* le personnage de *l'avocat Roger*, et celui du *duc de Chevreuse* dans *un Duel sous Richelieu*; il était impossible d'être mieux partagé pour avoir du succès.

Léon Gozlan a dit, dans *le plus beau rêve d'un millionnaire*, l'une de ces spirituelles et charmantes nouvelles, qui seraient peut-être des chefs-d'œuvre, si le paradoxe y faisait seulement une toute petite place à la vérité, Léon Gozlan a dit : *Que les acteurs sont toujours les rivaux que certaines femmes opposent aux hommes qu'elles aiment.*

Nous ajouterons : Qu'il doit à plus forte raison en être ainsi pour les hommes qu'elles n'aiment plus.

En effet, qu'est-ce qu'un homme qu'on n'aime plus ? A coup sûr quelque chose de très-inférieur à un homme qu'on n'a jamais aimé.

C'est un créancier à qui l'on a fait banqueroute, ou un débiteur insolvable dont on ne peut plus rien tirer.

C'est encore le complice d'un méfait qu'on cherche à oublier, et le prédécesseur dans un emploi confié à un autre.

C'est dans tous les cas un individu qu'on voudrait envoyer *seul* à tous les diables, après avoir trouvé fort joli d'y aller avec lui.

Aussi faut-il particulièrement envier le sort des hommes qui n'ont jamais eu ce qu'on appelle des succès.

Malheureusement ces hommes-là sont rares.

L'auteur des *Chevaliers du Lansquenet* déclare ici n'en connaître qu'un seul.

Revenons à Fleur-d'Amour, qui vient de paraître sur la scène, coiffé du feutre gris à plume rouge du duc de Chevreuse, et à Danaë, établie dans sa loge du rez-de-chaussée sur le théâtre depuis le commencement du spectacle.

Pendant toute la durée du drame, la courtisane, seule avec son amant, et par conséquent parfaitement libre de s'abandonner à ses impressions, ne perdit pas une occasion de faire les éloges les plus pompeux, les plus exagérés de la figure, de la belle taille et du jeu de Fleur d'Amour.

Ce dernier était, au reste, un grand garçon de vingt-cinq à vingt-six ans, brun, mince, fort bien découplé, les dents blanches, l'œil à fleur de tête ; de plus, assez intelligent et tant soit peu fat.

Mais où trouver *un premier rôle* qui ne soit pas fat ? On finit toujours par se prendre au sérieux ; on n'est même bon qu'à cette condition.

— Quel feu ! quelle passion ! — s'écriait Danaë presqu'à chaque geste, presqu'à chaque parole de l'acteur. — Oh ! comme il doit savoir aimer, celui qui rend si bien l'amour !... William, je voudrais le connaître.

— Cette chaleur est factice ; cette passion n'est que de l'étude, — répondait William avec dépit. — Cet homme si élégant, si mélancolique, si respectueux n'est peut-être qu'un manant vulgaire, insouciant, brutal, qui bat ses maîtresses, s'il en a...

— Qu'importe qu'il les batte, s'il les aime ! — interrompait Danaë. — La brutalité est quelquefois de la passion ; il n'en faut pas médire. Vous êtes bien gauche et bien innocent, mon pauvre William !

Et William courbait la tête, honteux de son ignorance ; car il ne savait pas encore qu'un amant est un usurpateur qui arrive par la ruse, mais qui ne peut se maintenir que par la tyrannie.

Il croyait encore, le candide enfant qu'il était, à la puissance de la soumission en amour, et il ne se doutait pas qu'il n'aimait tant Danaë, la femme sans cœur, que parce qu'elle le tenait enchaîné comme un esclave à ses pieds.

Ce qui se passait aurait dû cependant lui ouvrir les yeux, car la cruelle et folle courtisane ne dissimulait pas la joie qu'elle éprouvait à le désoler, à le torturer, à lui montrer de mille manières qu'elle se jouait de son repos, de sa dignité et de son bonheur.

La toile était tombée sur le duel sanglant de Chevreuse et de Chalais, on avait emporté madame Albert parfaitement mourante ; bientôt *les Fées de Paris* commencèrent.

Le rôle de Fleur-d'Amour avait dans cette pièce une couleur et des allures de tout point différentes.

— Comme il a l'air d'un franc et loyal mauvais sujet, — disait alors Danaë. — Comme il me représente ces joyeux et spirituels viveurs avec lesquels l'amour doit être si gai ! Je suis sûre qu'il n'y a pas d'homme plus amusant... Fais donc sa connaissance, William, et amène-le chez moi ; je suis folle de lui !

William regardait bien toutes ces paroles enthousiastes comme autant de plaisanteries ; mais ces plaisanteries lui semblaient cruelles, et il les sentait comme autant de blessures douloureuses.

Le deuxième acte de la pièce allait finir. — Danaë pria son amant d'aller jusqu'au café du théâtre et de lui faire apporter une glace.

William sortit.

Aussitôt que la courtisane se trouva seule dans sa loge, elle tira de sa poche un petit portefeuille, déchira une page, y écrivit quelques lignes au crayon, roula ce papier, et le jeta sur la scène aux pieds de Fleur-d'Amour; puis elle se retira précipitamment en arrière, de manière à ne pas être vue, et à voir toutefois ce que Fleur-d'Amour allait faire.

Au moment où le petit rouleau de papier tomba devant lui, l'acteur se baissa nonchalamment, le ramassa, le déplia et le lut à la dérobée, en ayant bien soin de le dissimuler de son mieux dans le fond de son chapeau.

Puis il se mit à regarder de tous les côtés pour tâcher de découvrir d'où était parti ce billet, et à quelle espèce de femme appartenait le bras qui le lui avait lancé d'une façon si adroite.

Ces petites manœuvres lui causèrent un peu de préoccupation, ce qui était bien naturel : il manqua sa réplique et fut sifflé.

Ce premier triomphe enchanta Danaë, qui se mit à rire comme une folle dans sa loge.

William rentra, et fut accueilli de la manière la plus tendre par Danaë; c'était justice : le pauvre garçon avait eu l'à-propos d'arriver trop tard.

Danaë et lui quittèrent la salle un peu avant la fin du spectacle.

Le billet jeté à l'acteur contenait ces mots, d'un laconisme très-suffisamment clair :

« On espère que monsieur Fleur-d'Amour sera demain au bal masqué du Casino; on le prie de venir en domino noir et de porter un nœud de ruban jaune à son bras gauche. »

Et dire que ces choses-là se passent à Genève! En vérité, il y a des gens pour qui rien n'est sacré!

§

Nous éprouvons le besoin de déclarer ici que nous professons une grande et sincère admiration pour la Suisse ! Nous aimons passionnément ses lacs bleus comme le saphir, ses glaciers verts comme l'émeraude, ses pics géants couverts de neiges éternelles, ses cascades, ses torrents, ses vallées profondes, ses routes unies et gracieuses comme les allées d'un parc, et ses charmantes maisons de campagne qui joignent le comfort des châteaux anglais à l'élégance des *Villas* italiennes.

Voilà ce que nous aimons de la Suisse : Quant à ce que nous n'en aimons pas, ce serait beaucoup moins long à dire ; mais nous ne le dirons point : il ne faut pas plaisanter avec les cent mille braves qui ont battu les six mille pauvres diables du *Sonderbund*.

Cette précaution oratoire a pour but de convaincre nos lecteurs qu'il ne saurait y avoir aucune intention épigrammatique dans ce qui va suivre.

Nous continuons :

Il est plus que probable que, parmi les personnes qui ont la bonté de nous lire, aucune d'elles ne se rappelle que, dans l'hiver de 1841 à 1842, il y eut à Genève une petite révolution de poche, fort drôle assurément, que les organes de la presse parisienne comparèrent avec plus d'à-propos que de nouveauté, car le mot avait déjà été dit, il y a quelque soixante et dix ans, par le duc de Choiseul, alors premier ministre, à *une tempête dans un verre d'eau.*

Aux proportions près, cette révolution ne se distingua en rien de toutes les autres, c'est-à-dire qu'elle n'avait pas d'autre but que de substituer des abus neufs à des abus usés, et d'ôter les principaux emplois de la république aux membres des familles les plus anciennes et les plus riches, qui les remplissaient gratuitement, pour les donner à des va-nu-pieds cupides.

C'est toujours de la révolution de Genève que nous parlons : Nous prenons la liberté de le rappeler, car on pourrait s'y tromper.

Mais si cet évènement microscopique n'ajouta rien à la liberté et au bien-être de la Suisse, il eut du moins un résultat d'une haute importance, que notre impartialité nous fait une obligation de mentionner ici. Le nouveau gouvernement, pénétré de la gravité de ses devoirs envers la patrie, toléra l'importation des bals masqués!!!

Grâce à lui, les austères disciples de Calvin purent se livrer, avec la permission de l'autorité, aux charmes des différentes danses prohibées à Paris par M. le préfet de police : La *cachucha* devint citoyenne de Genève, et le *cancan* obtint des lettres de grande naturalisation.

Qu'on vienne dire encore que les révolutions ne sont jamais utiles ! Elles ont donné à Genève les bals masqués, dont le besoin ne se faisait généralement pas sentir.

Ces premiers bals eurent lieu dans les salons du Casino, près du temple de Saint-Pierre : Nous ne savons, d'ailleurs, s'il en est encore de même aujourd'hui.

Il était près d'une heure du matin quand arrivèrent au Casino, William et Danaë, tous deux en dominos noirs, et tous deux portant un petit nœud de ruban rose au bras droit, pour se reconnaître dans la foule des dominos pareils aux leurs.

Vers le milieu de la nuit, William, momentanément séparé de sa maîtresse, monta dans l'une des tribunes pour voir l'ensemble du bal et juger de l'effet.

Un galop rapide entraînait en ce moment les danseurs, qui passaient et repassaient comme des visions légères et tournoyantes.

William, déjà inquiet de l'absence de Danaë, chercha à la reconnaître dans les couples nombreux qui se pressaient au-dessous de lui.

Mais il eut beau regarder, examiner, plonger son œil dans les groupes, suivre les replis tortueux du galop qui se déroulait comme un immense serpent bigarré ; il n'aperçut aucun domino noir ayant un ruban rose au bras droit.

Il pensa alors que la lumière vue d'en haut et le mouvement l'empêchaient de bien distinguer, et il se hâta de redescendre dans la salle.

Dans un coin, près de la porte d'entrée, deux dominos noirs semblaient absorbés par les charmes d'une conversation du plus haut intérêt.

L'un d'eux, le plus grand, avait au bras gauche un large ruban citron formant une rosette triomphante.

Le plus petit était évidemment une femme.

William ne fit que peu d'attention à cette femme qui ne portait aucun signe de ralliement. — Il remarqua seulement que la barbe de son masque était en satin rose, mais il n'attacha d'abord aucune importance à cette remarque.

Pendant plus d'une heure, le malheureux jeune homme parcourut inutilement la foule, espérant toujours retrouver sa maîtresse, mais se heurtant constamment à des dominos inconnus.

Enfin, brisé de fatigue et irrité de ses vains efforts, il

renonça à cette poursuite inutile, et il alla attendre dans la salle où l'on vendait des rafraîchissements que le hasard ramenât Danaë près de lui.

Le hasard le servit à souhait, car au bout de peu de moments d'attente il vit passer sa maîtresse, emportée par un galop rapide. — Son nœud rose était toujours à son bras.

Au même instant, William aperçut près du buffet le masque à la rosette de ruban jaune qu'il avait remarqué environ une heure auparavant.

Suffoqué par la chaleur, cet individu ôta son masque, et William reconnut le bel acteur Fleur-d'Amour.

Aussitôt un vague soupçon traversa, rapide comme un éclair et douloureux comme une blessure, l'esprit déjà troublé de William.

Il crut se rappeler que cette femme au domino noir, qu'il avait vue causer avec Fleur-d'Amour, avait quelque chose de la tournure de Danaë.

Mais si c'était Danaë, en effet, qu'avait-elle à dire à cet homme, et pourquoi se cachait-elle pour lui parler ?

Elle craignait donc d'être surprise par lui, William, puisqu'elle avait ôté le signe de reconnaissance convenu d'avance entre eux ?

Alors le doute et la jalousie commencèrent à le torturer d'une manière d'autant plus cruelle, qu'il n'entrevoyait aucun moyen de sortir d'incertitude et d'approcher de la vérité.

Mille pensées, toutes plus confuses et plus désordonnées les unes que les autres, se heurtaient dans le cerveau du pauvre William, quand, le galop étant enfin terminé, Danaë vint le rejoindre.

Un détail qui lui avait échappé au milieu de ses préoccupations, le frappa douloureusement : la barbe du masque de Danaë était rose.

L'inconnue qui l'avait un instant frappé portait aussi, nous l'avons dit, une barbe de cette couleur.

Lorsque la danse recommença et que Danaë se fut éloignée de nouveau, William se remit à parcourir les groupes, examinant toutes les femmes qui portaient des dominos noirs.

Par un hasard étrange, Danaë était la seule dont le masque eût une barbe rose.

Dès lors, dans l'esprit de William, il n'y eut plus de doutes possibles !

— C'était bien elle ! — s'écria-t-il douloureusement.

Elle le trompait !

Elle le trompait ! il en avait la certitude morale.... il en avait la preuve matérielle, et il se demandait avec honte et désespoir :

— Que faire, mon Dieu ! que faire !.

Lui adresser des reproches ? provoquer une explication ? mais alors il fallait avouer qu'il l'avait surveillée, espionnée... encore trouverait-elle peut-être le moyen de lui démontrer contre l'évidence qu'il avait mal vu, qu'il s'était trompé, et alors son rôle deviendrait ridicule jusqu'à l'avilissement !

Mais ce qui l'arrêtait surtout, sans qu'il osât se l'avouer à lui-même, c'était la crainte d'entendre Danaë lui répondre froidement :

— Eh bien ! c'est vrai, je ne t'aime plus ! allons chacun de notre côté, cela vaudra mieux que de nous gêner en restant plus longtemps ensemble.

Il aimait mieux être trompé, avili, méprisé par sa maîtresse que de renoncer à elle !

Il était tombé si bas qu'il aurait consenti à tous les partages les plus honteux... il ne demandait plus qu'à n'être pas chassé.

Voilà ce qu'avait fait dans un cœur honnête et noble l'amour impur d'une courtisane !

§

Comme le bal était près de finir, et pendant que William emmenait Danaë, il la sentit tressaillir à son bras.

— Qu'avez-vous? — lui demanda-t-il.

— Peu de chose. — répondit-elle, — le froid m'a saisie ; ce ne sera rien.

William, dont tous les instincts jaloux étaient sur le qui vive, ne fut pas dupe de cette réponse : il se retourna brusquement pour voir ce qui se passait derrière lui.

Mais la foule se pressait sur l'escalier, et William ne put voir un homme de haute taille en costume de moine blanc, qui venait de se perdre dans un groupe nombreux de masques.

Cet homme avait dit tout bas à Danaë :

— DONA SOL, souvenez-vous !

XI

Course au clocher.

Le lendemain de ce jour, le temps fut magnifique : la gelée avait séché les chemins, le soleil faisait étinceler le givre aux branches des arbres, et le vent du nord, *le vent du lac,* comme on l'appelle à Genève, d'ordinaire si âpre et si violent dans cette ville, avait momentanément cessé de souffler.

Danaë proposa à William de profiter de cette belle journée pour faire une promenade à cheval, et tous deux partirent pour *Verrerie,* délicieux village situé à une heure de marche de Genève.

Disons en passant que cette ville, toujours peuplée de touristes de tous les pays, fourmille de manéges, où l'on trouve à louer pour la journée et la promenade de bons et jolis chevaux.

§

Parfois l'horizon se couvre de sombres nuées, au sein

desquelles gronde la tempête. Qu'un choc ait lieu dans le ciel entre ces montagnes errantes dans l'espace, l'électricité se dégage et la foudre jaillit.

Mais vienne un rayon de soleil se glissant timide d'abord, entre les nuées moins épaisses, l'orage s'éloigne, le firmament s'éclaircit, l'horizon redevient brillant et pur.

De même William, resté sombre et jaloux après le bal de la nuit précédente, oublia ses tristesses, ses soupçons, ses colères, en remarquant que sa maîtresse était plus belle que jamais.

Oh! c'est qu'à cheval Danaë était adorable, vraiment! adorable de grâce et d'élégance.

Comme son habit d'amazone en casimir brun, avec ses larges basquines espagnoles sur les hanches, faisait valoir délicieusement sa taille si souple et si fine, aux contours à la fois sveltes et fermes!

Quand elle passait, son chapeau d'homme, en feutre gris, incliné coquettement sur l'oreille, les boucles de ses beaux cheveux d'or flottant au vent, et ses petites mains rassemblant avec hardiesse et légèreté les rênes de maroquin rouge, chacun la suivait des yeux : les hommes jeunes souriaient à sa beauté, et les vieillards regrettaient leurs amours d'autrefois.

— Nous allons dîner ici, — dit Danaë en arrivant à Verrerie; — puis nous prendrons un autre chemin pour nous en aller : nous irons jusqu'à Saint-Julien, et nous rentrerons à Genève par la porte Neuve.

William commanda le dîner presque rustique que pouvait leur offrir la petite auberge, à savoir : un poulet rôti, une friture, une salade, des fruits secs et le plus abominable vin blanc du monde.

Ils venaient d'achever ce repas, et causaient depuis un instant dans l'une des salles du premier étage de l'auberge.

Danaë était assise près de la fenêtre, fumant lentement une longue cigarette.

William se tenait debout devant elle, admirant tour à tour sa jeune et belle maîtresse et la vue magnifique qu'on découvrait de cet endroit.

C'était le beau Salève avec sa croupe de rochers ; puis cette plaine si riante dans sa variété, que l'Arve, comme un ruban d'argent, coupe de ses flots écumeux.

Tout à coup le galop d'un cheval retentit dans le lointain, s'approcha rapidement, et bientôt l'animal et son cavalier entrèrent dans la cour.

Pensant que ce pouvait être Giorgione qui venait les rejoindre, William se pencha en dehors de la fenêtre et ne put qu'entrevoir un jeune homme qu'il ne reconnut pas.

Ce jeune homme lui sembla pourtant avoir une assez jolie tournure et être mis avec assez d'élégance.

— Oh ! mon ami, — s'écria Danaë, à laquelle il venait de faire part de ces deux remarques. — je t'en prie, vas donc voir quel est ce jeune homme ! Peut-être le connaissons-nous.

— A quoi bon !

— Cela me fera plaisir.

— Quel plaisir cela peut-il te faire ?

— Curiosité pure.

— Qu'importe que nous connaissions ou que nous ne connaissions pas ce monsieur ?

— William, je t'en prie !

— Est-ce que tu es déjà lasse de notre tête-à-tête !

— Vilain jaloux ! Comment tu n'es pas encore parti ?

— Ma foi non, et je n'y veux pas aller !

— Dans ce cas, j'irai moi-même.

— Quelle folie !

— Il n'y a pas de folie qui tienne ! *une fois, deux fois,* veux-tu descendre ?

— Non.

— Alors j'y vais.

Danaë se leva et fit un pas vers la porte.

William l'arrêta et descendit. Elle était bien sûre qu'il céderait.

— Eh bien ? — demanda Danaë en le voyant reparaître au bout d'un instant.

— Hé bien ! — répondit William d'un ton qu'il crut rendre foudroyant, et en regardant fixement sa maîtresse, — ce monsieur est l'acteur Fleur-d'Amour !

— Vraiment ! — fit Danaë avec l'apparence du plus grand calme, — j'en suis enchantée ! Tu te souviens que je te témoignais l'autre jour le désir de faire sa connaissance : voilà, je l'espère, une belle occasion !

William, convaincu que Fleur-d'Amour n'était à Verrerie que par suite d'un rendez-vous convenu d'avance avec Danaë, sentit son cœur battre de colère à briser sa poitrine ; il se contint cependant.

Danaë ajouta :

— Tu vas l'engager, n'est-ce pas, à continuer sa promenade avec nous ?

William se mordit les lèvres, et ne répondit pas.

— Descendons, — fit Danaë en se dirigeant vers la porte.

William la suivit.

Fleur-d'Amour était dans la cuisine, chauffant ses bottes vernies devant un grand feu de fascines.

Quand Danaë entra, il se leva, la salua froidement, fit à William une inclination polie et se rassit.

— Ils s'entendent! — pensa William; — ils me croient leur dupe!

La conversation s'engagea.

William, qui venait de former un projet, et qui voulait le mettre à exécution, prit assez sur lui pour pouvoir paraître gai; il causa même beaucoup.

Le moment de partir arriva, et Danaë dit à l'acteur qu'elle espérait bien qu'il allait les accompagner.

Fleur-d'Amour, du ton d'un homme qui craint de commettre une indiscrétion en acceptant une offre, répondit que cela lui était tout à fait impossible.

— Je me suis mis en route, — ajouta-t-il, — pour aller faire une excursion au mont Salève, et je comptais ne m'arrêter ici que le temps strictement nécessaire pour faire rafraîchir mon cheval.

— Eh bien! — répliqua Danaë, — ne pouvez-vous donc pas nous sacrifier votre excursion au mont Salève?

Puis, se tournant vers son amant, elle ajouta:

— William, insiste donc auprès de monsieur, pour qu'il veuille bien partir avec nous.

William se hâta de dire que M. Fleur-d'Amour lui ferait le plus grand plaisir en acceptant l'invitation de Danaë, et l'acteur céda enfin.

Les chevaux furent amenés. On partit.

Moralement convaincu qu'une secrète intelligence existait entre sa maîtresse et Fleur-d'Amour, William croyait à chaque instant en remarquer des signes entre eux; aussi, à peine furent-ils sortis du village, qu'il proposa un temps de galop.

Il montait un petit cheval arabe, bai, à tous crins, nerveux et rempli de fougue.

Pendant un instant, il contint l'ardeur de cette vigoureuse bête, de manière à la faire galoper parallèlement avec les chevaux de ses deux compagnons ; puis soudain, et au moment où l'on devait le moins s'attendre, il donna un violent coup de cravache à la monture de l'acteur, rendit complétement la main, fit sentir vigoureusement l'éperon à la sienne, et partit comme l'éclair, en criant à Fleur-d'Amour :

— Nous allons faire une course au clocher !

La première partie de ce que William avait prévu et désiré arriva, c'est-à-dire que le cheval de Fleur-d'Amour, animé par l'élan subit de son camarade, plus encore que par le coup de cravache qu'il avait reçu, fit un bond, gagna la main à son cavalier et partit ventre à terre.

Mais le principal espoir de William, (nous voulons parler d'une séparation de corps entre l'homme et la bête), se trouva déçu, et bientôt l'acteur l'eut rejoint sans accident.

Or, comme l'intention charitable de notre héros n'était rien moins que de faire casser la tête à son compagnon, on juge de son désappointement en le voyant galoper côte à côte avec lui, et s'efforçant d'allumer un cigare à l'aide d'un morceau d'amadou chimique, ce qui témoignait d'un bien imperturbable sang-froid.

William ne regarda point cependant la partie comme tout à fait perdue, et, faisant quitter la route à son cheval, il le lança à travers champs.

Alors ce fut une course furieuse, une course insensée,

semblable à celle du cheval fantastique de la ballade de Burger.

La monture de William bondissait par-dessus les obstacles, franchissait d'un élan les plus larges fossés, et toujours augmentait de vitesse, sous les coups d'éperons dont son cavalier labourait ses flancs ensanglantés.

Parfois William se retournait, espérant voir, au loin, bien loin, Fleur-d'Amour renversé dans quelque fossé, ou accroché dans quelque haie; mais toujours il le retrouvait ferme en selle et tout près de lui.

Renonçant alors à cette lutte inutile, il n'eut plus d'autre désir que celui d'empêcher Fleur-d'Amour de rejoindre Danaë.

Cette dernière avait suivi des yeux, avec intérêt et curiosité d'abord, la course de l'acteur et de son amant.

Mais quand elle les eut vus, dans leur élan toujours rapide, et, à ce qu'elle crut, emportés par leurs chevaux, disparaître dans la campagne, elle éprouva un vif sentiment d'effroi.

Un quart d'heure, une demi-heure se passèrent, et personne ne revint.

Alors, malgré tout ce que le domestique qui était resté avec elle put lui dire pour la rassurer, son inquiétude fut extrême. — Elle voyait les deux jeunes gens renversés et peut-être à demi morts, dans quelque carrière ou dans quelque ravin.

Elle prit le parti de mettre son cheval au galop et d'aller en toute hâte jusqu'à Carrouge, pour envoyer du monde à la recherche des aventureux cavaliers, et elle n'était plus qu'à peu de distance de cette petite ville quand elle vit William revenant de son côté, fort tranquillement, et au petit pas de son cheval.

— Eh bien ? — lui cria-t-elle du plus loin qu'il lui fut possible de se faire entendre.

— Eh bien ! quoi ? — répondit William.

— Que vous est-il arrivé ?

— Mais, rien.

— Comment, rien ?

— Pas la moindre chose.

— Vous n'avez pas été emportés ?

— En aucune façon... Nous avons fait une petite course au clocher de pur agrément.

— Et monsieur Fleur-d'Amour ?

— L'heure de commencer le spectacle était venue, et il est resté à Genève pour *cabotiner*.

William se servit à dessein de l'expression méprisante que nous soulignons. Il était enchanté d'humilier en quelque chose Fleur-d'Amour devant Danaë.

Un silence assez long suivit cette phrase du jeune Anglais.

— Sais-tu, Danaë, — reprit ce dernier tout d'un coup, — que j'ai fait avec Fleur-d'Amour une promenade charmante. — Nous avons parlé littérature, théâtre, il m'a raconté ses amours de coulisses ; il est, en vérité, d'une bêtise fort réjouissante ! Je me suis singulièrement amusé. Et toi ?

Des larmes de dépit vinrent aux yeux de Danaë, et elle répondit ironiquement :

— Oh ! moi, je me suis amusée prodigieusement, toute seule avec le domestique !

Et, refusant de parler davantage, elle remit son cheval au galop.

William triomphait. — Il voyait que Danaë était blessée profondément, et il se félicitait d'avoir rendu blessure pour blessure.

Au moment d'arriver à la porte Neuve et de se séparer, Danaë dit à William :

— Je serai rue de la Pélisserie demain à trois heures ; il faut que je te parle.

— J'y serai, — répondit William.

XII

Demi dénouement.

— Vous êtes mon ami, n'est-ce pas?

Telles furent les premières paroles de William à Giorgione lorsqu'il le vit, le lendemain du jour où avait eu lieu la course au clocher dont nous connaissons les résultats.

— J'espère que vous n'en doutez pas? — répondit l'artiste.

— Eh bien! prouvez-le moi.

— Vous le prouver!

— Oui.

— Mais comment?

— En me rendant un service.

— Ma bourse, mon crédit, ma personne sont à votre disposition.

— Je n'ai besoin ni de votre crédit, ni de votre bourse.

— Alors parlez.

— Me promettez-vous d'accepter?

— C'est selon.

— Débarrassez-moi de Danaë.

L'Italien regarda William avec un profond étonnement.

— Parlez-vous sérieusement? — dit-il.

— Oui, certes.

— Et pourquoi voulez-vous vous débarrasser de Danaë?

— Parce que je suis las d'elle...

— Et comment voulez-vous que je vous en débarrasse?

— En me la prenant

— Allons donc!

— Répondez-moi, *oui* ou *non*.

— Mais attendez donc! puisque c'est chez vous un parti pris de rompre...

— Parfaitement pris!

— Que ne quittez-vous tout simplement votre maîtresse?

— Je ne sais comment trancher le nœud gordien de cette liaison.

— Et vous comptez sur moi pour mettre Danaë dans son tort vis-à-vis de vous?

— Justement.

— Mais c'est fort difficile, ce que vous me demandez là.

— Pas du tout. D'ailleurs je ne vous demande que d'essayer.

— Mais...

— Pas de *mais*. Je vous en supplie. — Acceptez, ou refusez.

— J'accepte, mais à de certaines conditions.

— Lesquelles?

— La première, c'est que vous réfléchirez encore, afin de n'avoir nul regret après :

— A quoi bon?

— J'y tiens.

— Soit !

— La seconde, c'est que vous ne me saurez pas mauvais gré d'avoir réussi, si je réussis...

— Comment diable voulez-vous que je vous sache mauvais gré de faire ce que je vous demande?

— Relisez, je vous prie, le *Curieux impertinent* de Michel Cervantes.

— Après...?

— Ma troisième condition...

— Oh mon Dieu ! — interrompit William avec impatience, — en voilà bien assez. Je réfléchirai, si cela vous fait plaisir, mais pas longtemps, parce que toutes mes réflexions sont faites, et parce que je compte vous prier de voir Danaë aujourd'hui à trois heures. Enfin je vous jure que si vous réussissez, comme je le désire et comme je l'espère, je ne vous en saurai nullement mauvais gré, au contraire! Soyez sûr que je n'ai maintenant pour Danaë que de l'indifférence. Quant aux autres conditions, je les accepte toutes sans les connaître. Ainsi c'est convenu, n'est-ce pas?

— Puisque vous m'y forcez...

— Je vous en remercie mille fois!

— Que faut-il que je fasse?

— Danaë viendra rue de la Pélisserie, aujourd'hui à trois heures, comme je vous le donnais à entendre tout à l'heure. Vous irez à ma place, vous inventerez un motif quelconque, mais ingénieux, comme une infidélité que je lui fais pour expliquer mon absence, et vous tâcherez de lui plaire pour votre propre compte. *Soyez sûr que la belle ne vous sera point cruelle,* comme on chanterait dans un opéra comique!

Giorgione savait à quoi s'en tenir à cet égard.

— C'est à trois heures, dites-vous?

— Oui.

— Rue de la Pélisserie?

— Oui.

— Donnez-moi la clé de l'appartement.

— La voici.

— Quand vous reverrai-je?

— Après l'entrevue.

— Mais, où?

— Tâchez de mener les choses au pas de charge. Si vous quittez Danaë de bonne heure, vous me trouverez sur la Coratterie. Si l'entrevue finit tard, je serai à dîner ou au théâtre. Je compte justement faire des propositions à une petite *ingénue* de la troupe, qui m'a paru, ma foi, fort gentille!

— C'est bien.

— A ce soir donc?

— A ce soir.

§

Il disait, le pauvre William, n'avoir plus pour Danaë que de l'indifférence!

Mais pourquoi donc alors, les heures qui s'écoulèrent jusqu'à celle du rendez-vous lui parurent-elles longues comme des siècles?

Pourquoi donc, ne pouvant rester un instant en place, se vit-il obligé d'errer d'un pas rapide et sans but dans les rues et dans les carrefours?

Pourquoi son agitation morale était-elle si grande?

Pourquoi la fièvre faisait-elle battre ses artères? pourquoi la sueur brillait-elle sur son front? Pourquoi, à quatre heures du soir à peu près, se trouvait-il, sans savoir comment il y était venu, à la porte de la maison de la rue de la Pélisserie?

Arrivé là, il n'eut pas le courage de retourner en arrière. Il voulut à tout prix mettre un terme à ses incertitudes Il monta.

Giorgione avait pris, on s'en souvient, la clé de la porte du corridor. William sonna donc, convaincu que ce serait l'artiste qui viendrait lui ouvrir.

Il ne s'était pas trompé.

— Entrez mon cher, — lui dit en souriant Giorgione.

— Est-elle là?

— Non.

— Elle n'est pas venue?

— Non.

Il sembla dans ce moment à William qu'on soulageait sa poitrine d'un poids énorme, et un fugitif éclair de joie vint illuminer son visage altéré par l'anxiété.

Giorgione vit ce mouvement et sourit de nouveau.

— Convenez, mon ami, — dit-il, — que vous l'aimez toujours comme un fou, et que vous êtes enchanté qu'elle ne soit pas venue?

William en ce moment allait exprimer la même pensée; mais cette phrase et ce sourire lui firent croire que Giorgione rirait de sa faiblesse s'il exprimait naïvement la vérité, et il répondit :

— Non certes, je ne l'aime plus, et je suis plus contrarié que je ne saurais dire, qu'elle ne soit point venue.

— Réfléchissez-bien, il n'y a encore rien de fait, voulez-vous que je m'en aille!

— Pourquoi donc?

— Vous resterez, vous. Elle viendra peut-être plus tard.

— C'est justement pour cela, et afin qu'elle ne me trouve pas ici, que je vais vous laisser seul, et m'en aller de suite!

Il n'y avait plus à revenir sur une résolution formulée aussi énergiquement, aussi William chercha-t-il tous les moyens de s'étourdir lui-même.

Il entra dans un café où il but du punch, espérant que le rhum lui porterait à la tête, et l'empêcherait de réfléchir; mais sa pensée, constamment fixée sur un même objet, bravait les fumées du rhum.

Il alla au théâtre, espérant que la musique et les rires des spectateurs chasseraient sa sombre tristesse. Mais la musique lui parut discordante, et les rires lui semblèrent ironiques.

Peindre ce que William souffrit pendant une heure, serait une tâche presque impossible à remplir; disons seulement que le supplice devint si cruel, qu'il ne put plus le supporter...; il oublia tout, les tromperies de Danaë, ses propres projets de rupture; il ne vit plus qu'une chose, c'est que vivre sans elle, pour lui désormais ce n'était pas vivre, et, sortant du théâtre, il courut chez sa maîtresse.

— La signora est sortie, lui dit Mathéa.

— Où est-elle?

— Mais chez vous, à ce que je crois.

— Depuis quand?

— Depuis plus d'une heure.

La sueur se glaça sur le front de William.

— Elle est restée bien longtemps! — pensa-t-il.

Et il courut jusqu'à la rue de la Pélisserie.

On voyait de la lumière à travers les persiennes fermées, elle était donc encore là.

William monta et sonna de nouveau. Giorgione vint lui ouvrir.

Quand le jeune homme entra dans la chambre, il était pâle, et ses genoux ployaient sous lui.

Il ne remarqua pas l'expression de joie orgueilleuse qui se peignait sur les traits de Danaë.

— Je vous demande pardon, Danaë, — murmura-t-il tout bas, sans oser lever les yeux ni sur elle ni sur Giorgione.

— Pardon de quoi? — répondit-elle d'un ton quelque peu railleur.

— De ma conduite d'hier...

— Il est trop tard !

William tressaillit.

— Pourquoi, trop tard? — demanda-t-il d'une voix brisée.

— Parce que je ne t'aime plus, William! parce que je ne puis plus t'aimer. Je veux être franche avec toi, écoute :

« Je sais tous tes soupçons. Je sais que pendant la promenade d'hier tu m'accusais d'être d'intelligence avec Fleur-d'Amour et de lui avoir donné rendez-vous. Je sais pourquoi tu m'as envoyé aujourd'hui Giorgione, je sais tout enfin.

« Maintenant tu te repens de ce qui s'est passé, c'est possible : mais comme je te le disais tout à l'heure : il est trop tard !

« Depuis longtemps j'aime Giorgione. Depuis longtemps je le lui ai dit. Mais alors, lui, m'a refusée, parce que tu m'aimais, et qu'il ne voulait pas te trahir. Maintenant, c'est toi qui me l'envoyes, je l'aime toujours et je suis à lui.

« Et puis, à te dire vrai, j'étais bien lasse de tous tes espionnages et de toutes tes jalousies. Que veux tu ? c'est une façon d'aimer qui ne me va pas !

« Je t'avais donné rendez-vous aujourd'hui pour te dire que tout était fini entre nous. Ainsi, tu le vois bien, quand tu me demandes pardon, je dois te dire : il est trop tard !

« Et maintenant que je ne suis plus pour toi qu'une amie, *si tu veux*, tu me croiras, je pense, quand je te jurerai que notre rencontre d'hier avec Fleur-d'Amour était uniquement l'effet du hasard. Je lui avais donné rendez-vous une nuit, c'est vrai, au bal masqué, mais c'était curiosité pure ; le billet que je lui avais écrit n'était point signé, et il n'a jamais su qu'elle était la femme qui, pendant une heure, avait causé avec lui.

« Ne m'en veuille donc point, William; oublie que tu m'as aimée, et donnons-nous la main ! »

Quand William eut entendu les dernières paroles de Danaë, sa figure, déjà pâle, devint livide. Il ne prit point la main que la jeune fille lui tendait, et il sortit de la chambre sans prononcer une parole.

Le soir, en rentrant, Giorgione apprit que William venait de quitter l'hôtel. Deux jours se passèrent sans qu'il entendit parler de lui; enfin, le troisième, il reçut une lettre timbrée de Rolle.

Voici cette lettre :

« Quand vous recevrez ceci, mon ami, celui que vous avez aimé, car je crois que vous m'avez aimé, celui-là ne vivra plus.

« J'ai là, près de moi, un pistolet chargé, et quand ces lignes seront achevées, quand j'aurai tracé quelques mots que je vous prie de lui remettre *à elle*, alors tout sera fini.

« Je mourrai sans souffrances, je mourrai sans regrets. Je ne veux pas me plaindre de vous, mon ami, mais vous m'avez bien désenchanté de la vie!

« Impitoyable sceptique, vous me les avez toutes ôtées mes chères illusions, et je meurs!... Je meurs, parce que maintenant je doute de tout, même de moi; mais je meurs surtout, parce que je suis un lâche!

« Je ne me tue pas parce que je l'aime toujours, et qu'elle n'est plus à moi! non! non! je me tue parce que je ne puis pas cesser de l'aimer, parce que je ne puis pas arracher de mon cœur ce honteux amour dont je rougis; je me tue, parce que je ne veux pas vivre avec une honte au front!

« Adieu! Adieu! »

— Pauvre, pauvre William! — murmura le sceptique attristé; et une larme roula sur sa joue.

Dans cette lettre en était une autre à l'adresse de Danaë.

Giorgione présenta silencieusement à la jeune femme le billet qui ne contenait que ces mots :

« Adieu, Danaë, pensez quelquefois à celui qui vous a tant aimée, et qui ne vit plus au moment où vous lisez ces lignes. »

— Il est mort! — s'écria Danaë.

— Il s'est tué! répondit l'artiste.

— Tué!!!

— Oui.

— Pourquoi?

— Pour vous.

— Oh! mon Dieu! mon Dieu!

Et la jeune femme fondit en larmes amères.

— Oui, pour vous, — poursuivit l'Italien, — pour vous qui ne l'avez jamais aimé!

— Oh! Giorgione, — interrompit la jeune femme avec des sanglots, — je vous jure que je l'ai aimé!

— Alors, — reprit gravement Giorgione, — alors n'aimez personne désormais, car vous avez un amour qui tue! Moi, je pars; Genève désormais me semblerait trop triste. Adieu, Danaë! adieu pour toujours!

Danaë lui serra la main sans répondre. Elle pleurait encore.

Quelque temps après le départ de Giorgione pour l'Italie, Danaë rappela M. Henry son ancien amant, et sembla bientôt avoir complétement oublié le passé.

Un jour arriva d'Espagne un paquet à son adresse.

Le lendemain de ce jour, une chaise de poste attelée de quatre chevaux stationnait à minuit sur la place du

Rhône, qu'elle éclairait vaguement du feu de ses lanternes.

Deux femmes s'approchèrent de cette voiture.

L'une, qui paraissait jeune, mais dont on ne pouvait voir la figure, enveloppée qu'elle était dans une pelisse à large capuchon, y monta légèrement.

L'autre femme était âgée. Elle ferma la portière et releva le marchepied.

La jeune femme cria aux postillons :

— Route d'Espagne !

Et la vieille, tandis que la chaise de poste s'ébranlait, dit à la voyageuse :

Adio! adio! signora.

Cette vieille femme était Mathéa.

§

Ici finissait la première partie du volumineux manuscrit, dont nous venons de donner une analyse peut-être trop longue, et qu'avait envoyé lord Stloobomby au comte Georges d'Entragues.

— Ah ça, — se dit ce dernier, — Stloobomby est donc fou, de me faire lire ces bavardages? Que m'importaient les amours de ce nigaud de William et de cette coquine de Danaë? Il est mort, qu'on l'enterre! Elle est partie, bon voyage! Au diable tout ce fatras, bon, tout au plus, à faire un mauvais roman!!!

Et M. d'Entragues posa, ou plutôt jeta le manuscrit sur la table voisine.

En ce moment, une feuille de papier, intercalée entre

les deux liasses, se détacha. Georges la ramassa, et, voyant que l'écriture en était toute fraîche, il la lut. Voici ce qu'elle contenait :

« Comme vous l'avez deviné, peut-être, mon ami, William c'était moi... »

— Ma foi non ! — pensa Georges, — je ne m'en doutais pas ! Il poursuivit :

« Quand j'écrivais à Giorgione, j'étais de bonne foi, et je voulais mourir ; mais au moment où le canon du pistolet toucha mon front, quand mon doigt posé sur la détente allait la presser, une révolution se fit en moi, et je me dis que j'étais en vérité bien sot. »

— Voici sa première parole de bon sens, — pensa Georges.

« Bref ; à peu près guéri de mon stupide amour, je partis pour Paris, et de là j'écrivis à Giorgione, pour lui dire que, malgré la lettre de part de ma mort, j'étais toujours plein de vie et de santé.

« Pendant près de deux ans, je n'entendis point parler de lui ; puis, un beau matin, je le vis entrer chez moi. Après une longue conversation, il me remit le manuscrit que je joins au mien. Quand vous l'aurez lu, vous comprendrez pourquoi la duchesse de Sandoval s'est évanouie hier en me voyant, et comment cette femme, d'une naissance presque princière, et d'une fortune presque royale, sera, quand nous le voudrons, entre nos mains un instrument passif et docile. »

Ces derniers mots excitèrent au plus haut point la curiosité du comte d'Entragues. Il reprit le manuscrit, et vit que la seconde partie était d'une petite écriture fine et déliée, évidemment une écriture de femme. Cette seconde partie était précédée de quelques lignes tracées sur la marge par Giorgione lui-même, ainsi que l'attestait sa signature.

Georges d'Entragues se replaça confortablement dans son fauteuil, alluma un dixième cigare, et lut ce qui suit.

FIN DE LA TROISIÈME SÉRIE.

TABLE DES MATIÈRES.

—

FIN DE LA TABLE DES MATIÈRES.

Imprimerie de Munzel frères, à Sceaux.

ALEXANDRE CADOT

ÉDITEUR,

37, RUE SERPENTE, A PARIS.

Collection de volumes in-16 à 1 franc.

VOLUMES PARUS

XAVIER DE MONTÉPIN.

Les Viveurs de Paris, 4 Série. . . 4 vol.

1re Série. UN ROI DE LA MODE. . . 1 vol.

2e — LE CLUB DES HIRONDELLES. 1 vol.

3e — UN FILS DE FAMILLE. . . 1 vol.

4e — et dernière. LE FIL D'ARIANE. 1 vol.

Les Amours d'un fou. . . . . . 1 vol.

Geneviève Galliot . . . . 1 vol.

Les Chevaliers du Lansquenet . 5 vol.

1e Série. LE LOUP ET L'AGNEAU. . . 1 vol.

2e — PERDITA. . . . . . . 1 vol.

3e — DANAE . . . . . . 1 vol.

4e — COURTISANE ET DUCHESSE. . 1 vol.

5e — et dernière. FRÈRE ET SŒUR. 1 vol.

PAUL DUPLESSIS.

Les Boucaniers. 4 Séries . . . . . 4 vol.

1re Série. LE CHEVALIER DE MORVAN . 1 vol.

2e — NATIVA . . . . 1 vol.

3e — MONTBARS . . . . . . 1 vol.

4e — et dernière. LE BEAU LAURENT. 1 vol.

MARQUIS DE FOUDRAS.

Les Gentilshommes chasseurs . . 1 vol.

La Comtesse Alvinzi. . . . . . . 1 vol.

Madame de Miremont. . . . . 1 vol.

A. DE GONDRECOURT.

Les Péchés mignons . . . . . . 2 vol.

Le dernier des Kerven . . . . . 2 vol.

HENRI DE KOCK.

La Tribu des Gêneurs . . . . . 1 vol.
* Brin d'amour . . . . 1 vol.

ÉLIE BERTHET.

Le Nid de Cigognes . . . . . . 1 vol.
L'Étang de Précigny . . . . . . 1 vol.

ALEXANDRE DUMAS FILS.

Tristan le Roux . . . . 1 vol.
Sophie Printemps , ... 1 vol.

ALEXANDRE DE LAVERGNE.

La Recherche de l'Inconnue . . 1 vol.
Le comte de Mansfeld. . . . . . 1 vol.

OUVRAGES DIVERS.

Simples récits. par CHARLES DESLYS. . . 1 vol.
Chasses et pêches de l'autre monde,
par B. REVOIL. . . . . 1 vol.
Contes d'un marin, par G. DE LA LANDELLE. 1 vol.

Sceaux. — Imprimerie de Munzel frères.

OUVRAGES PARUS.

LES VIVEURS DE PARIS, par Xavier de Montépin. . . . 4 vol.

LES AMOURS D'UN FOU, par le même. . . . . 1 vol.

GENEVIÈVE GALLIOT, par le même . . . . 1 vol.

LES CHEVALIERS DU LANSQUENET, par le même. . . 5 vol.

LA COMTESSE ALVINZI, par le marquis de Foudras. . . 1 vol.

LES GENTILSHOMMES CHASSEURS, par le même . . . 1 vol.

MADAME DE MIREMONT, par le même. . . . . . . 1 vol.

LES PÉCHÉS MIGNONS, par A. de Gondrecourt. . . . 2 vol.

LE DERNIER DES KERVEN, par le même. . . . . 2 vol.

LES BOUCANIERS, par Paul Duplessis . . . . . . 4 vol.

SOPHIE PRINTEMPS, par Alexandre Dumas fils. . . . 1 vol.

TRISTAN LE ROUX, par le même. . . . . 4 vol.

CHASSES ET PÊCHES DE L'AUTRE MONDE, par B.-H.
     Révoil. . . . . 1 vol.

UNE FAMILLE PARISIENNE AU XIXᵉ SIÈCLE, par ma-
     dame Ancelot. . . . . 1 vol.

SIMPLES RÉCITS, par Charles Deslys . . . . . . 1 vol.

LA TRIBU DES GÊNEURS, par Henry de Kock . . . . 1 vol.

BRIN D'AMOUR, par Henry de Kock. . . . . . . 1 vol.

LE NID DE CIGOGNES, par Elie Berthet. . . . . . 1 vol.

L'ÉTANG DE PRÉCIGNY, par le même. . . . . . . 1 vol.

LA RECHERCHE DE L'INCONNUE, par Alexandre de
     Lavergne. . . . . 1 vol.

LE COMTE DE MANSFELDT, par le même. . . . . 1 vol.

UNE HISTOIRE DE SOLDAT, par madame Louise Colet. 1 vol.

RACHEL ET LE NOUVEAU MONDE, par L. Beauvallet. 1 vol.

LÉANDRES ET ISABELLES, par Adrien Robert. . . . 1 vol.

LE MENDIANT NOIR, par Paul Féval. . . . . . . 1 vol.

LES AMOURS DES RUSTRES, par Angelo de Sorr. 1 vol.

SCEAUX. — IMPRIMERIE DE MUNZEL FRÈRES.